dtv

Charlie Yates hat es geschafft: Als einfacher Fensterputzer hat er angefangen, und mittlerweile boomt sein Unternehmen – dank der Glastürme in der Londoner City. Eigentlich ist alles in Ordnung in Charlies Leben: Er hat eine Familie, einen Job, Geld, er ist gesund – warum nur fühlt er sich, als stünde er am Abgrund? – Jede dieser Stories fängt ein Szenario ein, das bedeutsam ist für ein ganzes Leben: Was wird aus diesem Liebesbrief, den Nick nie abgeschickt hat, Jahre später, als seine und Lisas Ehe gescheitert ist? Warum bricht es einem Vater fast das Herz, als er bei seiner wöchentlichen Einkaufstour eine Packung Fusilli in den Wagen legt? Was treibt einen Zwölfjährigen um, bevor er seiner Mutter das Küchenmesser klaut? Und was hält eine junge Ehefrau davon ab, das beste Hemd ihres Mannes zu waschen?
Es sind Alltagsszenen aus England, fragile Momente und Gefühle, die Graham Swift mit klarer Sprache ertastet wie Gebilde aus Glas. Swift sammelt Augenblicke, in denen eine Stimmung umschlägt, seismographisch genau erfasst er mit seiner Prosa persönliche und gesellschaftliche Veränderungen und spürt der Frage nach, was Menschen vor Zusammenbruch und Selbstaufgabe bewahrt – und auch, was ein Land zusammenhält.

Graham Swift, geboren 1949 in London, zählt seit seinem Roman ›Waterland‹, mit Jeremy Irons verfilmt, zu den Stars der britischen Gegenwartsliteratur. ›Letzte Runde‹, 1996, wurde mit dem Man Booker-Prize ausgezeichnet und, hochkarätig besetzt, von Fred Schepisi verfilmt. Sein zuletzt erschienener Roman ›Mothering Sunday‹ (dt. ›Ein Festtag‹) wurde wiederum ein internationaler Bestseller und großer Kritikererfolg.

Graham Swift

England und andere Stories

Erzählungen

Aus dem Englischen von Susanne Höbel

dtv

2018 dtv Verlagsgesellschaft mbH & Co. KG, München

Titel der englischen Originalausgabe:
›England and Other Stories‹
Erschienen bei Simon & Schuster UK, Ltd., London

Umschlaggestaltung: Katharina Netolitzky
unter Verwendung eines Bildes von akg-images
Satz: Fotosatz Amann, Memmingen
Druck und Bindung: Druckerei C.H.Beck, Nördlingen
Gedruckt auf säurefreiem, chlorfrei gebleichtem Papier
Printed in Germany · ISBN 978-3-423-14616-6

Für Candice

L--d! said my mother, what is all this story about?

Laurence Sterne, Tristram Shandy

Inhalt

Aufsteigen in der Welt

Charlie Yates ist ein kleiner kompakter Mann, dessen Erscheinung – wie bei solchen Männern oft der Fall – den Eindruck erweckt, dass er sich in seinen mäßigen Proportionen wohlfühlt. Weniger wohl fühlte er sich früher mit seinem Namen. Eigentlich hieß er Charles Yates, das war der Name, den er auf Formularen eintragen musste, ein Name für reiche Pinkel, ein Witz. Was hatten seine Eltern sich dabei gedacht? Und dann Charlie, auch das war zum Lachen, ein Name für einen Witzbold. Ein echter Charlie. Aber davon konnte er sich nicht frei machen. Charlie Yates. Niemanden sonst schien es zu stören.

Jetzt ist er siebenundfünfzig. Wie es so weit gekommen ist, weiß er nicht genau. Er ist 1951 in Wapping zur Welt gekommen. Das Wapping, an das er sich von damals erinnert, war praktisch noch das Wapping, das Hitler mit Bomben in Trümmer gelegt hatte. Und wenn man es heute sieht!

Er kann es jetzt sehen, weil er und Brenda vor über zwanzig Jahren nach Blackheath gezogen sind. Keine große Entfernung entlang der Luftlinie, aber in anderer Hinsicht ein anderes Land. Sie waren dorthin gezogen, weil sie es konnten. Zur selben Zeit waren auch Don Abbot und Marion dorthin gezogen. Don und Charlie waren alte Freunde und Geschäftspartner. Und Bren und Marion verstanden sich ebenfalls gut.

Jetzt, mit siebenundfünfzig, achtet Charlie darauf, dass er

sich fit hält. An einem hellen klaren Sonntagmorgen, möglichst früh, geht er gern joggen. Nicht gerade eine kurze Strecke: quer über die Blackheath bis zum Greenwich Park, dann zwischen den Bäumen hindurch zum höchsten Punkt der Erhebung, von dem aus man den besten Blick auf die Stadt hat. Dort setzt er sich auf eine der Bänke und nimmt die Aussicht in sich auf. Meine Stadt, mein London. Auch jetzt sitzt er da.

Seinem Freund Don würde es nicht einfallen, an einem frühen oder überhaupt am Sonntagmorgen joggen zu gehen, selbst an einem strahlend klaren wie diesem nicht, deshalb sind Charlie und Don nie zusammen joggen gewesen. Charlie geht allein. Aber an jedem zweiten Sonntag, auch wenn Charlie vorher joggen war, treffen sich die beiden und spielen eine Runde Golf. In Shooters Hill oder in Eltham, oder manchmal sogar, wenn sie eingeladen werden, in Blackheath selbst – »Royal Blackheath«. Da wäre Charles eher angemessen.

In Wapping gab es nicht viele Golfplätze.

Beim Joggen trägt Charlie einen hellgrauen Trainingsanzug mit einem blauen Streifen, dazu ordentliche Trainer, nichts, was abgetragen oder billig wäre. Die dünne Goldkette, die er, so scheint es ihm, schon sein ganzes Leben getragen hat, hüpft an seinem Hals auf und ab. Er hat kurz geschnittenes Haar, inzwischen eher weiß als grau, aber es ist weich und fein, und manchmal streichelt seine Frau darüber, als streichelte sie über den Kopf eines Hundes.

Er bleibt eine Weile sitzen, ist aber kaum außer Atem. Mit siebenundfünfzig war sein Vater, Frank Yates, schon ziemlich am Ende. Aber er war auch Werftarbeiter – vielmehr, war es gewesen –, so wie Dons Vater auch. Wenn man die Docks jetzt sieht! Francis Yates. Auch so ein Name für reiche Pinkel.

An einem schönen Vormittag in Wapping vor über fünfzig Jahren haben Charlie Yates und Don Abbot sich auf dem Schulhof der Lea Road Infants' School kennengelernt, und aus einem unerfindlichen Grund wussten sie beide – ein großer, kräftiger Bengel und ein kleiner Knirps –, dass es eine Sache fürs Leben war. Auch die Lea Roads Infants' School ist später in Trümmer gelegt worden, allerdings nicht von Bomben.

Für jemanden seiner Größe hat Charlie ziemlich breite Schultern. Wenn er die Ärmel seiner Trainingsjacke (oder die seines roten Kaschmirpullovers beim Golf) nach oben schiebt, sieht man die Tätowierungen an seinen Unterarmen, außerdem fällt auf, dass er für jemanden seiner Größe kräftige Handgelenke und Hände hat. Auch hat er, gemessen an den Ausmaßen seines Gesichts, eine ziemlich große, aber wohlgeformte Nase. Das und seine tiefliegenden Augen geben ihm, besonders wenn er grinst, ein etwas wölfisches Aussehen, womit er früher bei einer bestimmten Sorte Mädchen gut ankam.

Aber Charlie ist der Meinung – und das Joggen, manchmal eher ein leichtes, fließendes Laufen, bestätigt das nur –, dass die Füße am wichtigsten sind. Das Gleichgewicht und die Füße.

Früher einmal, drei oder vier Jahre lang, ist Charlie Boxer gewesen. Große Hände, aber im Grunde kam es auf die Füße an. Bantamgewicht. Er gewann ein paar Boxkämpfe und ist noch heute stolz darauf, dass ihm seine wohlgeformte Nase nie zertrümmert wurde. Einmal hat er auch auf einer Bohrinsel gearbeitet, wo er sich in seiner Blödheit hat tätowieren lassen. Aber jetzt sind Tätowierungen wieder Mode – er geht also mit dem Trend. Und dann ist er Dachdecker geworden. Das war das, was ihm lag. Auf keinen Fall würde er je auf einer Werft arbeiten. Auch besser so.

Dachdecker. Klettern konnte er wie ein Affe. Er hatte den Körperbau dafür. Dann schien es, dass die Dächer immer höher wurden und er mehr als nur Dachdecker war, ohne wirklich damit gerechnet zu haben und ohne zu wissen, wo die Grenze war, wie hoch er gehen konnte.

Er stieg auf in der Welt. Er entdeckte, dass er keine Höhenangst hatte.

Wäre er früher zur Welt gekommen, hätte er Turmarbeiter werden können, aber das war ein Handwerk, und auch ein Wort – wie Werftarbeiter –, das kaum noch im Umlauf war. Wo waren die Kirchtürme? Wo die hohen Schornsteine? Stattdessen waren da plötzlich die anderen Türme, die in die Höhe sprossen, als ginge es um die Wette, und Charlie arbeitete ganz oben, auf den freiliegenden Trägern, ohne jedes Schwindelgefühl, ohne jede Angst. Ein Kopf für Höhen, hieß es, aber Charlie behauptete, es seien die Füße. Man steht einfach da, wo man steht.

Er verdiente gut, Arbeit gab es genug. Manche nannten es Gefahrenzulage. Charlie mochte es nicht Gefahrenzulage nennen, weil das unterstellte, dass die Arbeit gefährlich war, aber er akzeptierte das Grundprinzip: ohne Risiko kein Gewinn. Macht man etwas Besonderes – wie Boxen –, dann kriegt man etwas mehr und kann davon etwas beiseitelegen, statt sich bis Freitag durchhangeln zu müssen. Werde auf keinen Fall Werftarbeiter.

Manche Menschen – eigentlich ziemlich viele der Menschen aus Charlies Bekanntenkreis – wetten gern und setzen ihre Hoffnungen auf Hunde oder Pferde. Charlie hat in seinem ganzen Leben nie gewettet. Stattdessen wurde er ein Vogelmensch und half beim Erbauen von Türmen.

Und da stehen sie und glitzern in der Sonne des frühen Septembertages, die Türme, an denen Charlie Yates mitgebaut hat.

Da, hinter den verborgenen Windungen des Flusses, liegt Wapping. Und da ist Stepney, da Limehouse. Die Gegend, die Docklands heißt.

Eines Abends, als es zwischen ihm und Brenda gerade erst anfing, als es noch ungewiss war, hatte Brenda gesagt: »Charlie, du hast schöne Füße.« Das gab den Ausschlag. Das hatte noch nie jemand zu ihm gesagt. Das ging ihm unmittelbar – nein, nicht in die Füße – es ging ihm ins Herz, nicht nur, weil niemand es je zuvor gesagt hatte, sondern auch, weil es die Wahrheit war. Er sagte: »Brenda, an dir ist alles schön.« Und damit war alles besiegelt.

Jetzt gehen Marion und Brenda zusammen auf Einkaufstour. Jetzt fahren sie zweimal im Jahr zu viert in die Ferien, in ferne Gegenden. Letztes Jahr waren es die Malediven. Charlie könnte nicht genau sagen, wo die Malediven sind, aber er ist da gewesen. Man steigt aus dem Flugzeug. Die anderen wollten diesen Winter wieder hin, aber Charlie hatte Bedenken. Irgendwo hatte er gehört, dass die Malediven als eine der ersten Regionen überflutet würden, wenn der Meeresspiegel stieg. Es war unwahrscheinlich, dass es während ihrer Ferien dort passierte. Aber er hatte Bedenken.

Komisch, was für Gefühle man haben konnte. Er hatte keine Angst vor Höhen, aber mit dem Meer war er nie gut klargekommen. Das hatte er begriffen, als er auf der Bohrinsel war. Einmal war genug. Dasselbe traf vielleicht auch auf die Malediven zu, obwohl es eine ganz andere Geschichte war. Aber wenn er ehrlich sein sollte, dann war es ihm genauso recht, mit Don auf ihrem gewohnten Golfplatz eine Runde zu spielen, wie auf den Malediven zu sitzen. Oder sonst wo. Es wäre ihm genauso recht hierzubleiben. Es ist überall das Gleiche, man ist immer in seinem eigenen Körper.

Zu Brenda hatte er gesagt: »Mach dir keine Sorgen, Brenda, bei diesen Füßen.« Als hätten seine Füße kleine Flügel. Aber jeden Abend war er wieder da, an Leib und Seele unversehrt, und schmiegte sich an sie. Ein dreißig Stockwerke hoher Turm auf der Isle of Dogs war – in dieser Hinsicht wie in jeder anderen – nicht dasselbe, wie auf einer Bohrinsel in der Nordsee zu hocken.

Er sagte: »Bist du nicht froh, Bren?«

»Froh, weshalb?«

»Froh, dass ich nicht auf einer Bohrinsel bin.«

Aber ihr gegenüber war es nicht fair, die Aussicht, dass er auf unabsehbare Zeit jeden Tag losging, um im Himmel herumzuklettern, das wusste er selbst. Er sagte, wenn er genug auf die hohe Kante gelegt hätte, würde er sich nach etwas anderem umsehen. Er hatte keine Ahnung, was das sein würde. Er würde zur Erde zurückkommen.

Irgendwann begriff er, das Risiko beherrschte nicht nur den Bau der Türme, es beherrschte auch das Innere der Türme. Es war Risiko, drinnen wie draußen. Sie wurden gebaut, die meisten wenigstens, für Leute, die mit ihren eigenen geheimnisvollen Gefahrenzulagen handelten. Gut, das war ihre Sache. Er nahm sein Geld und akzeptierte das Risiko, dass er eines Tages ins Leere treten könnte – obwohl das nie geschah.

Aber eines Tages ließ er sich auf ein neues Risiko ein. Wieder folgte er einer wegweisenden Eingebung.

Es war offensichtlich, wenn man es erst mal gesehen hatte, vielleicht ist das mit allen großen Dingen so. Es war so offensichtlich, dass der zweite Gedanke unmittelbar folgte: Wenn es so offensichtlich war, wie vielen anderen war das auch schon aufgefallen? Aber es war alles noch am Anfang. Immer mehr Türme wurden gebaut. Und woraus waren diese Türme gemacht – oder wie sah das aus, woraus sie gemacht waren? Was sah man manchmal nicht, obwohl es direkt vor einem war?

Er ging zu Don, der damals – was machte Don Abbott damals eigentlich? Er machte dies und jenes, war ein Hans-Dampf-in-allen-Gassen. Vielleicht war er auf der Gewinnerstraße, vielleicht war alles nur Gerede. Sie trafen sich auf einen Drink im Queen Victoria. Don hörte zu. Er musterte seinen kleinen Freund von oben bis unten. Dann sprach er, als hätte er nicht richtig zugehört, aber das war typisch Don.

»Und was schlägst du vor, Charlie? Dass wir beide Fensterputzer werden?«

»Nein, Don. Mach dich nicht über mich lustig.«

Dann redeten sie weiter.

Das zumindest war die Geschichte, die sie zum Besten gaben, die Standardgeschichte. In den Bars der Golfclubs. In den Hotelbars, am blauen Pool, überall in der Welt.

»Ich bin Don, das ist Charlie. Wir sind Fensterputzer.«

Er blickt zu den Türmen hinüber. Er hat bei der Erbauung mitgeholfen. Und dann haben er und Don gut zwanzig Jahre lang dafür gesorgt, dass sie glänzten.

Don hatte gesagt: »Eins musst du wissen, Charlie. Ich steige nie in eins von diesen – Dingern, ich will da nicht hoch. Ich bin nicht so ein Boss, der allen zeigen will, dass er die Arbeit selbst machen kann.«

»Gut, das kannst du mir überlassen. Ich bin derjenige, der weiß, wovon er redet. Aber versteh mich nicht falsch, Don. Ich werde es genauso machen wie du. Das habe ich Brenda versprochen.«

Abbot und Yates. Kein Streit über die alphabetische Reihenfolge. Wir putzen Fenster, aber nicht irgendwelche Fenster.

Es dauerte eine Weile, bis es mit der Sache aufwärts ging, sozusagen, aber dann … So viel glitzerndes Glas.

Jetzt wohnen sie inmitten der vornehmen Leute von Blackheath. Und nicht nur er und Bren und Don und Marion, sondern auch ihre Kinder, jeweils ein Junge und ein Mädchen. Die gar keine Kinder mehr sind. Sie sind in Blackheath aufgewachsen und zur Schule gegangen, und dann sind sie alle, mit einer Ausnahme, auf die Universität gegangen. Universität! Das haben sie damals geschickt gemacht, als sie über die Themse nach Süden gezogen sind.

Die eine Ausnahme war Sebastian, der Sohn von Don und Marion. Sebastian! Wie sind Don und Marion bloß auf diesen Namen gekommen? Zum Glück nannten alle ihn Seb. Seb hatte, kaum, dass er sechzehn war, wenigstens schien es so, in einem der Türme zu arbeiten angefangen. Für eine New Yorker Bank. Seb verdiente jetzt, mit dreiundzwanzig, richtig viel Geld, wahnsinnig viel Geld – kam ganz drauf an, wie man es betrachtete –, so viel, dass Don und Charlie daneben ziemlich lächerlich aussahen. Daneben sahen auch Vorsätze, wie die Schule abzuschließen und zur Universität zu gehen, ziemlich lächerlich aus. Oder, wie Don es ausdrückte: Seb war Straßenhändler, allerdings war Charlie sich nie ganz sicher, wie Don das meinte. Ein Straßenhändler, der weitergekommen war, weiter und nach oben.

Charlie blickt zu den Türmen hinüber. Sein eigener Sohn, Ian, studiert in Southampton Meeresbiologie, und das weckt in Charlie das Gefühl – aber anders als bei Don wegen Seb –, nicht mithalten zu können. Charlie und Don konnten sagen: »Mein Alter war Werftarbeiter.« Was sollten sie sonst sagen? Und was würden ihre Kinder sagen? »Mein Alter war Fensterputzer«? Sie würden nicht »mein Alter« sagen.

Außer vielleicht Seb. Seb würde es vielleicht sagen und dabei lachen.

Ian, der in Southampton ist, kann nicht denken: »Meine Stadt, mein London.« Er kann nicht zeigen und sagen: »Siehst du, da drüben?« Wenn Charlie und Brenda zu Ian nach Southampton fahren, gibt Charlie sich ganz bescheiden und hört zu, während sein Sohn erzählt. Vielleicht kam die Idee mit den Malediven von Ian. Bestimmt sogar. Aber es ist nicht schwer, bescheiden zu sein. Vielleicht ist es auch keine Bescheidenheit. Manchmal, wenn Ian erzählt, spürt Charlie kurz etwas in sich aufwallen. Wie das Gefühl an einem Sonntagmorgen mit Don, wenn er einen richtig guten Schlag ausgeführt hat. »Was für ein Schlag, Charlie.« Wie das Gefühl, das er einmal vor Jahren hatte, als der Schiedsrichter den Arm hob und seinen mit in die Höhe zog.

Mein Sohn Ian. Der Meeresbiologe.

Er sitzt in seinem Trainingsanzug auf der Bank und spürt, wie das Blut durch seine Adern pulsiert, und fühlt sich, wie er es nicht anders kennt, wohl in seiner Haut. Charlie ist Geschäftsmann (ein Wort, das er bisweilen merkwürdig findet), und dazu ein erfolgreicher, trotzdem würde er sagen, das Wichtigste ist der eigene Körper. Den hat man mitbekommen, man hat diesen Körper, und sich daran zu freuen und ihm zu vertrauen, ist schlicht und einfach das größte Geschenk des Lebens.

Deswegen schien es ihm seltsam, dass es den meisten Menschen ein Bedürfnis und ein Wunsch war – fast wie eine Art Weltgesetz –, in den eigenen Kopf zu steigen, in das oberste Abteil ihres Körpers, und dort zu leben, in und durch ihren Kopf zu leben, wo doch die meisten Menschen (er war die Ausnahme, die die Regel bestätigte) Höhenangst hatten.

Er blickt zu den Türmen hinüber, eine Hand als Schirm über den Augen gegen das Blenden, und lächelt. Zumindest sieht es aus wie ein Lächeln. Nur Brenda wüsste, dass es kein Lächeln ist. Nur Brenda würde die beiden kleinen Falten in seinen Mundwinkeln sehen und diese Widersprüchlichkeit an ihm erkennen. Sein Gesicht kennt kein Stirnrunzeln. Wenn Charlie besorgt oder verwirrt ist, lächelt er, aber anders.

Und er ist besorgt, schon seit einiger Zeit, besorgt um seinen Freund Don, wegen dessen zunehmender Körperfülle. Don war schon immer ein Mann von kräftiger Gestalt, mit kräftigem Knochenbau, aber nicht fett oder dick oder behäbig. Doch jetzt nimmt er zu, er geht immer mehr in die Breite. Es wird als eine Art Witz erzählt – dass er Pfunde zulegt –, ein Witz, mit dem Don sich über sich selbst lustig macht, aber eigentlich ist es kein Witz, und wenn Charlie mit Don Golf spielt, weiß er, dass es nicht nur zum Vergnügen ist, sondern dass es wichtig ist, Don in Bewegung zu halten. Sie sollten jeden Sonntag spielen. Sie sollten auch die restlichen neun Löcher spielen, statt sich in die Bar zu setzen.

Er weiß, dass es keinen Sinn hat, Don zum Joggen aufzufordern, es war immer schon sinnlos gewesen. Und was für ein Bild würde das jetzt abgeben, wie sollte das gehen: Don, der sich neben ihm abmüht, schwitzend und schnaubend, während er, Charlie, neben ihm auf Zehenspitzen federt? Inzwischen kommt es ihm auch irgendwie verkehrt vor, dass er allein joggen geht, während Don das Gewichtsproblem hat – was nicht nur völlig unlogisch, sondern auch ein bisschen abergläubisch ist. So wie der Gedanke, man solle besser nicht auf die Malediven reisen, weil die Inseln eines Tages untergehen könnten.

Aber Charlie macht sich Sorgen um Don. Es ist, als würde sich all das Geld jetzt in Fett verwandeln. Vor fünfzig Jahren und mehr hatte Charlie gedacht, weil er selbst ein mageres Kerlchen war, könnte der größere Junge ihn unter seine Fittiche nehmen. Und so war es auch. Wohingegen man jetzt sagen könnte, Don müsse Charlie endlos dankbar sein. Aber aus seiner seltsamen Besorgnis heraus hat Charlie das Bedürfnis, als wäre es eine unbeglichene Schuld, seinen immer massiger werdenden Freund unter seine Fittiche zu nehmen. Wie das?

Und jetzt hat er eine neue Sorge, die könnte sogar die erste beiseiteschieben. Er muss demnächst mit Don darüber sprechen. Wenn sie in knapp zwei Stunden ihre Runde Golf spielen, wird Don ihm berichten, was er alles darüber weiß. Sieht ganz so aus, als würden sie sich weder mit Dons Gewichtsproblem noch mit dem Golfspiel befassen können. Obwohl es ein so klarer Morgen ist.

Charlie ist Geschäftsmann, ja, so kann man ihn rechtmäßig bezeichnen, aber obwohl er gern hier sitzt und zu den Türmen hinüberblickt, interessiert er sich nicht dafür, was in ihnen vorgeht. Das ist deren Geschäft, er kümmert sich nur um die Fenster. Aber Don hält die Ohren offen, er hat sogar Insider-Ohren, wegen Seb. Manchmal hat Charlie die absurde Vorstellung, dass Don in der Gondel die Fenster putzt, zum Beispiel in der fünfundzwanzigsten Etage – was er allerdings niemals könnte (Charlie schon, ohne Weiteres) – und seinem Sohn, der drinnen sitzt, zuwinkt.

Don hatte angerufen und gesagt: »Seb hat Probleme. Echt große Probleme.«

Probleme? Verdiente Seb nicht Summen so groß wie Telefonnummern lang waren? Sahen sie alle nicht lächerlich aus neben Seb?

Don hatte gesagt: »Ihm wird der Boden unter den Füßen weggezogen. Ihm und allen anderen auch. Da kommt was ganz Großes auf uns zu, groß und übel. Wenn du mich fragst, nach dem, was Seb gesagt hat, hat nicht nur Seb Probleme, sondern die ganze verdammte Welt.«

Klang Don betrunken? Nein. Charlie hatte nichts zu Brenda gesagt, nur, dass Don wegen Sonntag angerufen habe, obwohl Brenda wahrscheinlich gedacht hatte: Warum muss er deswegen anrufen? Es war Samstagabend. In den Spätnachrichten hörte Charlie nichts darüber. Später, als sie sich aneinanderschmiegten, sagte er: »Bist du nicht froh, Bren?«

»Froh, weshalb?«

»Dass ich nicht Meeresbiologe bin?«

»Wovon redest du?«

Das wusste er selbst nicht so recht. Irgendwas war in Dons Stimme, irgendwas war da in dem, wie er »die ganze verdammte Welt« sagte.

Am Morgen folgte er seinem Gefühl und stand auf, um wie üblich joggen zu gehen; er wollte in Bewegung sein, wollte bereit sein – seinen Verstand vorbereiten, in dem er seinen Körper vorbereitete. Und es war ein so schöner Morgen, Anfang September, ein Hauch von Herbst in der Luft.

Jetzt steht er auf und sieht ein letztes Mal zu den Türmen hinüber. Sie funkeln in seine Richtung. Dann wendet er sich ab und joggt weiter, zwischen den glitzernden Bäumen hindurch, und fühlt sich mit siebenundfünfzig so leichtfüßig wie damals, als er siebzehn war.

Wunder gibt es immer wieder

Als Aaron und ich jünger waren, haben wir Frauen nachgestellt. Das sagt man so. Wie oft sieht man denn, dass ein Mann einer Frau tatsächlich nachstellt, dass er, sagen wir, zehn Meter hinter ihr herläuft und sie langsam einholt? Wir waren beide Läufer, buchstäblich – wir waren Sportler. Ich machte Hürdenlauf. Wir haben zusammen am College Sport studiert, und Mädchen gehörten zu unserer Sportausbildung dazu. Ich gebe ohne Weiteres zu, dass Aaron darin besser war als ich. Bei ihm war es eher so, dass die Frauen ihm nachstellten oder dass sie sich an ihn ranmachten. Er war der Typ dafür. Ich kriegte immer die Abgelegten. Aber auch Aarons Abgelegte waren oft nicht schlecht, und schließlich habe ich eine von ihnen geheiratet und mich mit ihr häuslich niedergelassen. Patti.

Danach war ich nicht mehr so viel mit Aaron zusammen, ja, wir hörten nur noch selten voneinander. Vielleicht dachte er, ich hätte ihn im Stich gelassen, als Patti und ich heirateten und uns häuslich niederließen. So ist das eben.

Vor zehn Jahren hätte ich es nicht so gesagt, aber ich glaube, ich gehöre zu den Menschen, für die das Leben wie ein Buch ist, mit Kapiteln. In einem Kapitel treibt man sich rum, dann heiratet man und kriegt Kinder, kauft ein Haus und so weiter. Ich bin nicht wie Aaron. Ich habe keine Ahnung, wie viele Bücher Aaron gelesen hat. Aber so ist das beim Sport, da geht es nicht ums Lesen.

Die Möglichkeit gab es jedenfalls. Wenn man die Ausbildung zum Sportlehrer durchlief und abschloss, konnte man eine feste Stelle finden und sich sein Leben einrichten. Man hatte diese Chance. Gleichzeitig waren wir auch Sportler.

Ich machte mir keine Illusionen, an großen Wettkämpfen teilnehmen zu können. Ich war einfach gut im Hürdenlauf, Hürdenlauf machte mir enorm viel Spaß. Aaron sagte immer: »Das ist nichts für mich. Wenn ich laufe, will ich laufen. Ich will nicht auf etwas zulaufen, das mich zu Fall bringen kann.«

Ich sagte nicht: »Ist das nicht auch bei Frauen so?«

Sie stellten ihm ein Bein und brachten ihn zu Fall. Und sie stellten ihm nach, weil er eine Ausstrahlung hatte. Es war ein Teufelskreis. Aber ich glaube – ich spreche hier nur vom Laufen –, Aaron hatte das Zeug für Wettkämpfe. Das sage ich als qualifizierter Sportlehrer.

Jedenfalls kam die Zeit – das liegt jetzt auch schon Jahre zurück –, als ich mich mit Patti häuslich niedergelassen hatte und Aaron und ich uns praktisch aus den Augen verloren hatten. Ab und zu stellten Patti und ich Mutmaßungen zum Thema »Was Aaron wohl macht?« an. Ich war dann immer ein bisschen nervös, weil Patti ja eine von Aarons Abgelegten war. Manchmal dachte ich, das sei vielleicht der Grund, warum zwischen mir und Aaron Sendepause war. Es lag an Patti, an Aaron, an mir. Ich weiß es nicht. Einmal – es war Sonntag, wir saßen beim Frühstück – sagte ich zu Patti: »Ich vermute, die Frauen machen ihm zu schaffen.« Ich hätte auch »die Jahre« sagen können. Es war nur beiläufig, ein privater Witz, aber vielleicht etwas sorglos dahingesagt.

Patti reagierte jedenfalls nicht darauf. Sie sagte: »Mmhm, könnte ich mir auch vorstellen.« Sie biss von ihrem Toast ab. Dann sagte sie: »Wenn du dir Sorgen um ihn machst, ruf ihn an, besuch ihn.« Es klang wie eine Herausforderung.

Damals war sie mit Daryl schwanger, unserem Ältesten. Sie hatte eine Gier nach Orangenmarmelade! Vielleicht dachte sie: Wenn ihm nach einem letzten unbeschwerten Männerabend ist, dann ist jetzt die Zeit dafür. Inzwischen haben wir zwei Jungen, Daryl und Warren, zwei lebhafte Kinder. Und viele Abende zu Hause.

Jedenfalls habe ich ihn nicht angerufen. Aber eines Tages, Jahre später, kriege ich einen Anruf von Aaron, aus heiterem Himmel. Er klingt wie der Aaron von früher, aber er klingt auch ein bisschen verlegen. Es stellt sich heraus, dass er anruft, um mir zu sagen, dass er heiratet. Ich warte einen Moment, falls er mir einen Bären aufbinden will. Dann warte ich noch länger, falls er einen Witz darüber machen will. Ich warte, dass er sagt: »Okay, alter Freund, lach nicht.« Aber der einzige Witz ist der, dass er flüstert, als wäre es eine hoch geheime Information, die er nur mir anvertrauen kann.

Dann sagt er, er möchte, dass ich – mit Patti natürlich – zur Hochzeit komme. Um das gleich klarzumachen, sagt er, keine große Sache, nur Standesamt, nur sie beide. Aber natürlich braucht man Trauzeugen. Würden Patti und ich kommen und ihre Trauzeugen sein?

Die ganze Zeit, während ich natürlich meine Überraschung unterdrücken muss, denke ich: Das hätte er mir gar nicht erzählen müssen – jeder kann Trauzeuge sein –, aber irgendwie kommt es mir so vor, als glaubte er, wenn er es mir erzählt und ich der Trauzeuge bin, dann braucht er es niemandem sonst zu erzählen. Ich fühle mich geehrt, und ich fühle mich genötigt, aber wie kann ich nicht Ja sagen? Auch wenn das anscheinend eine Fahrt nach Birmingham bedeutet. Dort lebt er jetzt. Und ist – man stelle sich vor – Sportlehrer.

Ich sage: »Ja, natürlich.« Bevor ich mit Patti gesprochen

habe. Außerdem würde ich am liebsten sagen: »Sei ganz beruhigt, Aaron. Ich sage keinem etwas.«

Ich sage: »Und wie heißt sie?«

»Wanda.«

»Wanda«, sage ich und versuche mir ein Bild von Wanda zu machen. Ich sage nicht: »Ist sie schwanger?«

Zum Glück denkt Patti mehr oder weniger das Gleiche wie ich: Wie auch nicht? Vielleicht denkt sie auch: Müssen wir wirklich? Aber sie wirkt aufgeregt und interessiert, sie macht sogar einen Witz, einen ziemlich guten dazu: »Na, Wanda gibt es immer wieder.«

Wir machen also mit bei dieser »nur wir zwei, keine große Sache«. Die Jungen können wir bei Pattis Eltern lassen. Wir sind schon so weit, dass wir ein Hotel buchen wollen. Aber Aaron sagt: »Nicht nötig, alter Freund, ihr könnt bei uns schlafen.« Darüber müssen wir erst mal nachdenken. Ich möchte es nicht so deutlich sagen, aber wir könnten Aarons und Wandas Hochzeitsnacht stören. Schließlich sind wir keine Studenten mehr.

Aber schon bald kapiere ich, dass außer der Sache am Standesamt und ein paar Drinks und einem Essen im Restaurant nichts Besonderes vorgesehen ist. Es wird keine Hochzeitsreise geben. Anscheinend leben Aaron und Wanda schon seit einer Weile zusammen. In ihrer Wohnung gebe es ein Gästezimmer, in dem Patti und ich schlafen können. Sie hätten einfach beschlossen, es sei Zeit zum Heiraten.

»Okay«, sage ich und wünschte, es wäre leichter, auf einem Hotelzimmer zu bestehen. Allerdings, bei zwei Kindern müssen Patti und ich auf das Geld achten. Aber am meisten beschäftigt mich der Gedanke, und Patti genauso: Was ist das für eine, diese Wanda? Und angesichts all der Jahre, die dazwischenliegen: Was für einer ist Aaron jetzt?

Also, kann sein, dass es ein schlechtes Licht auf mich wirft, aber ich muss sagen, Wanda war eine Enttäuschung. Wenigstens im ersten Moment. Eine Überraschung und eine Enttäuschung. Ich will keine Missverständnisse aufkommen lassen. Ich will nicht sagen, dass sie – nicht völlig akzeptabel war. Aber wenn die ganzen Jahre, in denen Aaron es so wild getrieben hat, so eine Art Auswahlprozess waren, bei dem er am Ende die perfekte Frau finden würde – also, dann war Wanda nichts Besonderes.

Ich hatte sogar das Gefühl – auch das lässt mich in keinem besonders guten Licht erscheinen –, dass ich mit Patti eine bessere Wahl getroffen hatte.

Patti und ich haben nicht darüber gesprochen, aber ich spürte, dass es ihr ähnlich ging und sie sich entspannte. Bei ihr stand ich jetzt in einem guten Licht. Ich glaube, Patti hatte befürchtet, wir würden eine Frau kennenlernen, der ich das ganze Wochenende, gegen meinen Willen, hinterherhecheln würde. Und dass das der eigentliche Zweck der Übung war. Dass Aaron mit seiner Siegestrophäe angeben wollte.

Ehrlich gesagt war das auch meine Befürchtung.

Wanda war nicht gerade üppig und damit ganz anders als der Typ Frau, den Aaron früher gemocht hatte, wenn ich mich richtig erinnerte. Sie war nicht mager, aber sie war, also, drahtig und hatte kräftige Schultern. Und obwohl man sich bei ihrem Anblick seltsam wohlfühlte und sogar den Wunsch hatte zu lachen, war es doch kein Gesicht, das einen faszinierte. Manchmal sah es sogar ein bisschen verhärmt und abweisend aus.

Sie war keine Schönheit, aber die Art und Weise, wie sie sich hielt und bewegte, hatte eine Energie, eine Intensität. Ich mochte sie. Ich war froh, dass ich nicht scharf auf sie war. Und kurz darauf dämmerte es mir.

Ich wartete auf einen Moment, als ich mit Aaron allein war, und sagte: »Sie ist Läuferin, oder?« Knapp eine Stunde war vergangen, seit die beiden Mann und Frau geworden waren.

»Ich hoffe nur, sie läuft nicht weg, nach dem, was wir gerade gemacht haben.«

»Du weißt, was ich meine.«

»Ich weiß, was du meinst.« Ein Glitzern war in seine Augen getreten. Wir standen an der Bar und holten Nachschub.

»Genau«, sagte er. »Vierhundert. Vielleicht achthundert.« Er musterte mich kurz. »Vielleicht Hürdenlauf. Sie muss noch rauskriegen, wo ihre Stärke liegt.« Dann sagte er mit einem gewissen Stolz in der Stimme, wobei er quer durch den Raum zu seiner neuen Frau hinüberblickte und ihr zuzwinkerte: »Genau, Läuferin. Sie hat noch was vor. Das Gleiche wie eben?«

Und Aaron selbst, wie sah er aus? Also, gut – in dem Moment sogar sehr gut –, obwohl ich die Spuren der Jahre sehen konnte. Sie hatten die Kanten abgeschliffen, ihm ein bisschen von dem Glanz genommen. Sodass ich dachte: Wie er wohl in fünf Jahren aussehen wird? Und dann dachte ich: Er denkt bestimmt dasselbe über mich.

Nur dass ich mir nichts vormachte, und ich hatte auch nicht gerade erst geheiratet, sondern war Vater zweier Kinder. Und vielleicht war meine Sichtweise immer schon eine andere gewesen. Ich helfe Menschen, fit fürs Leben zu bleiben, und halte ich mich selbst fit, aber es gibt Grenzen, und wir werden alle nicht jünger. Deshalb treffe ich mich in letzter Zeit oft mit einem Mann, der Jarvis heißt und ein Unternehmen für Sportbekleidung aufziehen will. Deshalb habe ich vor Kurzem einen Kurs in Unternehmensführung gemacht. Das ist mein Plan für alle Fälle. Den Jungen und Patti zuliebe. Mir zuliebe.

Ich hätte Hürdenläufer werden können? Vielleicht. Aber ich konnte die Hürden auf dem Weg dahin sehen, das habe ich einmal zu Patti gesagt.

Trotzdem, die Menschen erreichen ihre Bestform, davon bin ich überzeugt. Sie schöpfen ihre Fähigkeiten aus. Es gibt das Buch mit den Kapiteln, aber es gibt da noch etwas anderes. Wir erreichen unsere Bestform, dann überschreiten wir sie. Daran ist nichts zu ändern, und wenn man gar nicht weiß, dass man die Möglichkeit zu einer Bestform in sich hat, ist das traurig. In der Welt des Sports sieht man das ziemlich oft. Man sieht die Gelegenheiten, und man sieht eine Menge verpasster Gelegenheiten.

Was ich damit meine, ist Folgendes: Man hätte denken können, dass für Aaron und Wanda ihr Hochzeitstag der Moment war, an dem sie zur Bestform aufliefen. Aber obwohl der Tag wichtig war, lag ihre Bestform woanders. Vielleicht wusste Aaron, dass er seine schon überschritten hatte.

Jedenfalls, nach ein paar Drinks – die Zeremonie war um drei gewesen – kehrten wir mit ihnen in ihre Wohnung zurück, bevor wir zum Essen ausgehen wollten. Die Wohnung war ganz oben im Haus, auf zwei Ebenen, und unser Zimmer war ein winziges Gästezimmer unterm Dach, aber ich war froh, dass wir nicht unmittelbar neben ihrem Schlafzimmer schlafen mussten.

Mehr als froh. Wir gingen nach oben, auf der Treppe war Patti vor mir. Sie hatte sich für den Tag (vielleicht auch für Aaron, aber das lasse ich mal durchgehen) hübsch angezogen. Ich trug unsere Tasche mit den Übernachtungssachen, konnte aber meine freie Hand nicht im Zaum halten. Ich musste Patti einfach gründlich begrapschen. Und kaum hatten wir die Tür hinter uns zugemacht, um uns »frisch zu machen«, wie Aaron gesagt hatte, fielen wir übereinander her, hastig und atemlos, praktisch im Stehen. Ein kaltes Dachzimmer in Birmingham, draußen Dunkelheit. Mit hochgerafftem Rock hielt Patti sich an der Stuhllehne fest. Keine Kinder, die uns stören konnten. Unter uns zwei Frischvermählte. Wunder gibt es immer wieder.

Wir hatten es richtig gut, ich meine, wir hatten es auch mit Aaron und Wanda gut. Weil wir ihnen voraus waren – schließlich waren wir schon fünf Jahre verheiratet und hatten zwei Kinder –, war das Zusammensein mit Aaron und Wanda wie das mit zwei Kindern. Und weil unsere eigenen Kinder nicht da waren, kamen wir uns selbst auch wie zwei Kinder vor.

Natürlich, als wir später nach Hause kamen – es war ja ihre Hochzeitsnacht –, hätte die Tatsache, dass unser Zimmer über ihrem war, trotzdem peinlich sein können. Aber wir hatten alle getrunken, und Patti und ich – na ja, wir waren den beiden ja voraus. Ich erinnere mich nur noch, dass wir eng aneinanderrückten, diesmal um der Wärme willen, dann bin ich eingeschlafen.

Als ich aufwachte, hörte ich lauter Geräusche von unten. Ich meine kein Liebestreiben. Ich meine Geräusche auf der Treppe und dann im Flur unten. Geräusche von Leuten, die auf sind und was vorhaben – früh am Sonntagmorgen im Januar. Am Tag nach ihrer Hochzeit.

Ich hörte gedämpfte Stimmen. Ich glaubte zu verstehen: »Alles klar, Wan? Schlüssel?« Dann hörte ich, wie jemand die Haustür in dem Bemühen, leise zu sein, schloss. Dann hörte ich Stimmen draußen auf der Straße. Mir kam der Gedanke, dass Aaron und Wanda vielleicht noch betrunken waren. Und dann musste ich einfach aufstehen und einen Blick durch den Vorhangspalt unseres kleinen Mansardenfensters werfen.

Ich musste daran denken, wie ich einmal zu Hause aufgestanden war, weil ich seltsame Geräusche gehört hatte. Es waren bloß zwei Füchse im Licht der Straßenlaterne, die mit einem umgestürzten Mülleimer ihr Unwesen trieben. Ich weiß, dass mir damals der Gedanke kam, mit der Jugend sei es jetzt vorbei und ich sei jemand, der sich von seltsamen nächtlichen Geräuschen verunsichern ließ. Diesmal sah ich unter der Straßenlaterne Aaron und Wanda. Zu sagen, sie trieben ihr Unwesen, wäre nicht ganz richtig, aber auch nicht ganz falsch gewesen. Sie trugen Trainingsanzüge und Sportschuhe. Am Morgen nach ihrer Hochzeit, bei Dunkelheit und eisiger Kälte, wollten sie laufen gehen. Aber andererseits alberten sie auch herum, so als könnten sie sich noch nicht zum ernsthaften Laufen entschließen. Sie lachten. Auf ihre Art waren sie wie zwei Füchse. Nicht nur einmal küssten und begrapschten sie sich. Ich dachte: Das könnten sie doch auch im warmen Bett machen.

Aber ich sah, dass Aaron an einem Band eine Stoppuhr um den Hals trug. Dann nahmen sie tatsächlich Aufstellung, gingen halb in die Hocke, als wären sie an der Startlinie. Aaron hielt die Stoppuhr in der Hand und blickte darauf, dann spannte Wanda die Muskeln an, und Aaron sagte etwas. Ich bin mir sicher, dass ich »Fertig! Los!« hörte. Wanda rannte los, Aaron guckte weiter auf die Uhr – vielleicht bekam sie einen Vorsprung von zehn Sekunden –, dann rannte er auch los.

Hatte er sie herausgefordert oder sie ihn? Das werde ich nie erfahren. Auch nicht, über welche Entfernung der Lauf ging oder welche Strecke sie liefen. Es war halb sieben.

Jetzt ist Wanda eine Achthundert-Meter-Läuferin. In der obersten Riege. Bis zu den Olympischen Spielen in London ist es kein Jahr mehr. Und sie ist Aarons Angetraute.

Ich drehte mich vom Fenster weg. Patti war wach. Sie knipste die Nachttischlampe an und sah mich verdutzt an. »Was machst du da? Was ist los?«

Da fiel mir der Ausdruck wieder ein. Ich musste lachen. Ich sagte: »Ich habe gerade gesehen, wie Aaron einer Frau nachstellt.«

Ich erklärte es ihr. Ich erklärte, was ich gehört und gesehen hatte, und ich nahm an, dass wir jetzt schmunzelnd und kopfschüttelnd über dieses merkwürdige Verhalten der beiden nach der Hochzeit sprechen würden. Oder dass dies der Moment für unsere gründliche Analyse der ganzen Aaron-Wanda-Sache wäre.

Aber Patti sagte: »Heißt das, sie sind nicht hier, nicht unter uns in ihrem Zimmer? Und wir sind allein im Haus?«

Und damit packte sie mein Handgelenk und zog mich wieder ins Bett.

Leute sind Leben

»Aber Sie haben Freunde«, sagte ich.

Ich weiß nicht, warum ich das sagte. Es war zwischen Sagen und Fragen.

»Freunde?«, fragte er.

»Freunde. Sie wissen schon.« Er war der letzte Kunde an diesem Tag. Ich hatte Hassan schon gesagt, er solle das Schild an der Tür umdrehen. Ich war müde, aber manchmal ist der letzte Kunde am Tag anders, und sei es nur, weil er der Letzte ist. Es war kurz vor sieben und schon dunkel.

Ich schnitt weiter.

»Freunde«, sagte er, als hätte er das Wort noch nie gehört. Dann schwieg er. »Ich habe Treffen«, sagte er.

Jetzt war ich dran. »Treffen?«

»Treffen. Ich kenne Leute und treffe mich mit ihnen. Leute, die ich seit Langem kenne, aber ich treffe mich nur mit ihnen. Sie wissen schon. Die Zeit vergeht, dann treffen wir uns, auf ein Bier oder so. Dann vergeht wieder Zeit. Sind das Freunde?«

Ich war mir nicht sicher, ob das Sagen oder Fragen war.

»Na ja«, sagte ich.

Vielleicht meinte ich mit Freunden nichts anderes, sondern genau das, was er gerade gesagt hatte. Leute, mit denen man reden konnte. Leute, mit denen er reden konnte.

»Na ja«, sagte ich.

Nicht jeden Tag kommt jemand rein und teilt einem mit, dass seit dem letzten Mal seine Mutter gestorben ist. Und der das so ausdrückt: »Das sind jetzt beide. Letztes Jahr mein Dad, letzte Woche meine Mum.«

Also, auf jeden Fall war das Sagen.

Das mit seinem Vater hatte ich nicht gewusst, oder ich konnte mich nicht daran erinnern.

»Das wusste ich nicht«, sagte ich. »Das von beiden.«

Und bisher hatte ich gar nicht gewusst, wie seine Situation in Wahrheit aussah. Er musste es nicht sagen, ich brauchte ihn nicht zu fragen. Ich sah es seinem Gesicht im Spiegel an, an der Art und Weise, wie er sein eigenes Gesicht im Spiegel ansah.

»Na ja, es muss ja passieren«, sagte ich, »irgendwann.« Ich hätte noch sagen können: »In unserem Alter«, aber das sagte ich nicht.

Man erkennt etwas an der Art und Weise, wie Menschen ihr eigenes Gesicht ansehen. Das tun sie nicht oft, und sie wollen es auch nicht, aber in einem Friseurladen gibt es sonst nicht viel zu tun. In einem Café bezahlen die Leute dafür, dass sie aus dem Fenster gucken, wo die Welt an ihnen vorüberzieht. In einem Friseurladen bezahlen sie dafür, dass sie sich selbst ins Gesicht gucken, und man sieht, was mit ihnen los ist, wenn sie das tun.

Man sieht nicht viel, wenn man von oben auf einen Kopf blickt.

Obwohl, manchmal denke ich: Gleich hier, unter meinen Fingern, ist der Schädel und das Gehirn und jeder Gedanke, der darin enthalten ist.

Dieser Mann, so wie er sich im Spiegel ansah, erzählte mir, dass er mit seinen Eltern – und für seine Eltern – gelebt hatte, sein Leben lang. Manche Männer sind große Kinder. Damit ist alles gesagt. Er war bestimmt über sechzig. Einer von diesen großen, schweren, aber weichen Typen. Und jetzt erzählte er mir, dass er ganz allein auf der Welt war.

Ich schnitt weiter. Ich dachte: Und? Was kann ich da tun? Ich schneide Haare.

»Trotzdem, ist ganz schön schwer«, sagte ich. »Wie alt – Ihre Mutter?«

»Dreiundachtzig«, sagte er.

»Dreiundachtzig«, sagte ich. »Das ist nicht schlecht. Dreiundachtzig ist kein schlechtes Alter.«

Dann, nach einem Schweigen, sagte ich, ich weiß nicht warum: »Aber Sie haben Freunde.«

Leute, mit denen man reden konnte, meinte ich, in schweren Zeiten. Jeder hat Freunde. Aber er hatte anscheinend nur »Treffen«.

»Freunde«, sagte er, als wäre das Wort fremdartig. »Als Junge hatte ich Freunde. Ich meine, als ich ein kleiner Junge war. Wir waren die ganze Zeit zusammen. Wir haben uns gegenseitig besucht, in unseren Häusern, in unseren Leben. Wir haben gar nicht drüber nachgedacht. Das sind Freunde.«

Ich schnitt weiter. »Na ja, wohl wahr«, sagte ich.

Und wie oft sage ich das zu den Kunden? »Wohl wahr.« Wie man das so sagt. Was immer sie einem erzählen.

»Die Freunde, die wir früh im Leben haben«, sagte ich, »das sind die, die uns bleiben. Die wichtig sind.«

Das war nicht ganz das, was er gesagt oder gemeint hatte, und das wusste ich auch. Es war auch nicht ganz das, was ich meinte. Ich verstand, was er gemeint hatte. Ich schnitt weiter und sah auf sein Haar, aber vor meinem geistigen Auge sah ich meine Freunde in Zypern. In Ayios Nikolaos. Alle meine Freunde, neun und zehn Jahre alt. Ich sah mich in ihrer Mitte.

Vielleicht wusste er, dass ich das, was ich gesagt hatte, nicht gemeint hatte. Ich hatte etwas gesagt, das man gemeinhin sagt, oder so denkt.

Er sagte: »Es ist nicht dasselbe, oder? Leute kennen, sich mit ihnen treffen, mit ihnen reden. Das ist nicht dasselbe wie Freunde haben.«

Ich drehte seinen Kopf in einen anderen Winkel. »Das ist zu schwierig«, sagte ich, »zu schwierig.« Ich spürte ein Gefühl aufkommen, fast wie Wut. Ich schob es zurück. Beinahe hätte ich aufgehört zu schneiden. »Sie verlangen zu viel«, sagte ich. »Bei allem Respekt – vor Ihrer Mutter. Bei allem Respekt vor Ihren Gefühlen. Wenn Sie Leute kennen, mit denen Sie sich treffen und mit denen Sie sprechen können, dann haben Sie Freunde. Wenn Sie Leute haben, haben Sie Leben.«

Es war spät, es war dunkel. Ich versuchte mich manchmal mit ein bisschen Philosophieren. Manche Menschen erwarten das, hin und wieder, von einem Friseur. Ein bisschen Philosophieren. Besonders von einem Friseur, der selbst über sechzig ist, sein eigenes Geschäft hat (ich und drei Angestellte) und dessen Haar kraus und grau ist. Außerdem bin ich Grieche (vielmehr Zypriote), und wir haben die Philosophie erfunden.

»Leute«, sagte ich. »Leute sind Leben.«

Aber was ich dachte, war dies: Sie brauchten sich nicht die Haare schneiden zu lassen, nachdem Ihre Mutter eben gestorben ist. Sein Haar war nicht gerade sehr lang, es musste nicht geschnitten werden.

Ich steckte Schere und Kamm in meine Brusttasche und schaltete den Nackenrasierer an, damit wir nicht sprechen konnten.

Die Leute denken, wenn man Friseur ist, hat man Leute um sich und kann die ganze Zeit reden, den ganzen Tag. Was man alles zu hören bekommt, die Geschichten, was die Leute einem so alles erzählen.

Aber in Wahrheit bin ich froh, wenn ich keine Leute mehr sehen muss. Ich mag es, wenn der Tag zu Ende ist. Deswegen bin ich manchmal anders und sage Dinge, wenn es der letzte Kunde ist. Ich habe dann genug von Leuten. Und die meisten sind einfach Köpfe mit Haaren und manche gar nicht so nette Köpfe mit Haaren.

Ich dachte: Er will, dass es für die Beerdigung sauber und ordentlich ist.

Meine Eltern sind schon vor Jahren gestorben, in Zypern. Ich hatte sie lange nicht gesehen. Ich war nicht mehr hingefahren. Übrigens ist auch meine Frau gestorben, vor drei Jahren – Irene, meine englische Frau. Aber wir waren getrennt, wir hatten uns schon vor Jahren getrennt. Sie trank die ganze Zeit. Sie trank, und sie fluchte die ganze Zeit.

Habe ich allen meinen Kunden davon erzählt, dass sie gestorben war, dass wir uns getrennt hatten? Habe ich das vor meinen Kunden ausgebreitet? Habe ich den Laden zugemacht?

Ich habe zwei erwachsene Söhne, beide sind in der Computerbranche und beiden ist ihr Vater peinlich, weil er sein Leben lang einfach nur Friseur war.

Ich bin froh, wenn ich nach Hause komme und allein sein kann.

Vielleicht hatte er das alles aus meiner Stimme herausgehört. Oder meinem Gesicht angesehen, im Spiegel. Immer kommt ein Moment, wenn man hinter dem Kunden steht, die Finger an seinen Schläfen, und seinen Kopf gerade hält, und man blickt zu zweit in den Spiegel wie für ein Foto. Als wäre der Kopf zwischen den Fingern etwas, das man selbst gemacht hat.

»Leute sind Leben«, sagte ich.

Aber im Spiegel konnte er sehen, was ich dachte: Zu mir brauchen Sie nicht zu kommen, am Ende des Tages, um weise Worte oder Trost zu empfangen, um Freundschaft zu finden, falls Sie das suchen. Was erwarten Sie? Dass ich, wenn ich gleich den Laden zumache, zu Ihnen sage: »Warum gehen wir beide nicht ein Bier trinken? Und lernen uns besser kennen?«

Ich bin froh, wenn ich nach Hause komme und mir ein Bier aus dem Kühlschrank nehmen kann.

Einer von den schweren, aber weichen Typen, die aussehen, als wären sie von ihren Müttern gut gefüttert worden und hätten am Ende ihre Mütter gefüttert. Ein Stammkunde, das wohl. Seit wie vielen Jahren? Wollte immer, dass ich selbst ihm die Haare schnitt, nicht einer der Angestellten. Die Jahre rasen vorbei, wenn man sie in Haarschnitten zählt. Ich wusste nicht, wie er hieß. Nicht, dass das ungewöhnlich ist. Keine Termine, kein Grund, den Namen zu wissen – es sei denn, sie sagen ihn – oder zu wissen, was ihr Beruf ist.

So sind die Engländer, das habe ich gelernt.

Meinen Namen kennen sie alle. Er steht über dem Fenster. Vangeli. Und sie wissen, was mein Beruf ist. Aber wie oft fragt einer von ihnen: »Wie sind Sie denn Friseur geworden?«

Ich sage es ihnen, wenn sie fragen, ich erzähle ihnen die Geschichte. Ich sage, ich bin mit Kamm und Schere in den Händen zur Welt gekommen …

Aber in Wirklichkeit war es etwas, was ich gut konnte. Ich brauchte keinen Grips dazu. Dann bin ich zum Militär gegangen. Da musste ich der ganzen Kompanie die Haare schneiden. Und da habe ich Leute kennengelernt! Da habe ich Sachen gehört! Ich habe sie alle geschoren, dass sie wie rasierte Ratten aussahen. Dann bin ich nach England gekommen und eine Weile mit einer verrückten Clique rumgezogen, mit Leuten, die vor mir hergekommen waren. Dann habe ich mich als Friseur niedergelassen.

Und jetzt war ich so alt, ungefähr, wie der Mann, dessen Kopf ich zwischen den Fingern hielt. Und es stimmte, im Laufe der Jahre, wie viele es auch waren, habe ich erlebt, wie sein Haar schütterer und grauer wurde, wie immer mehr Rosa durchschien. Habe natürlich nichts gesagt.

Es gibt einen Witz unter Friseuren: »Sie haben Verluste zu beklagen.«

Als meine Frau starb und ich noch einmal hingegangen bin, ich meine, in die Friedhofskapelle, war sie bis zum Kinn bedeckt. Ich sah nur ihren Kopf. Manches bleibt einem nicht erspart.

Ich schnitt weiter. Draußen hatten die Menschen es eilig, nach Hause zu kommen. Lucas, einer meiner Angestellten – ich sage immer »Angestellte« –, fegte den Fußboden.

Sie sind dran mit Reden, dachte ich. Aber er sagte nichts. Einen Moment lang dachte ich: Er ist froh über die Berührung meiner Finger, durch das Haar hindurch, auf der Kopfhaut, das Hin und Her mit dem Kamm. Über den Geruch von Shampoo und Talkum, ein Geruch, als wäre er wieder ein Baby.

Vangeli. Das bedeutet »Engel guter Nachrichten«, aber das erkläre ich den Kunden nicht gern, wegen der Witze. Ich erkläre auch nicht gern, dass Irene, der Name meiner Frau, auch ein griechischer Name ist. Er bedeutet »Frieden«.

Frieden!

Dann kommt der Moment, wenn man den Handspiegel nimmt und hinter dem Kopf hochhält. Und dann muss man wieder, müssen alle beide, in den großen Spiegel blicken, als wären sie ein Paar und gehörten zusammen. In dem Moment ist es schon fast vorbei. Dann kommt noch der Moment, wenn man dem Kunden den Umhang abnimmt und die Schultern abbürstet; und der Kunde steht auf, und man gibt ihm ein Papiertuch, damit er sich den Nacken abwischen kann, dann zieht er sich das Jackett an und bezahlt. Man gibt ihm das Wechselgeld raus, es sei denn, er sagt, stimmt so.

Und als Letztes kommt der Moment, wenn er sich umdreht, und man gibt ihm – oder wenigstens mache ich das so – einen leichten Schlag auf die Schulter, einen leichten Schlag, der zu einem Drücken wird, nur eine winzige Sekunde lang, ein Drücken der Schulter. Das bedeutet danke, danke für das Trinkgeld, aber es bedeutet auch: Na, das hätten wir, jetzt sind Sie frisch und fertig. Und nun gehen Sie und leben Ihr Leben.

Hämatologie

Roehampton, Surrey
House of Eliab Harvey

7. Februar 1649

Colonel Edward Francis
The Council of Officers
Westminster

Mein lieber Cousin,

nun, Ned (falls ich Dich noch so nennen darf und falls Du geneigt bist, von mir zu hören), wir haben außerordentliche Zeiten durchlebt. Hat es je ähnliche Zeiten gegeben? Und ich muss zugeben, dass Du zur Siegerseite gehörst und Dich als Herr aufspielen kannst, Herr über mich, der ich der Gefährte von Königen war, ja, der von unserem – jüngst – verstorbenen König. Oder soll ich ihn, wenn ich es richtig verstehe, als »Tyrann, Verräter, Mörder« bezeichnen? Würdest Du mich mit denselben Anschuldigungen bewerfen, weil ich so vertraut mit seiner Majestät – darf ich ihn überhaupt noch so nennen? – war und seine Leiden, seine Fieber- und Hustenanfälle behandelt habe? Würdest Du wollen, dass ich meinen Kopf ebenfalls auf den Block lege, weil ich in körperlicher Nähe zur Tyrannei stand? Dann könnte man sehen, habe ich recht, ob sich meine Hypothese von der Zirkulation des Blutes beweisen lässt. Arzt, beweise dich selber!

Aber war das nicht bewiesen, als vor just einer Woche königliches Blut – dürfen wir es noch »königlich« nennen? – in Whitehall vergossen wurde? Und wird es nicht jedes Mal bewiesen, wenn der Kopf eines Menschen vom Körper getrennt wird, wie es in jüngster Zeit das Schicksal vieler Männer – auch Frauen und Kinder – war? Ein König ist ein Mensch wie jeder andere. Waren wirklich sieben Jahre Krieg und ein Prozess vor dem Parlament nötig, um dies zu beweisen, wenn doch jemand wie ich es hätte bezeugen können? Die Anatomie kennt keine Unterschiede. Ich habe Verbrecher seziert und Könige untersucht. Bedarf es besonderer Statuten, um festzustellen, dass der eine auch der andere sein kann?

Und dies, Ned, waren Grund und Grundlage für mich, lange bevor diejenigen in Deiner Partei damit begannen, die Macht des Königs einzuschränken und ihn dann zu stürzen. Es gibt Tyrannei und Tyrannei, es gibt Verrat und Verrat. Auch in meiner Partei – ich meine die der Mediziner – gibt es etliche, die weder zögern noch klagen würden, sähen sie, dass mein betagter Kopf vom Körper getrennt würde, dass ich zu Fall käme, weil ich meine Standarte gegen den Arzt Galenos erhoben habe. Es gibt verschiedene Arten der Hoheit und Rebellion. Wir waren noch Kinder, Ned, als die Armada an unseren Küsten anlandete, aber hätten wir uns nicht gemeinsam hinter unseren Monarchen gestellt? Gemeinsam, sage ich! Wir waren mehr als halb so alt wie jetzt, als Raleighs Kopf von seinem Körper getrennt wurde. Spürten wir beide damals nicht einen Widerhall des scharfen Schmerzes der Axt, die Raleigh traf? In Deiner Partei waren viele, so wage ich zu sagen, für die jener Tag den Bruch bedeutete. Das war ihr Ausgangspunkt, ihr Vorwand. Mit Dir war es ebenso. Es war, so wage ich zu sagen, der Anfang unserer Trennung.

Doch haben wir nicht ebenfalls gespürt, wenn wir aufrichtig sind, dass es eine Bewegung, eine Fluktuation gibt – solche Begriffe darf ich doch benutzen? – im Schicksalslauf der Menschen, Ebbe und Flut, ein Ansteigen und Fallen, jenseits von Regierung und Gerechtigkeit, und dass wir in diese ungebändigten Gezeiten eintreten – das wussten wir zu dem Zeitpunkt bereits –, wenn wir auf die Welt kommen? Wir lassen unsere Skiffs zu Wasser, ähnlich wie Raleigh etliche stolze Schiffe im Meer seiner Ambitionen zu Wasser gelassen hat. Hätte ich einschreiten, Ned, und meinen früheren Herrn, König James, bitten sollen, den Befehl gegen das würdige Haupt nicht zu erlassen? Ich war lediglich sein Arzt, nicht sein Berater, und hatte kaum mehr als ein Jahr in seinen Diensten gestanden. Und Raleigh ging in würdiger Haltung in den Tod, so wie auch vor gerade einmal sieben Tagen Charles, mein anderer verstorbener Herr.

Müssen wir ihn jetzt so nennen, einfach Charles? Ist es so verfügt? So wie wir uns gegenseitig – das hoffe ich doch – einfach Ned und Will nennen, Jungen, die einst in Canterbury »Würfelknochen« miteinander gespielt haben und mit Linealen, die uns als Holzschwerter dienten, gekämpft haben. Denen zweifellos die Knie schlotterten angesichts des Zorns der Lehrer und die hinter vorgehaltener Hand Frechheiten von sich gaben, wenn ihnen die berockten Rücken zugewandt waren. Sie waren bloß unsere Lehrer, aber das war unsere Welt. Welche Tyrannei, welche Unterwerfung. Und die Revolte der Grünschnäbel. Wie wir unser Schicksal genährt haben. Und das war an der *King's School*, wie Du Dich erinnerst. Das war unter der noch lange währenden Regentschaft unseres Souveräns, wie wir sie sogar in unseren Gebeten nannten, der Königin Elizabeth.

Was sind das für Zeiten, Ned, was für Zeiten. »Könnte man im Buch des Schicksals doch lesen, und der Zeiten Umwälzung« – habe ich das richtig zitiert? Ist das nicht König Heinrich IV., selber einer, der Könige stürzte? Aber Du warst derjenige, der ins Theater ging und – wenn Du derselbe warst, den ich in unserer Jugend kannte – zweifellos auch in andere Häuser, während ich in Padua meine Vorlesungen hörte. Du, der Du jetzt zu den Soldaten Gottes gehörst, während ich zum Zeitvertreib eher die Dichter lese als die Bibel. Ist auch das Verrat?

Damals gingen wir zum ersten Mal auseinander, wenngleich wir uns oft schrieben. Deins war die Jurisprudenz, meins die Medizin. Dein Ziel war der Middle Temple, meins Padua. War dies nicht die Saat all unserer zukünftigen Unterschiede und zukünftigen Ämter, die wir bekleiden würden und die uns zu dem Zeitpunkt noch unbekannt waren? Doch das uns gemeinsame Saatkorn, die gemeinsame Regung des Blutes – so ist es richtig – war der Ehrgeiz. Sollten wir das leugnen? Mich zog es zur Anatomie, Dich und Deinen juristischen Scharfsinn zu dem, was Menschen entzweit. Das lag Dir von jeher, Ned, wenn Du in Deinem Beruf damals auch nur mit Worten gekämpft hast. Du warst zum Mann der Waffe erwählt. Eines Tages würdest Du vielleicht ein richtiges Schwert zücken. Ich hatte immer nur ein Skalpell. Selbst mit dem Holzlineal warst Du, wie ich mich erinnere, meist siegreich. Und wieder einmal muss ich zugeben, dass Du und die Deiner Couleur Sieger über mich sind. Besser – Herrscher! Ich lebe wahrhaftig unter Deiner Herrschaft.

Wie geht es weiter, Ned? »Oh säh man das, Der frohste Jüngling, schaut er seinen Lauf, Wie hier Gefahr gedroht, dort Leiden nahn.« Ich bin ein alter Mann. Ich lese bei winterlichem Feuer. Doch ich gebe offen zu – auch ich hatte Ehrgeiz. Mein Beweggrund war die Förderung von Wissen, aber auch meine eigene Förderung. Habe ich meine verstorbene Frau geheiratet, weil ich sie zur Frau haben wollte oder weil ich der Ehemann der Frau sein wollte, deren Vater Leibarzt der verstorbenen Königin war. Die Ehe öffnete mir mehr Türen als meine Lorbeeren aus Padua. Und doch – wie ich sie vermisse, meine teure Liz. Meine dahingegangene Liz. Dahin! Das ist jetzt das einzig zutreffende Wort für uns, seit wir die siebzig überschritten haben. Alles ist dahin. Aber vielleicht glaubst Du, wenn Gott (und Dein Arzt) Dir Gesundheit schenken, dass Du dann noch am Anfang stehst, bei dem Neuen. Haben wir nicht eine neue Welt? Ist dies nicht der siebte Tag ihrer Erschaffung?

Ehrgeiz, das war der gemeinsame Antrieb auf unseren getrennten Wegen. Sollen wir uns das eingestehen? Und sollen wir uns zudem eingestehen, dass auf lange Zeit mein Ehrgeiz Deinen überflügelte und besser bestallt war? Jetzt bleibt abzuwarten, wohin der Ehrgeiz Cromwells, Deines Herrn – aber auch ich muss ihn Herr nennen –, ihn bringen wird und wie er Deinem Ehrgeiz förderlich sein wird.

Was sind das für Zeiten, was für Zeiten! Jetzt bin ich derjenige, der zur Seite treten, sich zurückziehen und im Haus seines Bruders Obdach suchen muss. Ich muss mich mit Büchern und Studien zufriedengeben, ich, der ich einst Könige begleitete. Doch will ich nichts anderes. Vielleicht entringt sich Dir ein ironisches Lächeln, wenn du erfährst, dass meine Studien sich auch weiterhin mit der Fortpflanzung unserer Spezies und der der Lebewesen im Allgemeinen befassen. Welchen Anlass zu Belustigung und Gestichel habe ich meinen Feinden und Spöttern gegeben – die immer noch zahlreich und hartnäckig sind –, dass ich, ein alter Mann, verwitwet und kinderlos, mich mit solcherlei Dingen befasse. Wie sie mich wohl verlachen, so wie wir einst unsere Lehrer hinter deren Rücken verlacht haben.

Und doch wüsste ich gern, Ned, wenn möglich vor meinem Tod, wie wir zur Welt kommen, wie wir für die Welt geformt werden. Überlass das lieber, werden manche auch jetzt ausrufen, den Theologen, betrete nicht diesen heiligen Boden. Sind wir uns in dieser Hinsicht nicht ähnlich? Erkennst Du das nicht von Deiner gegenwärtigen erhabenen Position?

Wir beide kamen mit einer rebellischen, manche würden sagen, ketzerischen Wesensart zur Welt, bereit, auf heiligen Boden vorzudringen. Gewiss – im Interesse von Wahrheit und Gerechtigkeit. Und der Ambition?

Ich habe nicht auf Knien in der Kirche des Königtums gehuldigt, auch Du nicht, aber meine Interessen, oder ich sollte vielleicht eher sagen, die Interessen der Lehre, waren der Grund, warum ich mich unter ihren Schutz stellen wollte. Stimmt es Dich nicht nachdenklich, dass unser verstorbener König – Tyrann, Verräter, Mörder –, der sich so fest an sein göttliches Recht klammerte, zugleich Förderer von vielem war, das einen Angriff auf das Unantastbare bedeutete? Und stimmt es Dich nicht weiterhin nachdenklich, dass diejenigen Deiner Partei, die sich einst so kühn und ketzerisch gegen ihn erhoben, sich jetzt in ihren eigenen Scheinheiligkeiten eingerichtet haben? Sind das ketzerische Bemerkungen? Wirst Du mich dafür vor Gericht zerren?

Das, was Menschen entzweit! Warum habe ich gut ein Dutzend Jahre gewartet, meine Erkenntnisse, mein *De Motu Cordis*, zu veröffentlichen? Weil es mir, ich bekenne es, an Mut mangelte, weil mein Herz – so sollte ich es sagen! – schwach war. Weil ich wusste, die gelehrten Himmel, wenn nicht gar andere herrschende Mächte, würden darüber in Aufruhr geraten. Es würde mir Feinde machen. Und mir geschätzte Patienten nehmen. Das tat es und tut es immer noch. Es gibt Ketzerei und Ketzerei, es gibt Dogma und Dogma.

Wie gut ich mich an unser letztes Gespräch erinnere, Ned. Das liegt acht Jahre zurück. Wir saßen bei Dir zu Tisch. Es bestanden die Bande der Verwandtschaft und die unserer Freundschaft und auch die Bande zwischen Gastgeber und Gast, dennoch spürte ich das Schwelen eines Zerwürfnisses. Es roch nach Rauch. Du sagtest, es sei an der Zeit, dass jeder sich zu seinem Standort bekenne. Welcher Partei er angehöre. Ich sagte, könne ein Mann sich nicht zu dem Standort bekennen, deutlich dazu bekennen, dass er keiner Partei angehört? Du sagtest, das sei kein Standort. Oder vielmehr sagtest Du, wenn ich mich recht erinnere, das sei nicht der Standort eines Mannes, sondern der eines Baumes. Wollte ich ein Baum sein und kein Mann?

Es war Ende August, die Fenster standen offen und gaben den Blick auf den Obstgarten frei, ein ganzes Regiment von Bäumen voll mit errötenden Äpfeln. »Nein, Ned«, sagte ich. »Ich bin kein Baum, aber sollen doch die Bäume über den Fall entscheiden. Auch ich habe einen Obstgarten. Lass uns nicht streiten, wessen Äpfel die süßeren sind, obwohl schon Geringeres zwischen Menschen zum Streit geführt hat, denn dies ist der eigentliche Streitpunkt: Würdest Du oder ein anderer oder die Partei eines anderen in meinen Obstgarten eindringen, die Bäume abholzen und über mein Land trampeln, nun, dann gehörte ich der Gegenpartei an. Da läge meine Loyalität.«

Das wolltest Du nicht als Antwort gelten lassen (und wenn ich ganz ehrlich sein soll, hielt ich selbst sie nicht für ausreichend). Du sagtest: »Gut, du hast weise gesprochen, Will, denn der König treibt bereits sein Unwesen in dem Obstgarten, der sein Königreich ist, mit der Behauptung, dass dies sein Recht sei und das Land niemandem gehöre als ihm. Ist damit nicht entschieden, wo deine Loyalität liegt?« Ein Lächeln umspielte Deine Lippen, aber in Deinen Augen war eine dunkle Glut. Du schenktest von dem Ale nach. Du sagtest: »Die Zeit wird kommen, Will, die Zeit wird kommen.« Vielleicht hätte ich schweigen sollen. Aber ich sagte: »Dann wollen wir hoffen, dass diese Zeit nicht morgen kommt, und auch nicht übermorgen. Und wenn sie kommt, wollen wir hoffen, dass wir uns als Cousins nicht entzweien, welche Partei wir auch wählen.« Ich sagte: »Ich bin Arzt, Ned, ich muss unterschiedslos für jeden da sein.«

Aber auch das konntest Du nicht als Antwort gelten lassen, zumindest Deine Augen nicht. Ich hatte sie niemals so feurig gesehen. Offenkundig warst Du der Ansicht, sagtest es aber nicht, dass in bestimmten Fällen auch ein Arzt seine Arzneien beiseitelassen muss, so wie ein Jurist seine Gesetzesbücher beiseitelegen und Rüstung anlegen muss. Damals wussten wir noch nicht, Ned, dass eines Tages die Soldaten Deiner Partei in meine Räume eindringen und den Inhalt durchstöbern würden, dass sie meine kostbaren Notizen und Schriften und Experimente in Unordnung bringen würden. Da hattest Du meinen Obstgarten, da stand meine Loyalität fest.

Aber wie konnte ich sagen, was ja der springende Punkt war, dass meine Partei bereits für mich gewählt war? Auch Du wusstest das. Wie konnte ich, der Arzt des Königs, der des Königs Körper kannte wie kein zweiter, einer Partei angehören, die nicht die des Königs war? Dabei ging es wohl kaum um die Sache oder das Prinzip. Und wie hätte ich andererseits sagen können, dass ich das Feuer in Deinen Augen bemerkt hatte? Ich bemerkte es, wie ein Arzt Symptome bemerkt. Es war das Feuer Deiner Sache, das bestreite ich nicht, aber es war auch das Feuer des Neids. Es war das Feuer eines Ehrgeizes, der noch keine Erfüllung gefunden hatte und übertrumpft worden war von der Vorrangstellung eines anderen. Und es war ein ebensolches Feuer – jetzt, da Du Deine eigene Vorrangstellung genießt, kann ich es sagen –, das in den Augen vieler in Deinen Reihen leuchtete, ob von der Sache getragen oder nicht.

Obstgärten! Königtümer! Wie hätte ich sagen können, ohne den Eindruck zu erwecken, ich spräche wie mein Herr der König in seinem schlimmsten Hochmut, dass meine Partei mit höheren Dingen befasst war? Es ist nur klein, das Herz, es ist eine geringe Menge, das Blut eines Geschöpfes, und doch bedeutet es für jedwedes Geschöpf alles Leben. Ich bin, wie Du weißt, Ned, in Folkstone geboren, das zum europäischen Festland hinüberblickt. Wie hätte ich sagen können, ich gehörte der Partei Europas an, oder der Partei der Welt? England ist nur ein kleines Land, aber es ist meins. Warum bin ich nach Padua gereist? Wie hätte ich sagen können, ich gehörte der Partei Fabricius' an, oder der Galileos, dessen edle Hand ich gedrückt habe? Wissen ist größer als Königtümer, die kommen und vergehen, und damit der einzige wahre Gebieter der Zeiten. Wie hätte ich das Dir, einem Juristen und Berater von Parlamentsmitgliedern (hattest Du damals nicht eine gewisse Vorrangstellung?), sagen können, ohne Öl ins Feuer zu gießen? Selbst jetzt kann ich mich kaum auf mein Alter berufen, wenn ich davon spreche.

Könige bedeuten mir nichts. Der König hat mir etwas bedeutet. Ich kannte ihn gut. Ich hatte für das leibliche Wohl des Königs Sorge zu tragen, nicht für das Wohl des Staates. Sein Körper war zart, zierlich, trotz aller Erhabenheit der Position und des Auftretens. Er war durch Rachitis verkümmert.

Er gab Anlass zu Spott. Wer aus Deiner Partei kannte den Feind so gut, kannte seine körperlichen Schwächen ebenso wie seine noble Überlegenheit, kannte seinen ihm eigenen Edelmut? War ich bei der Jagd zugegen, überließ er mir von seiner Beute – Hirsche, Rehe, Hasen –, so viel ich für meine Sektionen brauchte. Er lehnte den Fortschritt des Wissens nicht ab, auch nicht den Widerstand gegen Galenos. Als er in Oxford sein Hauptquartier bezog, versicherte er sich, dass ich Zeit und Raum für meine Studien hatte. Es war seine Kriegsfestung und dennoch ein Sitz des Lernens. Es stimmt, Ned, dass ich dem Caius College angehörte, bevor Cambridge eine Parlamentarierschmiede wurde, und ich dann in Oxford Unterschlupf fand. Habe ich meine Partei gewählt? Auf Wunsch des Königs wurde ich zum Rektor von Merton College bestellt. Du wurdest Marschall. Wir alle finden unseren Platz, wir alle finden unsere Couleur.

In jedem Fall liegt der Obstgarten, das Königreich – das Commonwealth, die Republik, wie sollen wir es nennen? – blutend danieder. Ein Commonwealth? Sieh doch, wie arm es ist. Eine Republik? Ein Körper ohne Kopf.

Als ich in Edge Hill war, als Leibarzt und vor meiner Zeit in Oxford, fiel mir die Blässe auf der Stirn meines Herrn auf. Es war die Blässe eines Mannes, eines jeden Mannes, wenn er die ersten Schüsse aus einer Kanone hört, und es war die Blässe eines Königs. Kein anderer hätte diese Blässe haben können. Es war die erste Schlacht. Lieber Gott, muss er gedacht haben, lass es die einzige sein. Es war das erste Mal, dass er seine Armee in die Schlacht führte, und zweifellos die erste Schlacht gegen sein eigenes Volk.

Was sind das für Zeiten, Ned, was für Zeiten. Wir, die wir das »Würfelknochenspiel« miteinander gespielt haben. Tatsächlich war die Schlacht von Edge Hill, wenn man einen solchen Tumult eine Schlacht nennen kann, richtig so benannt, denn standen wir nicht an einer großen Kante, über die wir in den Abgrund stürzten? Mir, der ich Leichen seziere und über den Lauf des Blutes nachsinne, wurde angesichts des Mordens und Gemetzels nicht angst. Tatsächlich habe ich die meiste Zeit hinter einer Hecke gesessen und ein Buch zu lesen versucht. Was mir aber Angst machte, das war der Ausdruck in den Mienen der Männer, ob sie aufseiten des Königs oder des Parlaments standen (und oft konnte man das kaum unterscheiden), ein Ausdruck, der bekundete: Jetzt ist die Sache wahr geworden, und sie besteht aus dieser blutgierigen Substanz, die Sache, die Stunden zuvor noch Stoff für Reden und Proteste war. Jetzt ist sie Stoff für ein Experiment, und so sieht das Experiment aus.

Hatten sie ihre Partei gewählt, diese grünen Rekruten, die noch nie in einer Schlacht gekämpft hatten? Hatten sie ihre Partei gewählt, diejenigen, die vor Prinz Ruperts Attacke kehrtmachten und um ihr Leben rannten oder galoppierten? Und hatten auch die ihre Partei gewählt, die unter Prinz Ruperts Befehl standen, aber, so schien es, keinen Befehl kannten, sondern einfach über das Feld hetzten, als wäre die Schlacht keine Schlacht, sondern eine große Verfolgung, eine Jagd auf Männer? Beinahe hätte es den König einen hohen Preis gekostet. Die Schlacht hat es ihn auf jeden Fall gekostet.

Hätte er sie doch gewonnen. Mache ich mich des Verrats schuldig? Es hätte die Angelegenheit geklärt. Dann hätte es nur diese eine Schlacht gegeben und keinen Krieg. Das drückte sich, glaube ich, in der Blässe aus, die ich bemerkte. Er wusste, er konnte gewinnen. Er hatte die Oberhand, ja, er war überlegen, in jeder Hinsicht im Vorteil. Die Straße nach London hatte er in der Hand. Er konnte obsiegen, wie ein König allzeit obsiegen sollte. Und doch entschied sich an jenem Tag, dass am Ende sein Kopf auf dem Richtblock liegen würde.

Aber hast Du ihn gesehen, den Ausdruck in den Gesichtern des gewöhnlichen Mannes, Ned? Ich weiß, dass Du da warst. Das heißt, es kam mir später zur Kenntnis, dass Du mit der Kavallerie William Balfours zugegen warst, der den Gegenangriff leitete, gegen eine Armee ohne Kavallerie, und um ein Haar den Sieg errungen hätte. Das war der erste Schritt zu Deiner spät erworbenen Vorrangstellung, nicht als Mann des Rechts oder als Mitglied des Parlaments, sondern als Mann der Waffe.

Aber wusstest Du zu dem Zeitpunkt, dass ich auch da war? Wusstest Du, wie nah Deine Kürassiere an den König kamen und an die in seiner Gefolgschaft? Haben wir uns gegenübergestanden, Ned? Das möchte ich wissen. Dein Gesicht wäre vom Helm bedeckt, nicht aber meines. Hast Du mein Gesicht gesehen? Hast Du zumindest den Ausdruck des gemeinen Mannes gesehen – oder warst Du in Deinem Eifer so geblendet –, der bekundete, dass ganz England ein einziger Schlachthof war, ein wahrhaftes Blutbad. Ganz England ein Jagdrevier und jeder Mann freie Beute.

Ich möchte es wissen, Ned. Ich habe nicht gekämpft. Ich habe keine Waffe getragen. Ich trug ein Buch, weil ich dachte, mir könnte die Zeit lang werden. Ich habe den König begleitet und die Verwundeten beider Seiten versorgt. Es war Oktober, bitterkalt, und zum Glück brach die Dunkelheit früh herein und beendete die Sache ohne klare Entscheidung, allerdings ohne dem Blutfluss aus den Wunden Einhalt zu gebieten. Standen wir uns von Angesicht zu Angesicht gegenüber? Sieben Jahre ist es her, und auch damals schon waren wir Männer mit grauem Haar. Ich war nie ein Kämpfer, aber ich werde von dem Traum heimgesucht, Ned, dass wir uns auf einem

Schlachtfeld gegenüberstehen. Ich habe kein Mittel, das dieses Bild vertreibt. Wir beide haben das Schwert gezückt. Diesmal sind es keine Holzlineale. Es geht nicht um Äpfel und Obstgärten. So weit ist es gekommen. Hast Du mein Gesicht gesehen, und soll ich dankbar sein, dass ich Deins nicht gesehen habe?

Auch dieser Abend ist bitterkalt. Ich schreibe beim Licht von Feuer und Kerze. So oder so, das Land ist verwüstet. Bald, so heißt es, wird der Sieg des Parlaments auch nach Irland hineingetragen werden. Du bist jetzt gewiss zu alt, um dort ein Regiment anzuführen. Obwohl ich Arzt bin, weiß ich nicht, in welcher Verfassung Dein alternder Körper ist. Das Militär bietet Abhärtung und späte Schulung, kein Zweifel, und die Hitze der Schlacht erhitzt, so will es scheinen, die Seele, sie schmiedet sogar den Eifer vor dem Herrn. Wir alle gehören jetzt der Partei Gottes an, doch manche mehr als andere. So ist es doch, nicht wahr? Von Anfang an gab es in dieser Sache nur zwei Parteien, die Armee und das Volk, und auch das trifft jetzt mehr denn je zu, und entweder ist die Armee unsere Kirche, oder die Kirche ist unsere Armee. So ist es doch, nicht wahr? Wir haben keine Mitmenschlichkeit, sondern eine Vermengung von Göttlichkeit und Krieg. Das ist unsere neue Welt.

Nun gut, Ned. Ich gehöre jetzt der Partei der Menschen an, ich gehöre allein zum Volk. Obwohl ich Königen gedient habe, gehöre ich als Arzt jetzt der Partei des Menschen schlechthin an und trage Sorge für das leibliche Wohl aller. Ich bin der Auffassung – und kann dies auch beweisen –, dass die Organe eines jeden Menschen denselben internen Regeln folgen. Immer noch vertraue ich auf die Förderung von Wissen, wenngleich ich weniger davon überzeugt bin, dass Bildung Fortschritt bedeutet.

Doch sag, haben wir uns gesehen? Und sag, ob wir uns in der Zeit, die uns bleibt, wiedersehen werden? Wir sind verwandt, und was immer das Trennende zwischen uns, wir sind jetzt alte Männer. Ich wäre Dein Arzt gewesen, Ned, gern und aufrichtig, hättest Du mich darum gebeten. Und wäre es heute noch. Alte Männer brauchen einen Arzt. Und solange Cromwell sich nicht krönen lässt, werden wir beide, so wage ich zu behaupten, keinen König mehr erleben. In dem Punkt sind wir gleich. Wir haben nur die uns zugebilligten Jahre. Du wärest hier, im Haus meines Bruders, willkommen. Zu Deiner Erheiterung könntest Du meine Experimente mitverfolgen. Es ist kein langer Weg von Westminster und nur ein kurzer von Putney, wo Du zuletzt an Debatten teilgenommen hast. Befassten sie sich nicht mit dem »Vertrag des Volkes«? Hier gibt es ein gutes Ale. Es gibt einen Obstgarten, in dem zur Zeit die Bäume kahl sind. Wir können sitzen, in Frieden, Ned, und reden, wie alte Männer gern reden. Und uns erinnern. An die Zeiten, die wir erlebt haben.

In Demut, Dein Diener und Cousin
Will

William Harvey, Doktor der Medizin.

Vergiss dies nie

Jetzt waren sie verheiratet, und man hatte ihnen gesagt, sie sollten ihr Testament machen, als wäre das der nächste Schritt im Leben, und deshalb gingen sie eines Tages zu einem Notar, einem Mr. Reeves. Er war anders, als sie erwartet hatten. Er hatte eine leise Stimme, Silberhaar und eine gütige Art. Er lächelte sie an, als hätte er nie zuvor ein so reizendes frisch verheiratetes Paar gesehen, das ganz offensichtlich verliebt war und doch so vernünftig, diese Vorkehrung zu treffen. Er kam ihnen eher wie ein Pfarrer vor, gar nicht wie ein Jurist, und später gestanden Nick und Lisa sich gegenseitig, dass sie sich gewünscht hatten, Mr. Reeves hätte sie getraut. Ihn aufzusuchen war tatsächlich ein bisschen wie Heiraten. Es ging einher mit der gleichen Mischung aus Feierlichkeit und aufgeregter Verwunderung – machen wir das wirklich? –, dem gleichen Gefühl, ein Kind in Erwachsenenkleidern zu sein.

Sie hatten geglaubt, es könnte ein bedrückendes Vorhaben sein. Ein Testament konnte man nicht aufsetzen, ohne an den Tod zu denken, auch wenn man vierundzwanzig und fünfundzwanzig war. Sie hatten sich vorgestellt, Mr. Reeves könnte schwierig im Umgang sein. Aber er war richtig nett. Er steuerte sie sanft durch die heikle Angelegenheit, Vorsorge zu treffen, falls sie zusammen starben oder mit nur einem winzigen Abstand zwischen ihnen beiden. »Bei einem Autounfall«, sagte er mit einem entschuldigenden Lächeln. Das brachte den Gedanken an den Tod ganz nah, das war, als würde man sagen, sie konnten morgen sterben.

Aber sie brachten es hinter sich. Und insgesamt war die Tatsache, dass sie ihren letzten Willen bekundet und alle ihre irdischen Besitztümer – von Kindern abgesehen – einander vermacht hatten, mindestens ebenso bedeutsam und von Dauer wie die Verpflichtung, die sie bei der Heirat eingegangen waren. Vielleicht sogar noch mehr.

Und da war noch etwas … etwas anderes.

Obwohl ihr Termin um zwölf Uhr war und nicht lange dauern würde, hatten sie sich beide für den Tag freigenommen und, ohne sich abzusprechen, förmlich angezogen, als gingen sie zu einem Vorstellungsgespräch. Nick trug einen Anzug mit Krawatte. Lisa eine kurze schwarze Jacke, eine dunkelrote Bluse und einen schwarzen Rock, der sowohl förmlich als auch aufsehenerregend eng war. Sie wussten beide, dass sie auch in Jeans und T-Shirt in Mr. Reeves' Büro hätten erscheinen können, es hätte keine besondere Rolle gespielt, schließlich war er nur ein gewöhnlicher Notar. Andererseits war es nicht gerade ein alltägliches Ereignis, wenigstens nicht für sie. Beide hatten das Gefühl, dass bestimmte Anlässe einer kleinen Zeremonie bedurften, ja, des Zelebrierens. Doch konnte man das Aufsetzen eines Testaments zelebrieren?

Jedenfalls hatten sie sich, auch wenn es nur für sie selbst war, ein bisschen schick gemacht, und vielleicht war Mr. Reeves von ihrem Auftreten ein wenig beeindruckt gewesen. Zumindest hatte er sie angelächelt, als wollte er, so kam es ihnen vor, ihre Ehe noch einmal mit dem heiligen Sakrament versehen.

Es war ein schöner, milder Morgen im Mai, und sie gingen quer durch den Park. Das Auto zu nehmen hatte keinen Sinn (und als Mr. Reeves das mit dem Autounfall sagte, waren sie froh, dass sie nicht gefahren waren). Im Grunde brauchten sie an niemanden sonst zu denken, außer an sich selbst und an ihren Notar, dessen Bekanntschaft sie zu dem Zeitpunkt noch nicht gemacht hatten. Beim Gehen hakten sie sich ein oder hielten sich an den Händen, oder Nicks Hand strich über Lisas Po in dem engen schwarzen Rock. Die großen Bäume im Park standen in ihrem ersten frischen Grün und waren voller Vogelgesang.

Zwar waren sie frisch vermählt, aber eigentlich bedeutete das keinen wesentlichen Unterschied zu vorher. Es war eine »Formalität«, so wie der heutige Tag eine Formalität war. Formalität war ein hübsches Wort, da es die Existenz von »Informalität« beinhaltete und eine solche sogar auf seltsame Weise guthieß. Nick ließ seine Hand wandern und überlegte, ob das frohe Freiheitsgefühl, das zu tun, in irgendeiner Weise verändert oder gar gesteigert war, jetzt, da Lisa seine Frau war und nicht einfach Lisa.

Ob verheiratet oder nicht, sie waren immer noch in der Phase, wo sie sich ständig anfassen wollten, sogar in der Öffentlichkeit. Als sie durch den Park zu Mr. Reeves' Büro gingen, ließ Nick den Gedanken zu, dass dies vielleicht nur eine Phase war – eine Phase, die schwächer werden oder eines Tages ganz aufhören würde. Sie würden älter werden und sich aneinander gewöhnen. Sie würden nicht nur älter werden, sie würden *alt* werden und *sterben*. Deshalb taten sie an diesem Tag das, was sie taten. Das alles gehörte zu einer Ehe dazu.

Es schien nötig, diesen mit dem Ende befassten Gedanken nachzuhängen, während sie im Sonnenschein gingen. Trotzdem ließ er seine Hand wandern.

Und als sie in Mr. Reeves' Büro über die verschiedenen Umstände sprachen, unter denen sie sterben konnten – wobei es guttat, dass Mr. Reeves so nett war –, half es Nick, an Lisas Po zu denken und das kleine Rascheln des Rocks zu hören, wenn sie sich auf dem Stuhl bewegte.

Es war ein wunderschöner Morgen, aber Nick hatte von wechselhaftem Wetter gehört, deshalb hatte er den Regenschirm mitgenommen. Ein Testament zu machen war, allgemein gesprochen, dasselbe, wie an den Schirm zu denken.

Als sie wieder auf die Straße kamen – es hatte keine halbe Stunde gedauert –, hatten sich die Wolken zusammengeballt, sodass die hellen Himmelflecken dazwischen umso heller wirkten. »Na, das ist erledigt«, sagte Nick zu Lisa, als verdiente die Sache nicht mehr als ein erleichtertes Schulterzucken, obwohl sie beide das seltsam erhebende Gefühl hatten, etwas vollbracht zu haben. Lisa sagte: »War er nicht *süß*«, und Nick stimmte ihr sofort zu, und sie beide spürten, als sie wieder an die Frühlingsluft traten, eine große sinnliche Lebendigkeit.

Eine Frische umgab sie, und vielleicht war Mr. Reeves nicht unempfänglich dafür gewesen.

Sie machten sich auf den Rückweg, jedoch mit einem Schlenker zum White Lion, das am Rande des Parks lag. Es schien angemessen, wenn auch völlig unlogisch, nach ihrer Tat miteinander anzustoßen. Ja, zu feiern. Lunch, eine Flasche Wein, warum nicht? Da sie aber wussten, dass es sie vor allem nach einander dürstete und gelüstete, bestellten sie zwei Krabben-Sandwiches und zwei Gläser Sauvignon, was sie nicht lange aufhalten würde. Der Himmel, den sie vom Fenster aus sahen, wurde immer düsterer.

Nachdem sie den Park durchquert hatten, fing es an zu regnen, aber Nick hatte den Schirm, unter dem sie sich eng aneinanderdrängen mussten.

Als Nick den Schirm aufspannte, streifte ihn der Gedanke, dass der gestraffte schwarze Stoff engen schwarzen Frauenröcken nicht unähnlich war. Diesen Gedanken über Schirme hatte er noch nie gehabt, sondern nur die üblichen Gedanken – dass sie wie Fledermausflügel aussahen oder an eine Beerdigung erinnerten –, und er war wie andere Gedanken und Wörter, die ihm an dem Tag in den Kopf kamen, nämlich so, als wären sie frisch erfunden. So wie das Wort »gütig«, das sich auf einmal als die exakte Beschreibung für Mr. Reeves anbot.

Als sie in ihre Straße einbogen, fing es an zu schütten, und sie rannten das letzte Stück. Im Flur blieben sie keuchend stehen. Es war dunkel und klamm, und mit dem prasselnden Regen draußen war es ein bisschen wie in einer Trommel. Sie stiegen die Treppe zu ihrer Wohnung hinauf, Lisa voran. Nick hatte eine Erektion, und das Wort »Schirmständer« kam ihm in den Sinn.

Es war gerade zwei Uhr, die untere der zwei Wohnungen war leer. Nick dachte – allerdings sehr schnell, denn seine Gedanken waren bereits woanders –, welches Glück sie hatten, dass sie die waren, die sie waren, und eine eigene Wohnung hatten, in der sie an einem regnerischen Nachmittag sein konnten. Es war sozusagen eine Immobilie für »Erstkäufer«, die sie in erster Linie Lisas Dad zu verdanken hatten. Es war für die Anfangsphase. Wieder dachte er an Phasen, wenn auch weniger düster als zuvor. Alles im Leben konnte als Phase betrachtet werden, wobei eine Phase zur nächsten führte und zum Erwerb von Dingen, die man vorher nicht gehabt hatte. Doch in diesem Moment hatte er das Gefühl, dass sie alles hatten, das Beste, was das Leben bereithielt. Was mehr konnte man wollen? Und jetzt hatten sie sogar schon ihr Testament gemacht.

Kaum hatte er den triefenden Regenschirm ins Spülbecken gelegt, da bewegten sie sich in unvermeidlichen Schritten vorwärts, ins Schlafzimmer, und kaum hatte er sein Jackett aus- und die Vorhänge zugezogen, da knöpfte Lisa sich schon die rote Bluse auf. Sie ließ ihn den Reißverschluss an ihrem Rock herunterziehen, weil sie wusste, dass er das gern machte.

Es regnete den ganzen Nachmittag und regnete weiter, den ganzen Abend lang, wenn auch weniger stark. Sie schliefen ein wenig, dann standen sie auf, sammelten die Kleidungsstücke, die sie so hastig abgeworfen hatten, vom Boden auf und erwogen, eine Pizza essen zu gehen. Aber draußen war es nass, und sie wollten die besondere Stimmung des Tages nicht durchbrechen, wollten das Gefühl, das sie beim Nachhausekommen am frühen Nachmittag gehabt hatten, bewahren. Außerdem schien es ihnen, sie könnten die Stimmung zerstören, wenn sie weniger förmlich gekleidet als am Morgen aus dem Haus gingen. Aber um eine Pizza zu essen?

So – von einem Extrem ins andere wechselnd – nahmen sie zusammen ein Bad, zogen sich Bademäntel an und machten Käsetoast. Sie öffneten die einzige Flasche Wein im Haus, einen Rioja, den Freunde mitgebracht hatten. Sie fanden eine rote, gezwirbelte Kerze, die von Weihnachten übrig war. Sie legten ihre Lieblings-CD auf. Draußen regnete es beharrlich, und die Dunkelheit kam früh, obwohl es Mai war. Die Flamme der Kerze und ihre weißen Bademäntel schimmerten hell im Küchenfenster.

Warum dieser Tag etwas so Besonderes angenommen hatte, warum er ein Tag der Feier geworden war, der Förmlichkeit mit ihrem krassen Gegenteil vermischte, konnten sie beide nicht genau sagen. Es war einfach so. Nachdem sie gegessen und nur die Hälfte der Flasche geleert hatten, schien es ganz natürlich, dass sie sich wieder ins Bett begaben, diesmal weniger überstürzt, und noch einmal miteinander schliefen, jedoch bedächtiger.

Dann lagen sie lange wach und hielten sich in den Armen, sie sprachen und lauschten dem Regen in den Regenrinnen und den gelegentlichen Reifengeräuschen eines Autos auf nasser Straße. Sie sprachen über Mr. Reeves. Sie wussten nicht genau, woran es lag, dass sie ihn so süß fanden. Sie überlegten, ob er glücklich verheiratet sei und eine Familie habe, eine Familie mit erwachsenen Kindern. Bestimmt hatte er das. Sie überlegten, wie er Mrs. Reeves kennengelernt hatte – ihr Name war Sylvia, beschlossen sie – und was für ein Mensch sie war. Sie fragten sich, ob er angesichts ihrer beider Jugend ein wenig neidisch gewesen war oder ob er sich in seiner gütigen Art daran erfreut hatte.

Sie überlegten, ob er das Aufsetzen eines Testaments als reine Routine betrachtete oder ob ihn allein die Vorstellung von zwei unglaublich jungen Menschen, die sich Gedanken über den Tod machten, innehalten ließ. Er musste sein eigenes Testament gemacht haben. Bestimmt – und ein gutes. Sie sprachen darüber, ob der einfache Wunsch, so zu werden wie Mr. Reeves – sanft, höflich, gütig –, ein gutes Lebensziel war. Das konnte eigentlich nur für Nick gelten, versteht sich, nicht für Lisa.

Dann schlief Lisa ein, und Nick blieb wach und hielt sie im Arm. Er dachte: Was macht Mr. Reeves jetzt? Liegt er im Bett mit Mrs. Reeves – Sylvia? Er fragte sich, ob Mr. Reeves bei ihrem Gespräch in seinem Büro eine Vorstellung davon gehabt hatte, wie sie, seine Klienten (was für ein seltsames Wort, und seltsam zudem, Klient zu sein), den Rest des Tages verbringen würden. Er hoffte, Mr. Reeves hatte eine leise Ahnung gehabt.

Er fragte sich, ob er so wie Mr. Reeves werden konnte, wenn er älter war. Ob er dann auch (volles, schönes) Silberhaar hätte.

Dann hörte er auf, an Mr. Reeves zu denken, und dachte diesen überwältigenden Gedanken: Vergiss dies nie, vergiss dies nie. Was auch geschieht, vergiss es nicht.

Er war so ergriffen von der Notwendigkeit, diesen Gedanken zu würdigen und voll zu erfassen, dass ihm, während er Lisa in den Armen hielt, die Brust eng wurde und seine Augen sich unwillkürlich mit Tränen füllten. Im Schlaf schmiegte Lisa sich manchmal unbewusst an ihn, wie ein kleines Tier, das sich an seine Mutter drückt. Das tat sie jetzt auch, und fast war es, als würde sie ihm mit der Zunge rasch über den Hals fahren.

Er war hellwach. Vergiss dies nie. Er konnte und wollte auch gar nicht schlafen. Der groteske Gedanke ging ihm durch den Kopf, dass er gerade sein Testament gemacht hatte, er konnte jetzt also ruhig sterben, zu sterben war ganz in Ordnung. Dies hier konnte sein Sterbelager sein, mit Lisa in seinen Armen, und man konnte sagen, er stürbe glücklich – das konnte man doch ein glückliches Sterben nennen –, genau das, was kein letzter Wille und kein Testament, wie umsichtig immer die Vorkehrungen, versprechen konnten.

Aber nein, natürlich nicht! Er drückte Lisa an sich und hätte sie am liebsten geweckt, weil sein Gedanke ihn ängstigte.

Natürlich nicht! Er war lebendig und glücklich, er war über die Maßen lebendig und glücklich. Dann stieg der Gedanke in ihm auf, dass er zwar sein Testament gemacht hatte, dass es aber kein Vermächtnis im eigentlichen Sinne war, es war nicht einmal *sein* Vermächtnis. Es behandelte lediglich die unwesentlichen Dinge seines Besitzes – was damit geschehen sollte, wenn er nicht mehr da war. Aber das war nicht das eigentliche Testament oder Vermächtnis seines Lebens, des Stoffes und der Geschichte seines Lebens. Es war kein Testament seiner Gefühlslage *in ebendiesem Moment*.

War es nicht seltsam, dass Menschen diese wichtigen Dokumente aufsetzten und unterschrieben, die sich mit ihrer Nicht-Existenz befassten, und nichts verfassten – dafür gab es nicht einmal ein Wort –, das Zeugnis von ihrer Existenz ablegte.

Dann wurde ihm bewusst, dass er der Frau, die in seinen Armen schlief, Lisa, in der ganzen Zeit, seit er sie kannte, nicht einen einzigen Liebesbrief geschrieben hatte. Dabei liebte er sie inniglich, mehr, als Worte ausdrücken konnten – und vielleicht war das der einfache Grund, warum er nie einen solchen Brief geschrieben hatte. Liebesbriefe schrieb man traditionell, um jemanden zu umwerben und zu gewinnen, sie waren eine Möglichkeit, das zu bekommen, was man nicht hatte. Was hatte er denn nicht? Vielleicht drückte man einfach wortreich sein Verlangen aus. Er schrieb nur selten Briefe, geschweige denn Liebesbriefe, ja, er *schrieb* äußerst selten. Er war nicht sehr gut im Schreiben.

Und dennoch. Dennoch war er überkommen von dem innigen Wunsch, seiner Frau einen Liebesbrief zu schreiben. Nicht irgendeinen Brief, der theoretisch einer von vielen sein konnte, sondern *den einen* Brief, der ein für alle Mal erklärte, wie sehr er sie liebte und warum. Der immer vorhanden wäre, so dauerhaft wie das Testament. Das Testament seiner Liebe und folglich das seines Lebens. Das Testament seines vollen Herzens an einem regnerischen Abend im Mai, als er fünfundzwanzig war. Danach brauchte er keinen weiteren Brief zu schreiben.

Der Gedanke bemächtigte sich seiner so stark, dass er sich

langsam aus der Umarmung löste und aufstand. Er zog sich den Bademantel über und ging in die Küche. Der Geruch von geschmolzenem Käse hing noch in der Luft, die halbvolle Weinflasche stand auf dem Tisch. Sie besaßen kein Briefpapier von guter Qualität, es sei denn, Lisa hatte ihr eigenes, aber beim Computer in dem kleinen Zimmer stand ein Karton mit Din-A4-Papier, und er nahm zwei Bögen und fand außerdem einen blauen Tintenschreiber. Er hatte nie einen Füller besessen oder mit Tinte geschrieben, aber er war überzeugt, dass dieser Brief mit der Hand geschrieben werden musste, sonst wäre er nicht das, was er sein sollte. Ihm war aufgefallen, dass Mr. Reeves einen eleganten Füller besaß. Schwarz mit Gold. Zweifellos ein Geschenk von Sylvia.

Er ging wieder in die Küche, goss sich einen Schluck Wein ein und schrieb sehr rasch, sodass es unmittelbar aus seiner zugeschnürten Brust zu fließen schien:

Meine liebste Lisa!

Du bist eines Tages in mein Leben gekommen, und ich hätte nie geglaubt, dass mir etwas so Wunderbares je widerfahren könnte. Du bist die Liebe meines Lebens …

Die Worte kamen so rasch und bereitwillig aus seiner Feder, dass er, dem Schreiben eigentlich nicht gegeben war, ganz überrascht war von seiner plötzlichen Fähigkeit. Die Worte waren so richtig und umfassend, und er wollte kein einziges davon ändern. Dabei war dies erst der Anfang.

Doch mehr Worte kamen nicht. Oder vielmehr schien ihm, dass er in verschiedene Richtungen gehen konnte, und in jeder würden bestimme Worte folgen, aber er wusste nicht, welche er wählen sollte, außerdem wollte er mit seiner Wahl die anderen nicht ausschließen. Er wollte in alle Richtungen gehen, er wollte Vollständigkeit. Er wollte alles erwähnen, was er an seiner Frau liebte, jeden Moment, den er gern mit ihr erlebt hatte – und das waren fast alle Momente –, insbesondere natürlich jeden Moment dieses Tages, der gerade vergangen war: Der Gang durch den Park, der Regen, die rote Bluse, der schwarze Rock, das leise Rascheln des Rocks, als sie sich im Büro des Notars setzte – natürlich waren das die Geräusche, die jede Frau machte, wenn sie sich in einem engen Rock bewegte, aber das Wichtige war ja, dass *sie* diese Geräusche machte. Sie machte sie, als sie dabei war, ihr Testament aufzusetzen, vielmehr, als sie beide dabei waren, *ihrer beider* Testamente aufzusetzen, im Grunde Testamente, in denen sie sich gegenseitig begünstigten.

Aber ihm wurde klar, dass der Brief viele Seiten lang werden würde, wenn er alle diese Details erwähnte. Vielleicht wäre es besser, einfach zu schreiben: »Ich liebe alles an Dir. Ich liebe Dich ganz und gar. Ich liebe jeden Moment, den ich mit Dir zusammen bin.« Doch diese Sätze, so wahr sie auch waren, schienen flach. Jeder könnte sie über jeden schreiben.

Andererseits, wenn er wirklich ins Detail gehen wollte, konnte der Brief kaum jetzt geschrieben werden. Er müsste in Phasen entstehen – Phasen! –, die ihr fortwährendes gemeinsames Leben beschrieben und all die Dinge enthielten, die er für erinnernswert hielt. Das hieße, es sprach nichts dagegen, wenn er jetzt aufhörte zu schreiben und zu einem späteren Zeitpunkt weiterschrieb. Das Wichtigste hatte er ja schon geschrieben, nämlich den Anfang. Wenn er den Brief später wieder aufnahm, konnte es riesige Mühen bedeuten – wahrhaftige Liebesmühen – über Jahre hinweg. Dann stellte er sich die Frage: Wo sollte er aufhören, wann würde er einen Schlussstrich ziehen und den Brief übergeben?

Ein Liebesbrief war nutzlos, wenn er nicht übergeben wurde.

Er hatte kaum angefangen, und schon taten sich vor ihm diese Fallen und Schwierigkeiten auf, Gründe, warum dieses leidenschaftliche Unternehmen scheitern konnte. Und jetzt fiel ihm nicht einmal ein, was er als Nächstes sagen wollte. Doch dann kamen ihm wieder die Worte in den Kopf, die er leise gesagt hatte, als er Lisa in den Armen gehalten hatte, und sie schienen ihm die besten Worte, die er ihr jetzt schreiben sollte, es schien die beste Möglichkeit fortzufahren:

»... und ich hätte nie geglaubt, dass mir etwas so Wunderbares je widerfahren könnte. Du bist die Liebe meines Lebens. Vergiss dies nie. Was auch geschieht, vergiss dies nie ...«

Als er die Worte schrieb, wurde seine Brust wieder eng, und seine Augen brannten. Und er fragte sich, ob das nicht schon genug sei. Es drückte seine Gefühle in ebendiesem Moment vollständig aus. Er sollte einfach das Datum draufschreiben und unterschreiben – irgendwie – und Lisa den Brief am nächsten Morgen geben. Ja, mehr brauchte er jetzt nicht zu tun.

Und obwohl das Gefühl ihm wieder die Kehle zuschnürte, schien ihm das Ganze plötzlich fehl am Platz – eine so große, wenn auch kurze Erklärung, die vor ihm auf dem Küchentisch lag, der Geruch von geschmolzenem Käse darüber. Angenommen, die Stimmung am Morgen war eine ganz andere, angenommen, er zauderte plötzlich. Andererseits, das »was auch geschieht« schien unheilvoll, als würde man das Schicksal herausfordern, es schien, wenn man es zu Ende dachte, von Katastrophe und Tod zu sprechen. Vielleicht sollte es da nicht stehen. Aber es schien das Wesentliche des Ganzen zu sein. »Was auch geschieht, vergiss dies nie.« Das war das Wesentliche.

Dann kam ihm der Gedanke, dass das Wesentliche von Liebesbriefen die Trennung war. Deshalb mussten sie überhaupt geschrieben werden. Sie handelten von Sehnsucht und Verlangen und Entfernung. Aber er war von Lisa nicht getrennt – es sei denn, die Wand zwischen ihnen bedeutete bereits eine Trennung. Er konnte bei ihr sein, wann immer er wollte, konnte ihr so nah wie möglich sein, zweimal hatte er an dem Tag mit ihr geschlafen. Aber als er die Worte hinzugefügt hatte – »was auch geschieht« –, war es ihm vorgekommen, als wäre er durch eine große Entfernung von ihr getrennt, wie ein Mann im Exil oder am Abend vor einer Schlacht. Das war es, was ihm die Tränen in die Augen getrieben hatte.

Jedenfalls, hier war der Brief. Er hatte ihn geschrieben. Und was sollte er jetzt damit tun? Ihn behalten? Behalten und ihn zu der Kopie – der »Ausfertigung« – seines Testaments legen, damit Lisa ihn nach seinem Tod las? Sie würde das lesen, was er am Abend des Tages, an dem sie ihr Testament gemacht hatten, geschrieben hatte. Wollte er es so?

Und woher wusste er, dass er zuerst sterben würde? Auf die Idee war er nur gekommen, damit Lisa den Brief lesen würde. Aber wie konnte er wissen, dass nicht sie zuerst sterben würde? Er wollte nicht daran denken, dass sie beide sterben konnten. Er wollte überhaupt nicht ans Sterben denken. Und selbst wenn Lisa diese Worte las – ebendiese Worte vor ihm auf ebendiesem Blatt Papier! –, nach seinem Tod, kämen sie dann nicht in einem unstreitigen und unabwendbaren Sinne zu spät? Und doch, wäre dieser Moment, der Moment nach seinem Tod, in einem anderen Sinne nicht genau der richtige?

Liebesbriefe wurden aus Anlass der Trennung geschrieben.

Er wusste nicht, was er tun sollte. Er hatte einen Liebesbrief geschrieben, und das hatte diese Lähmung bewirkt. Aber er konnte das, was er geschrieben hatte, nicht auslöschen. Er faltete das Blatt, ging in das kleine Zimmer und nahm einen Umschlag, auf den er Lisas Namen schrieb, nur den Namen: Lisa. Ohne den Umschlag zuzukleben, legte er den Brief an einen sicheren und ziemlich geheimen Platz. In der Wohnung gab es keine wirklich geheimen Orte, und er hätte ohne Weiteres erklärt, dass er und Lisa keine Geheimnisse voreinander hatten. Vielleicht sogar gegenüber Mr. Reeves, wäre das Gespräch darauf gekommen. Aber jetzt – fast war es wie eine Missetat – gab es dieses Geheimnis.

Doch er konnte es nicht auslöschen. Manches kann man nicht auslöschen, es bleibt für immer da. Die Worte hatten nichts von einem Experiment, sie waren nicht schwach oder unzureichend. Sein übervolles Herz hatte sich in ihnen ausgedrückt.

Er ging wieder ins Bett. Er legte sich eng an Lisa. Sie hatte sich auf die andere Seite gedreht und kehrte ihm den Rücken zu, aber sie schlief tief und fest. Er küsste ihren Nacken. Er wollte sie halten und beschützen. Ihm fielen Dinge ein, die er dem Brief hinzufügen konnte, falls er etwas hinzufügen wollte. Aber eigentlich war der Brief vollständig.

Sein Penis schwoll an, zufrieden und ohne Verlangen, in der Berührung mit seiner Frau. Sie wusste nichts davon, wusste nichts von seinen mitternächtlichen Umtrieben mit Tintenschreiber und Papier. Wieder wandten sich seine Gedanken Mr. Reeves und dem Testament und letzten Willen zu. Dem Füller und der peniblen Schrift. Penibel. Penis. Es war komisch, an Penis und Testament im gleichen Atemzug zu denken. Wörter waren seltsam. Er dachte an das Wort Testikel.

Draußen pladderte der Regen unablässig, und ob es zu regnen aufhörte, bevor er einschlief, oder ob er erst einschlief, wusste er nicht mehr.

Fest steht, dass er am nächsten Morgen nichts mit dem Brief anstellte. Er hätte ihn, nachdem er den Umschlag zugeklebt hatte, deutlich sichtbar auf dem Küchentisch platzieren können, aber er wollte die zarte Atmosphäre nicht zerstören, die vom Tag zuvor geblieben war, obwohl genau diese Zartheit ihm die Rechtfertigung gegeben hätte. Würde der Brief sie nicht eher bekräftigen? Er kam sich ein bisschen feige vor, aber weshalb? Wegen der Worte, die er geschrieben hatte?

Er sah Lisa bewundernd an, vielleicht sogar etwas flehentlich, als könnte sie ihm in seinen Nöten helfen. Sie wirkte leicht verwirrt, sah aber auch glücklich aus. Sie würde wohl kaum sagen: »Komm schon, gib mir den Brief!«

Er fand auch jetzt noch, dass der Brief unvollendet war. Ja, er würde ihn später ergänzen. Zu diesem Zeitpunkt wäre es verfrüht, ihn ihr zu geben. Andererseits wusste er, dass es keinen besseren Moment gab. Und dieser Moment verstrich.

Es war ein Samstagmorgen. Der Regen hatte aufgehört, aber ein wabernder Dunst hing in der Luft, und über ihnen hing merkwürdig greifbar die besänftigende Tatsache, dass sie zwei Menschen waren, die ihr Testament gemacht hatten.

Fest steht, dass er den Brief weder behalten noch übergeben noch vernichten noch weiterschreiben konnte. Der Brief war einfach da. Er behielt ihn, einfach weil er nichts anderes damit machte. Sein Zögern, ihn zu übergeben, anfangs eine Sache von Minuten, dann Stunden, wurde zu einer ausgedehnten, jährlich wiederkehrenden Wirklichkeit, so wie seine Ausrede, dass er noch etwas hinzufügen würde.

Und dann kam ein Tag, ein schlechter Tag, an dem er ihn beinahe vernichtet hätte. Es war viele Jahre später, aber der Brief war immer noch da, so wie an dem regennassen Abend im Mai, immer noch in dem Umschlag, mit dem Wort »Lisa« beschriftet, aber jetzt wie ein Stück Geschichte.

Und sein Testament musste auf jeden Fall geändert werden. Nicht gleich. Nicht jetzt. Er erwog, den Brief zu vernichten. Er war ihm plötzlich und fast wie eine Anschuldigung wieder in den Sinn gekommen – der Brief da! Aber der Gedanke, einen Liebesbrief zu vernichten, schien fast so melodramatisch und sentimental, wie einen zu schreiben.

Wie konnte man einen Liebesbrief vernichten? Einzig verbrennen kam infrage. Der Geruch geschmolzenen Käses stieg ihm wieder in die Nase. Man nahm eine Schale, die sich für diese Zeremonie zu eignen schien, steckte den Brief in Brand und sah zu, wie er zu Asche zerfiel. Aber eigentlich verbrannte man einen Liebesbrief, indem man ihn in ein loderndes Feuer warf und noch den Schürhaken hindurchsteckte. Und dazu musste man am Kamin sitzen, bei prasselndem Regen, und einen langen, eleganten Steppmorgenmantel tragen …

Da schnürte sich seine Brust zu, und seine Augen brannten, wie damals, als er den Brief geschrieben hatte.

Fest steht, dass sie sich trennten. Sie brauchten Anwälte, jeder einen, die eine Einigung herbeiführten und klärten, wie die beiden Kinder versorgt werden sollten. Und die, wenn es so weit war, neue Testamente aufsetzen würden. Er vernichtete den Brief nicht, und er schickte ihn auch nicht, am Ende, an diejenige, für die er gedacht war, in einem allerletzten Versuch, eine Klärung herbeizuführen und die Vergangenheit zurückzuholen, oder in einem verzweifelten Akt, Schuldgefühle zu wecken, in einem verdrehten Racheakt. Das hätte die ursprüngliche Absicht verraten, und was für eine hoffnungslose Geste wäre es, so oder so. Lisa hätte denken können, es sei ein Schachzug, und er habe den Brief nicht an jenem 10. Mai vor all den Jahren geschrieben – wenn doch, warum hatte er ihn ihr damals nicht gegeben? –, sondern ihn erst gestern zu Papier gebracht. Auch das sei ein Beispiel, ein leuchtendes dazu, seiner allgemeinen Unbeständigkeit.

Er vernichtete ihn nicht, er hob ihn auf. Aber nicht so, wie er ihn zögernd und zweifelnd all die Jahre lang aufgehoben hatte. Er behielt ihn einfach für sich. Wer sonst würde ihn lesen?

Manchmal holte er ihn hervor und las ihn. Die Worte kannte er natürlich auswendig, aber manchmal war es wichtig, und besonders an jedem 10. Mai, sie auf dem Blatt Papier vor sich zu sehen. Und wenn er sie sah, war es, als würde er sein eigenes Gesicht im Spiegel sehen, aber nicht ein Gesicht, das willig und tröstlich das zurückwarf, was er selbst tat – die Nase krausziehen, die Zähne zeigen. Es war vielmehr ein Gesicht, das unabhängig von ihm die Kraft gefunden hatte, ihm ironisch zuzulächeln, wenn er selbst nicht lächelte, und einen Ausdruck in die Augen zu legen, den seine eigenen Augen nicht zustande brachten und der sagte: »Du Dummkopf. Du armer, trauriger Dummkopf.«

Die besten Tage

Sean und Andy standen neben den Stufen, die zum Kirchenportal führten, am Rande der breiten, geschwungenen Zufahrt. Da hier nichts dagegenzusprechen schien, nahm Sean eine Packung Zigaretten aus der Jackentasche, zog eine Zigarette heraus und hielt Andy mit einer für ihn typischen, abrupten Bewegung die Packung hin. Vor gerade einmal sechs Jahren waren sie zusammen an der Holmgate School gewesen, dann an der Wainwright School, bis die geschlossen wurde.

Der Leichenwagen und die zwei Limousinen waren losgefahren, zurück blieben die verstreut stehenden Gäste einer erstaunlich großen Trauergemeinde – ein »beachtliches Publikum«, wie ihr früherer Direktor Clive Davenport öfter bei anderen Anlässen gesagt hatte. Jetzt war er es, der im Leichenwagen auf dem Weg ins Krematorium war.

»Sie sieht aus wie eine echte Nutte«, sagte Andy.

Sean schwieg. Dann sagte er, während er den Rauch ausatmete: »Wie viele Nutten hast du in letzter Zeit gesehen?«

Sie meinten Karen Shield, die an der Holmgate School mit ihnen in einer Klasse gewesen war. Seitdem hatten die beiden Männer sie nicht gesehen, aber Karen war deutlich zu erkennen und ziemlich auffallend.

Es war ein grauer, milder, windiger Tag im April, der Regen hatte erst vor Kurzem aufgehört. Die Trauergäste hatten feierlich und schweigend beigestanden, als der Leichenwagen abfuhr, dann hatten ein paar Gäste gewinkt. Jemand rief: »Alles Gute, Daffy!«, und das hatte die Stimmung gelockert. Jetzt lag etwas von Fröhlichkeit in der Luft. Die Menschen waren sich aufs Neue bewusst, dass sie lebendig in der Welt waren, und nicht tot in der Welt, und dass sie an etwas teilgenommen hatten, was eine Pflicht war, aber seltsam belebend wirkte. Jetzt winkten auch andere, die Leute erkannten einander, sie gingen herum und schüttelten Hände, sie lächelten und umarmten sich, und plötzlich brach überall Lachen aus. Niemand schien es mit dem Gehen eilig zu haben.

Als teilte sie die gute Stimmung, brach die Sonne durch einen Spalt in den Wolken und warf ein Glitzern auf die gepflasterte Auffahrt. Die hohe Zeder neben der Kirche wurde von einer Windböe geschüttelt und eine funkelnde Salve von Tropfen prasselte nieder.

Die Nachricht von Clive Davenports Tod – Ursache war ein Herzinfarkt, nur drei Jahre, nachdem er in den Ruhestand getreten war – hatte sich rasch verbreitet, und bald waren Würdigungen von seiner Zeit als Direktor der Holmgate School, deren Leitung er kurz nach ihrer Eröffnung übernommen hatte, im Umlauf. So war die beeindruckende Versammlung zustande gekommen, und sie bewirkte, dass viele Ehemalige sich bestätigt fühlten, nachdem sie anfangs unschlüssig gewesen waren, ob sie kommen sollten. Mehrere Generationen von Lehrern und Schülern hatten sich versammelt. Nicht jeder der Anwesenden blickte auf gute Erinnerungen an Holmgate zurück, und manche hatten dem alten Daffy den Tod gewünscht, aber die vergangene Zeit und der ernste Anlass gaben einer ansteckenden und vorübergehenden Nostalgie Auftrieb. Vielleicht war Daffy als Direktor gar nicht so übel gewesen. Vielleicht die Zeit in der Holmgate

School an sich auch nicht. Das Leben nach der Schule war ja auch nicht immer gut gewesen.

Manche waren einfach gekommen, weil sie sehen wollten, wer noch erscheinen würde und wie die anderen jetzt aussahen. Auf diese Weise konnte man seine Neugier befriedigen, ohne zu einem der unbehaglichen Klassentreffen gehen zu müssen. Aber ein anderer Beweggrund war zweifellos, dass viele am Donnerstagnachmittag nichts anderes zu tun hatten. Arbeitslosigkeit, also.

St. Luke war ein großer steinerner Brocken auf einer Erhebung, dessen Einfriedung mit einem Eisenzaun den Eindruck erweckte, dass dies ein kleiner Park war. Unterhalb war ein Gutteil der Stadt zu sehen, wo die Dächer regennass glitzerten. Man konnte sogar den Sportplatz der Holmgate School ausmachen.

»Hat sie uns gesehen?«, fragte Andy. »Meinst du, sie hat uns erkannt?«

»Sieht nicht so aus«, sagte Sean. »Noch nicht.«

Doch in der Kirche hatte Sean, als er sich nach hinten umgedreht hatte, einen eindeutigen Blick des Wiedererkennens bemerkt, allerdings nicht von der Frau (Frau war jetzt das Wort), die Andy meinte. Für den Bruchteil einer Sekunde hatte er sich gefragt, *wer* ihm den Blick zugeworfen hatte.

»Na, sollen wir mal Guten Tag sagen?«, fragte Andy und zog an seiner Zigarette. Er stand da wie sonst oft freitagabends in einer Bar, ein Bierglas in der Hand. Wenn Andy »echte Nutte« sagte, meinte er das nicht unbedingt abwertend oder vernichtend.

»Meinetwegen«, sagte Sean, rührte sich aber nicht vom Fleck.

Andy war der Waghalsige, Sean hatte das Kommando, so war es immer gewesen. Dennoch hatten sie beide während der Schulzeit mit Karen Shield – obwohl sie gerade als »Nutte« betitelt worden war – ähnliche Erfahrungen gemacht. Sie waren nicht sehr weit bei ihr gekommen.

Andy sagte: »Mann, ist das die Mutter? Wo wir von Nutte reden.«

Sean sagte leise: »Andy!« Seltsam, es klang fast vorwurfsvoll, als wollte er hinzufügen: »Du bist hier in der Kirche.« Aber das waren sie nicht. Und er verstand, was Andy meinte.

Sean und Andy trugen billige Anzüge – Anzüge, in denen sie zu Vorstellungsgesprächen gingen. Die meisten um sie herum waren ähnlich gekleidet, aber einige, besonders mehrere Frauen, setzten sich davon ab und waren auffallend oder sogar provozierend angezogen. Man hätte meinen können, viele von Mr. Davenports ehemaligen Schülern wollten ihm Respekt bekunden und gleichzeitig zeigen, dass sie nicht mehr zur Schule gingen und auch nicht zu gehorsamen kleinen Erwachsenen geworden waren. Vielleicht wollten sie aber auch ihren ehemaligen Klassenkameraden, die sie seit Jahren nicht gesehen hatten, beweisen, dass sie frisch und lebendig waren und sich nicht zu traurigen Langweilern gewandelt hatten.

Die Vierergruppe, weniger als dreißig Meter entfernt, die von Sean und Andy beäugt wurde, bestand aus Karen, ihrer Mutter (eindeutig die Mutter), ihrem Vater und einem überaus gesprächigen Freund, der im Alter der Eltern war und sich so zu ihnen gestellt hatte, dass die drei sich nicht umdrehen und zum Kirchenportal blicken konnten. Darüber war Sean eher froh.

Was Karen anhatte, konnte man theoretisch nicht unangemessen finden – besonders nicht, was die Farben anging –, aber genauer betrachtet trug sie schwarze Stiefel, die bis zum Knöchel reichten, dunkle Strumpfhosen mit Naht, ein enges, taillenkurzes Jackett aus glänzendem Stoff, einen schwarzen, völlig unsinnigen Hut mit einem kleinen Schleier und einen kurzen, gerüschten anthrazitgrauen Rock, den der Wind spielerisch anhob.

Bemerkenswert war, dass die Mutter fast identisch gekleidet war – die Stiefel, die Strümpfe mit Naht, der kurze Rock, der dumme Hut. Das Oberteil war zwar anders, aber, wenn überhaupt, noch aufreizender.

Man kam notgedrungen zu dem Schluss, dass sie sich das gemeinsam ausgedacht hatten und vielleicht sogar zusammen einkaufen gegangen waren. Wenn nicht, wer hatte mit dem Wetteifern angefangen, wer machte wen nach? Es wäre aufsehenerregend gewesen, hätte es funktioniert. Aber der große Unterschied zwischen beiden war der, dass sich die Tochter diesen Aufzug leisten konnte – es war eine Art Verkleidung, aber sie sah gut darin aus –, während die Mutter, die sicherlich über vierzig war, einen grauenhaften Anblick bot. Das Haar der Tochter, dunkel und glänzend, wurde ebenfalls vom Wind gezaust. Das Haar der Mutter war braun und kraus, ihr Gesicht rund, leicht verquollen und mit Schminke zugekleistert.

Anscheinend war den beiden Frauen in dem Moment nicht bewusst, welche Wirkung sie hatten. Sie lachten über etwas, das die vierte Person gesagt hatte. Immer wieder zogen sie mit einer identischen, leicht gezierten Bewegung an ihrem Rocksaum. Sie hätten muntere, fröhliche Zwillingsschwestern sein können.

Der Vater war ein ganz anderes Kaliber. Neben den beiden Frauen war er einfach ungepflegt. Keine Krawatte, nicht einmal ein weißes Hemd. Es war vorstellbar, dass er barsch erklärt hatte: »Für eine Beerdigung zieh ich mich nicht extra an.« Oder, vielleicht in diesem Fall: »Er war ja nicht *mein* Direktor.« Auch sein Gesicht, von der Bekleidung ganz abgesehen, war schauerlich – aufgedunsen und rot im harschen Sonnenlicht.

Aber auch er lachte jetzt, als empfände er Freude oder männlichen Stolz beim Anblick seiner Weibsleute. Sein Gesicht war das eines Mannes – das sahen Sean und Andy selbst auf die Entfernung –, der betrunken gekommen war und alles daransetzte, so oft wie möglich betrunken zu sein.

»Sie sieht ziemlich ordinär aus«, sagte Andy.

Sean antwortete erst nicht. Dann entschloss er sich zuzustimmen. »Kann man wohl sagen.«

»Und ist das der Vater?«

»Sieht so aus.«

»Ein Gesicht zum Reindreschen.«

Jedenfalls war Karen die Hauptattraktion. Sean sah sie an, machte aber keine Bemerkung. Nuttig oder nicht, das einzige Wort, was es traf, war anziehend. Auch in der Schule war sie anziehend gewesen, in den letzten beiden Schuljahren, obwohl »anziehend« damals nicht zu ihrem Wortschatz gehört hatte. Es war auch jetzt nicht in ihrem Wortschatz, nicht, wenn Andy Sykes in der Nähe war, aber es war das richtige Wort.

Und er wünschte, Karen hätte sich unauffälliger gekleidet – und damit ihre Mutter gebremst. Er wünschte sich außerdem, dass der andere Mann bei ihnen stehen bleiben würde, damit er und Andy sich unbemerkt davonmachen konnten (obwohl Andy offensichtlich etwas anderes vorhatte). Sie waren gekommen, aus welchem verrückten Grund auch immer. Um sich zu amüsieren? Aus Pflichtgefühl gegenüber Daffy? Was hatte er schon für sie getan? Jedenfalls waren sie gekommen, und jetzt konnten sie einfach gehen.

Natürlich hatte er versucht, bei Karen zu landen, damals in der Schule. Er war nicht der Einzige gewesen. Wie vielen war es geglückt? Das hing natürlich davon ab, wie man »geglückt«

definierte. Er war nicht der Einzige gewesen, der es versucht hatte. Es schien Ewigkeiten her, dass sie fünfzehn, sechzehn waren. Dass er es noch nie gemacht hatte, nicht richtig wenigstens, war dabei ein Hindernis gewesen. Und ob Karen es schon gemacht hatte, wusste er auch nicht, selbst wenn sie die Jungen um den kleinen Finger wickeln konnte. Je doller sie es trieb, desto mehr glaubte er, sie hatte es noch nicht gemacht. Dann hatte er überlegt, was besser wäre, was seine Chancen bei ihr erhöhen würde. Wenn sie es gemacht hatte, aber er nicht? Wenn er es (theoretisch) gemacht hatte, und sie nicht? Wenn sie es beide gemacht hatten? Oder beide nicht gemacht hatten?

Daran dachte er jetzt, als sie vor der Kirche standen, wie ihm damals alle diese Möglichkeiten durch den Kopf gegangen waren. Hatte Daffy das gewusst – was da alles unter seiner Nase passierte, wie in einer brutzelnden Pfanne?

Einmal war er zu Karen Shield nach Hause gegangen, in die Derwent Road, mit der Schultasche, die sie im Bus liegen gelassen hatte. Erst als er selbst zwei Stationen später aussteigen wollte, sah er die Tasche auf dem Sitz weiter vorne. Hätte er sie eher bemerkt, als sie mit Cheryl Hudson und Amina Khan an ihm vorbeiging und ihn dabei streifte (und sie streifte ihn häufig), dann hätte er sie am Handgelenk gepackt und gesagt, während sie sich zu entwinden versuchte: »Du hast was vergessen.«

Aber da lag die Tasche, und er wusste, dass es ihre war, denn sie war aus Plastik mit Leopardendruck. Wie konnte man eine solche Tasche vergessen?

Er nicht.

Also stieg er an der Thorpe Avenue, seiner Haltestelle, mit zwei Taschen aus. Und dann war das alles passiert. Es war ein

Geschenk. Ein Geschenk, dass sie die Tasche liegengelassen hatte. Ein Geschenk, dass er im Bus allein gesessen hatte und nicht neben Andy-Dandy hier. Aber da wusste er noch nicht, was für ein Geschenk.

Er sah sich immer noch auf der Thorpe Avenue, im Begriff, eine Entscheidung zu treffen, mit zwei Taschen, von denen die eine ein etwas peinliches Leopardenmuster hatte. Er sah noch die Oktobersonne, die hinter den Wolken hervorkam und ihm zulächelte.

Anständigerweise hätte er Karen anrufen und zu ihr sagen sollen: »Ich habe deine Tasche. Ich kann sie dir vorbeibringen, wenn du willst.« Dann hätte er bei ihr einen Stein im Brett, und vielleicht würde dies zu Weiterem führen. Aber das war einfach zu edelmütig, außerdem hatte er ihre Telefonnummer nicht. Die könnte allerdings in ihrer Tasche sein. Auch ihr Handy könnte da drin sein.

Oder er hätte die Tasche am nächsten Tag mit in die Schule nehmen und ganz cool zu ihr sagen können: »Hier ist deine Tasche.« Und dann hinzufügen: »Ich habe mal geguckt, was drin ist.« Er fand, dass diese Variante weniger für sich hatte.

Allerdings guckte er wirklich in der Tasche nach, mitten auf der Thorpe Avenue. Vielmehr klappte er den Überschlag zurück und sah das Schild, auf dem stand: »Karen Shield, Holmgate School«. Dann ihre Privatadresse. Er hatte gewusst, dass sie in der Derwent Road wohnte, in der Braithwaite-Siedlung, und jetzt kannte er die Nummer. Aber das Schild hinderte ihn irgendwie daran, weiterzukramen. Eine seltsame Verlegenheit überkam ihn. Es kam ihm vor wie das Schild für ein kleines Mädchen, das viel jünger war als Karen Shield und ganz anders, und er wollte nichts darüber wissen.

Dann übernahmen seine Füße die Entscheidung für ihn.

Er drehte um und ging in Richtung der Siedlung. Zwei Haltestellen mit dem Bus, aber kein langer Weg, wenn man sich durch die Nebenstraßen schlug.

Damit würde er bei Karen punkten, aber auch bei ihrer Mutter, falls sie da war. Wenn Karens Mutter zu Hause war, dann musste Karen notgedrungen freundlich und dankbar sein, dafür würde ihre Mutter sorgen. Aber vielleicht stellte er sich auch nur vor, dass Karens Mutter da war, um seine Aufregung zu bezähmen, denn was er sich in Wirklichkeit erhoffte, war, dass Karen allein zu Hause war und wegen der Tasche, die sie dummerweise im Bus vergessen hatte, beunruhigt war.

Er drückte bei der Nummer fünfzehn auf die Klingel, und nach einer Weile öffnete Karens Mutter und blinzelte ihn an. Vielleicht stand ihm die Enttäuschung ins Gesicht geschrieben. Aber er musste sein Anliegen vorbringen.

»Mrs. Shield? Ich habe hier Karens Tasche.« Er hielt die Tasche wie ein Beweismittel hoch. »Sie hat sie im Bus liegengelassen.«

Er bemerkte ihr Blinzeln, und er bemerkte die roten Fingernägel an der Kante der halb geöffneten Tür. Sie hörte auf zu blinzeln und sah ihn streng an.

»Wer bist du?«, fragte sie langsam, als wäre sie eben erst aufgewacht.

»Ich bin ein Freund von Karen. Von der Schule. Ist Karen da?«

Er sah an ihr vorbei in den schmalen Flur zum Treppenabsatz. Nichts, auch kein Geräusch, deutete darauf hin, dass noch jemand im Haus war.

Aber Karens Mutter war eindeutig Karens Mutter. Sie war wie eine größere Version von Karen. Sie trug ein enganliegendes rauchgraues Kleid aus einem wolligen Stoff. Irgendwie passte es zu den roten Fingernägeln. Das Kleid war nicht sehr lang, und was ihm am meisten auffiel, als er an ihr vorbei in den Flur zu blicken versuchte, war ihre Hüfte. Sie stand mit der Hand an der Tür, sodass die eine Hüfte verdeckt, die andere aber vorgereckt war. Es schien ihm seltsam auffällig. Die Vorstellung von einer Hüfte, das Wort Hüfte selbst, beides kam ihm ganz neu vor. Merkwürdig, dass ihm das nie in den Sinn gekommen war, wenn er an Karen dachte.

»Sie ist nicht hier«, sagte Mrs. Shield und blickte ihn weiterhin streng an. »Karen ist nicht zu Hause.« Sie sagte es mit solcher Bestimmtheit, dass es wie eine Lüge klang, aber er war sich mittlerweile ganz sicher, dass Mrs. Shield allein zu Hause war.

Karen war vor weniger als einer halben Stunde aus dem Bus gestiegen, um nach Hause zu gehen. Sehr merkwürdig. Und er stand irgendwie unter Verdacht, wegen seiner guten Tat.

»Meistens geht sie noch zu Cheryl Hudson, bevor sie nach Hause kommt«, sagte Mrs. Shield. »Keine Ahnung, was sie da treiben.«

Sie sah ihn an, als hätte er das wissen müssen, als hätte er gleich zu Cheryl Hudson gehen sollen. (Was machten sie dort?) Er fühlte sich ertappt. Als wäre er vom Lehrer vor die Klasse zitiert worden. Aber Mrs. Shield sah nicht wie eine Lehrerin aus. Und obwohl sie Karens Mutter war, sah sie eigentlich auch nicht wie eine Mutter aus.

»Hast du einen Namen?«

»Sean.«

»Sean, und weiter?«

»Sean Wheatley.«

»Und das ist Karens Tasche?«

Die Frage schien ihm merkwürdig, aber bevor er antworten konnte, sagte sie: »Ich sehe ja, dass es Karens Tasche ist.«

Sie sah ihn forschend an. Ihre Hand lag immer noch an der Türkante oder befingerte sie.

»Sag mir doch, Sean Wheatley. Bist du gekommen, um Karen ihre Tasche zu geben, oder bist du gekommen, weil du in Wahrheit gehofft hast, Karen zu treffen?«

Das war eine große Frage, und er wusste, dass er ihr nicht ausweichen konnte. Er wusste, dass Mrs. Shield eine falsche Antwort schneller als jeder Lehrer erkannt hätte.

»Beides, Mrs. Shield. Aber hauptsächlich, um Karen zu sehen.«

Sie sah ihn wieder lange an.

»Na, dann komm mal rein, du kannst auf sie warten.«

Das war verwirrend. Wenn Karen bei Cheryl Hudson war, wie lange sollte er dann auf sie warten? Wollte er überhaupt auf sie warten? Aber er wusste, dass es ein Fehler wäre, einfach die Tasche auszuhändigen und zu gehen.

Sie schloss die Tür hinter ihm. Er nahm den schwachen Geruch von dem wahr, was für ihn der »Geruch anderer Leute« war. Der war in jedem Haus anders, und man wusste nie genau, woraus er bestand. Teils musste er von Mrs. Shield kommen. Teils von Karen.

Aber jetzt, da die Tür geschlossen war, schien Karen plötzlich weit weg, obwohl er zum ersten Mal in ihrem Haus war und obwohl er ihre Tasche mit dem Leopardenmuster hielt.

»Hier entlang«, sagte Mrs. Shield.

Es war ein kleines Wohnzimmer voll mit Zeug, so wie jedes normale Wohnzimmer, in der Mitte ein Couchtisch, der eine Glasplatte hatte. Er wusste, dass in den Häusern anderer Leute (manchmal auch bei ihm zu Hause) eine Flasche offen auf dem Couchtisch stand, schon am Nachmittag. Aber hier sah er keine Flasche. Der Fernseher lief, der Ton war leise gestellt. Sie hatte ihn sicherlich leise gestellt, als sie zur Tür ging. Das Bild auf dem Fernseher war unklar, weil die Sonne durch das Fenster schien. Die Wolken am Himmel hatten sich völlig aufgelöst.

Er stand neben dem Couchtisch, Höflichkeit umflutete ihn wie das Sonnenlicht. Er wusste, dass man sich im Haus fremder Leute erst setzen durfte, wenn man dazu aufgefordert wurde.

»Also, Sean –«, sagte sie und atmete tief ein. Dann hielt sie inne. »Himmel, wie das blendet!«

Sie drehte sich um. Dies war das erste Mal, dass sie sich rasch und schwungvoll bewegte, fast wie ein junges Mädchen. Sie zog die Vorhänge vor. Die Vorhänge waren aus hellgelbem Stoff und ließen das buttergelbe Sonnenlicht durch. Beim Zuziehen setzte sie ein Knie aufs Sofa und griff nach dem Vorhang dahinter. Er sah eine Ferse und auch diesmal, hauptsächlich, ihre Hüften. Jetzt beide Hüften.

Als sie sich umdrehte, überzog ein verwirrtes Lächeln ihr Gesicht angesichts ihrer eigenen Behändigkeit. So sah sie jünger aus und noch weniger wie eine Mutter, und bestimmt nicht wie fünfunddreißig oder mehr, obwohl sie so alt sein musste.

Sie kam ganz nah zu ihm, wo er gefügig stand. Plötzlich waren der Geruch und der Atem von Mrs. Shield um ihn. Er roch keinen Alkohol an ihr.

»Also, Sean, wie lange bist du schon mit Karen befreundet? Ich meine, befreundet, nicht in der Schule mit ihr.«

Aber auch diesmal wartete sie nicht auf seine Antwort. Mit der einen Hand zog sie seinen Reißverschluss auf, mit der anderen fuhr sie in den Schlitz, wie ein Taschendieb, der eine Brieftasche entwenden will.

»Hast du eine Erektion, Sean? Hast du sie schon die ganze Zeit?«

Dann war er – in gewisser Weise – in ihren Händen.

Stumme Sekunden vergingen. Es gab praktische Überlegungen: Angenommen, Karen kam nach Hause. Aber irgendwie schien das unerheblich, oder zumindest kein Problem. Mrs. Shield wusste offensichtlich, was sie tat, selbst als sie ihn bescheiden fragte: »Was meinst du, Sean, was wir tun sollen? Was sollen wir tun? Vielleicht solltest du mal die Taschen abstellen.«

Sie ließ ihre Hand, wo sie war, und er tat, wie ihm geheißen.

»Ich glaube, wir sollten es ganz tun, was meinst du? Das Ganze. Kannst du so lange warten?«

Warten!

Sie zog die Hand heraus, und mit den gleichen schwungvollen Bewegungen, mit denen sie die Vorhänge zugezogen hatte, ging sie aus dem Zimmer und kam mit einem großen weißen Badetuch zurück. Sie breitete es auf dem Sofa aus.

Alles geschah sehr schnell. Wie auch nicht? Warte!

Aber als es vorbei war, hatte sie die Güte – falls es das richtige Wort war –, einfach mit ihm liegen zu bleiben, die Arme um ihn geschlungen, oder vielleicht waren es seine Arme, die um sie geschlungen waren. Er hatte seinen dünnen Körper und ihre Fülligkeit – falls es das richtige Wort war – gespürt. Sie war eine reife Frau mit vollen Formen, wie keine Schülerin es sein konnte. Das hätte er ihr gern gesagt, aber er wusste nicht, wie oder ob das weise war. Er wollte ihr danken, sie rühmen, sein dankbares Erstaunen äußern, aber er wusste nicht, wie. Er hätte sagen sollen – das wusste er jetzt, draußen vor der Kirche –, dass sie anziehend war.

Im hellen Licht vom Fenster versuchte er, sich zurechtzufinden. Wo war Osten, wo Westen? In welche Richtung zeigte das Fenster? Wo lag die Craig Road, die Straße, in der er wohnte? Wo war die Schule, das Rathaus, der Supermarkt, wo war Skelby Moor? Vor wenigen Minuten hatte er vor der Tür gestanden, in der Hand eine Tasche mit Leopardenmuster. Vor nicht einmal einer Stunde hatte er im Bus Nummer sechs gesessen.

Dann, als wäre auf der Zeituhr eine angemessene Spanne vergangen, bewegte sie sich, löste sich aus der Umarmung, küsste ihn, streifte seine Wange mit einem Kuss, und gab ihm zu verstehen, dass sie sich anziehen sollten.

Hatte sie so etwas schon öfter gemacht? Machte sie es gewohnheitsmäßig? Mit Sicherheit wusste sie, dass er es noch nie gemacht hatte, so wie auch mit Sicherheit feststand, dass er so etwas, in einem bestimmten Sinne, nie wieder machen würde.

»Und«, sagte sie, bevor er ging, und setzte ihr strenges Gesicht wieder auf, »zu niemandem ein Wort.« Als er feierlich nickte und sie ihm tief in die Augen sah, fügte sie hinzu: »Wenn dir dein Leben lieb ist.«

Dann sagte sie: »Und vergiss deine Tasche nicht. Ich heiße übrigens Deborah. Das wolltest du doch wissen.«

Sie hatte damit verhindert, wie ihm erst später klar wurde, dass er die Sache mit Karen weiter verfolgte. Sie hatte ihn gleichzeitig tauglich und untauglich gemacht. Jetzt betrachtete er Karen mit so etwas wie Mitleid.

Die Sonne schien auf die regennasse Auffahrt. Der Vierte in der Gruppe, wer immer er war, wollte anscheinend gehen. Die restlichen drei blickten jetzt umher, und plötzlich flog die Hand der Tochter zum Zeichen des Wiedererkennens und der Überraschung an den Mund. Sie riss die Augen weit auf und nahm die Hand vom Mund, und über die Entfernung hörten sie halb, und halb lasen sie ihr die Worte von den Lippen ab.

»Guck mal, wer da ist!«

Sie machte ein solches Aufhebens, dass er den Ausdruck auf dem Gesicht der Mutter nicht bemerkte. Oder vielleicht wollte er auch der Mutter nicht in das mit Schminke zugekleisterte Gesicht sehen. Oder in das des Vaters. Karens Gesicht war das einzige, das man ansehen mochte.

Die Mutter. Er wusste ihren Namen.

Und jetzt kamen alle drei auf sie zu, und Andy klopfte die Asche von seiner Zigarette und sagte: »Also, deine gefällt mir überhaupt nicht.«

Er wollte sie nicht ansehen, aber er wünschte, er könnte ihr trotzdem ein geheimes Zeichen geben, ohne ihr in die Augen blicken zu müssen, und ihr zu verstehen geben, dass er niemandem etwas gesagt hatte, weder an der Holmgate School noch an der Wainwright School. Andere Jungen machten das vielleicht, irgendwann kamen sie damit heraus. »Ich hab deine Mutter gevögelt.« Kein Sterbenswörtchen war über seine Lippen gekommen. Schon gar nicht gegenüber seinem besten Kumpel Andy Sykes hier, der Stielaugen machte wie der letzte Idiot.

Ein Zeichen. Damit sie sich in dieser Hinsicht nicht genieren musste. Genieren musste sie sich nur hinsichtlich ihres grässlichen Aufzugs – mit den Klamotten und der ganzen Schminke, die alles noch schlimmer machte. Aber vielleicht war sie sich dessen nicht bewusst. Vielleicht dachte sie, sie sei das Ebenbild ihrer Tochter.

Er wusste nicht, wie er diese Begegnung überstehen würde. Es war feige von ihm, sie nicht anzusehen. Mussten sie jetzt das Händeschütteln absolvieren, die Umarmungen mit Küsschen hier, Küsschen da, die kindischen Zärtlichkeiten der Erwachsenen, die überall um sie herum zu beobachten waren?

»Sieht doch aus wie der letzte Heuler, findest du nicht?«

»Sei still, Andy, sie können uns hören.« In diesem Moment hasste er Andy.

»Die Tochter hingegen!« Andy reckte sich und warf die Schultern zurück. »Sie ist mit keinem gekommen, richtig?«

Er betrachtete den Vater. Mit Sicherheit wusste der nichts davon, das hätte er bestimmt erfahren. Und Karen konnte es nicht wissen, davon war er überzeugt. Sonst würde sie jetzt nicht so forsch auftreten.

Einen kurzen Augenblick lang, als Karen Shield näher kam, hasste er sie auch. Hasste sie mit Inbrunst. Weil sie toll aussah, und ihre Mutter neben ihr wie eine Vogelscheuche aussah.

»Holla!«, sagte Andy, offensichtlich meinte er Karen. Dann sagte er: »Ist das wirklich ihre Mutter?«

»Ja«, sagte er und klang bestimmter, als ihm recht war. Er warf seine Zigarette auf den Boden und trat sie aus. »Also, Andy, mein Junge«, sagte er. »Lass dir das eine Lehre sein.«

Er musste es schnell sagen, und ganz leise, und hatte keine Zeit zu erklären, was er damit meinte. Obwohl ihm, blitzschnell und grausam, durch den Kopf ging, was er noch hätte sagen können.

Karen war jetzt bei ihnen angekommen, in ihrem albernen, unwiderstehlichen Hut.

«Sean Wheatley und Andy Sykes! Immer noch zusammen, nach all den Jahren!«

Er hatte immer eine etwas schnellere Auffassungsgabe als Andy gehabt, und jetzt hatte er das Gefühl, doppelt so alt wie Andy zu sein. Fast wähnte er sich in der Rolle des alten Daffy, der morgens bei der Schülerversammlung auf der Bühne stand und ihnen erzählte, was gut für sie war und was die Zukunft für sie bereithielt.

»Hast du etwa eine Erektion, Sean?« Er würde diese Worte bis an sein Lebensende hören.

Karen machte die Arme auf, als wollte sie beide umfangen, wie zwei verlorene Söhne.

»Du rennst ihnen hinterher, Andy, mein Junge« – das hätte er sagen können – »du bist scharf auf sie und vernaschst sie, und am Schluss heiratest du eine von ihnen. Und später, nachdem Jahre ins Land gegangen sind, guck doch, was du dann hast. Lass dir das eine Lehre sein.«

Das Glas halb voll

Das Glas halb voll. Nicht mal das.

Jetzt ist sie wieder gegangen. Sie ist eine Nacht geblieben und wieder gegangen. Aber zu »meiner Zeit«, wie ich es für mich nenne – ich würde nicht wagen, es »unsere Zeit« zu nennen –, gehört auch die, in der sie von der Haustür zur Straßenecke geht, es dauert keine Minute, und ich beobachte sie seitlich aus dem Erkerfenster, wie sie entschwindet. Sie wirft nie einen Blick zurück. Vielleicht ahnt sie, dass ich ihr hinterhersehe. Gesagt habe ich es ihr nie. Würde ich es ihr sagen, würde ich ihr Zündstoff geben – mit dem sie mich zu gegebener Zeit zerstören könnte. Eines Tages kommt das auf mich zu. Keine Frage.

Gib ihr keinen Zündstoff. Aber andererseits, wenn du die Ruhe bewahrst, wenn du gelassen bleibst, gibst du ihr nur den Grund, den sie braucht.

Sie heißt Tanya. Allein ihr hinterherzusehen, ist was. Eine Art Übung – aber damit halte ich mich nicht auf. Du hast das Glas geleert, sage ich mir, nächstes Mal wird es frisch gefüllt, aber jetzt ist noch ein Tropfen drin. Vergeude ihn nicht.

Ich stehe am Fenster. Es ist eine ruhige Straße. Tanya überquert sie in einem langen, schrägen, zeitsparenden Winkel, zwischen den Autos hindurch, und verschwindet, wenn sie zu der großen Straße kommt, aber ich bleibe noch eine Minute oder so stehen, als könnte ich durch Wände gucken. Mir vorzustellen, dass sie zum U-Bahn-Eingang geht, dann die Stufen runter, ist was. Mir vorzustellen, dass sie in der Welt ist, ist was, und vielleicht das Einzige, was mir irgendwann bleibt, vielleicht bald schon.

Sie verschwindet, aber ich rühre mich nicht vom Fleck. In meinem Kopf ist schon das Bild einer Frau im roten Mantel, die in der U-Bahn sitzt. Sie ist die Frau, die man gleich beim Einsteigen bemerkt und von der man die Augen nicht abwenden kann. Das gilt für alle Männer im Wagen, aber an die denke ich nicht. Sie sitzt so, als wäre ihr die Welle der Aufmerksamkeit nicht bewusst, als wäre sie überrascht und verlegen, wenn man ihr diese Möglichkeit vor Augen hielte. Sie sitzt so, als wäre sie sich andererseits dessen vollkommen und unbekümmert bewusst, als gehörte das zum Lebendigsein dazu. Ich möchte die Hand ausstrecken und sie berühren, aber nicht wie ein junger Mann das tun würde. Ich möchte ihr die Hand auf den Kopf legen und sagen: »Bleib, wie du bist, für immer. Möge dir kein Unheil geschehen.« So absurd, schließlich hat sie die Macht, mich zu zerstören.

Das Glas halb voll? Aber ist das nicht das Leben, das ganze Leben? Sollte ich dem Himmel nicht danken und ihn preisen?

Meine Mutter sagte immer: »Alles Gute hat einmal ein Ende.« Vielleicht sagen das alle Mütter. Als wäre das Schlimmste, das sie für mich voraussah, die tragische Möglichkeit, dass Gutes nicht unentwegt so weiterging. Glücksjunge. Aber sie muss den Ausdruck abgrundtiefer Wehmut auf meinem Gesicht gesehen haben, wann immer die Ferien am Meer zu Ende gingen oder ein glücklicher Sommertag sich neigte.

Erst da, dann weg. Du siehst es, du siehst es nicht. Aber jetzt weiß ich, dass es so einfach nicht ist. Zum Glück.

Mein Vater war ein Mann der Kirche, ein frommer Mann. Im Krieg war er Padre in der Königlichen Luftwaffe. Das war kein Freibrief, er ist bei Einsätzen mitgeflogen. Aber wenn andere zusammenbrachen, musste er standhaft bleiben. Er musste ihnen Beistand leisten. Er hat nie viel darüber gesprochen, aber einmal sagte er: »Glaub mir, Eric, es wurde viel gebetet, und das hatte nichts mit mir zu tun.«

In meiner Kindheit war ich – wegen meines Vaters – überzeugt, dass viel Gutes schlecht war – oder vielmehr dachte ich insgeheim, vieles von dem Schlechten sei gut. Auf jeden Fall dachte ich: Irgendwann wird Gott mich bestrafen, bestimmt wird er mich bestrafen. Und er bestraft mich bestimmt dafür, dass ich nicht an ihn glaube.

Aber das hat er nie getan. Und meine Mutter hatte immer diese beruhigenden Worte bereit: »Alles Gute hat einmal ein Ende.« Manchmal habe ich mich gefragt, ob sie auch wirklich an Gott glaubte.

Und wenn man mich jetzt sieht, wie ich jemandem hinterherblicke, der nicht mehr da ist, und in stummem Gebet sage: Bitte, lieber Gott, mach, dass es ein nächstes Mal gibt, eine nächste Woche. Und was würde mein toter Vater denken, wenn er all mein Tun sehen könnte – was der liebe Gott angeblich kann – und mich beobachten könnte, wie ich nach oben ins Schlafzimmer gehe, was ich jeden Moment tun werde, und dort die verkrumpelten, noch halb warmen Laken befühle. Und mein Gesicht in ein Kissen drücke?

Ich bin Osteopath. Mein Geschäft ist es, Hand anzulegen, bei Männern und Frauen, und ihre Knochen zu manipulieren. Aber nie zuvor. Bis jetzt. Es gibt Berufe – Universitätsdozenten, Osteopathen –, die bei Ehefrauen gewisse Ängste wecken, aber Anthea, meine Frau, hatte nie Grund dazu, noch hatte ich einen, solange Anthea da war. Mir ist keineswegs unbekannt – es geht um die Aufmerksamkeit dafür, nicht um Eitelkeit –, dass es Patientinnen gibt, vielleicht auch Patienten, die nicht unbedingt wegen ihrer Rückenprobleme zu mir kommen. Aber mich rettet die Uhr, die ablaufende Zeit. Die Zeit ist um – bis zum nächsten Mal. Und natürlich ist es in meiner Macht zu sagen (und insofern habe ich es gut), dass es ein nächstes Mal nicht geben wird.

Aber meine Frau ist gestorben. Das ist fast drei Jahre her. Es hatte mit Neurologie zu tun. Mein Bereich grenzt an die Neurologie, aber ich bin kein Neurologe, und ich konnte nichts für sie tun. Wie sich herausstellte, konnten auch die Neurologen nichts für sie tun.

Ich wollte sterben. Ich mache da niemandem etwas vor. Ich wollte vor ihr sterben – um ihren Tod nicht erleben zu müssen. Ich habe gebetet. Und nach ihrem Tod wollte ich sterben und habe noch mehr als zuvor gebetet, dass ich sterben möge.

Mein Leben war vorbei, ich machte alles nur mechanisch. Ein, zwei Jahre lang. Um Halt zu finden, dachte ich an meine Eltern, daran, wie sie den Krieg überstanden hatten. All die schlimmen Dinge. Niemand spricht davon. Mein Vater ist vor fünfzehn Jahren gestorben, meine Mutter knapp sechs Monate später. Es gab medizinische Gründe, aber ich glaube, sie ist meinem Vater hinterhergestorben. Und ich wollte so etwas Ähnliches für mich. Ich habe darauf gewartet, ich habe es mir gewünscht, aber ich erfreue mich bester Gesundheit.

Ich war nah dran, es selbst zu tun, aber ich bin auch feige.

Dann kam Tanya. Oder, anders gesagt: Ich hatte einen Nervenzusammenbruch. Zumindest einen berufsmäßigen Zusammenbruch.

Kreuzschmerzen. Das kommt sehr oft vor. Ich danke ihren Kreuzschmerzen. Ich danke ihrem Kreuz. Ich danke der Tatsache, dass es in einem so jungen Menschen leicht zu heilen ist, und ich konnte sie heilen. Ich war ihr Zauberer. Ihr Zauberer!

»Bitte«, sagte ich. »Das ist schon alles.«

Und plötzlich liefen mir die Tränen übers Gesicht, einfach weil in ihrem Gesicht die reine Freude stand, weil sie so einfach und so schnell geheilt worden war – sogar ein kleines Klicken war zu hören gewesen – und weil ihr, oder das versprach ich ihr zumindest, weitere Schmerzen und endloses Warten auf eine Behandlung innerhalb des National Health Service erspart worden waren. Und weil sie der schönste Mensch war, den ich je gesehen hatte, und wenn ich mich nicht in Acht nahm, würde ich es ihr im nächsten Moment sagen. Und weil ich einen Nervenzusammenbruch hatte …

Und weil ich dachte, dass Anthea, falls sie zusah, so wie Gott angeblich zusieht, mich nicht bestrafen wollte, mir nicht einmal Vorwürfe machen wollte. Vielleicht dachte sie sogar: Ist aber auch Zeit, Eric, dass so etwas mal passiert. Ja, ich freue mich für dich. Greif zu, Eric, nimm dir.

In Wahrheit *dachte* ich diese Gedanken gar nicht. Ich bin mir sicher, ich hörte, wie Anthea mir ins Ohr flüsterte: »Jetzt muss ich mir nicht mehr solche Sorgen um dich machen, Eric, und deinetwegen trauern. Aber hör um Himmels willen auf zu heulen und dich lächerlich zu machen. Das ist das Leben, das ist Lebendigsein. Und du bist keine lächerliche Figur, du bist immer noch ein ansehnlicher Mann. Offen gestanden bin ich überrascht, Eric – aber auch froh –, dass so etwas nicht zu meinen Lebzeiten passiert ist. Aber du bist jetzt frei. Ich bin tot, du nicht. Mach schon, sei kein Feigling.«

Das alles, als stünde sie an meiner Schulter, während mir feige Tränen über das Gesicht rollten und eine teilweise entkleidete Frau von außerordentlicher Gesundheit und Schönheit und halb so alt wie ich noch auf der Behandlungsliege saß und ich zu ihr sagte: »Es tut mir leid, es tut mir fürchterlich leid. Ich musste an meine Frau denken – an meine verstorbene Frau. Es tut mir wirklich leid. Aber ihr Problem ist behoben. Sie brauchen nicht mehr zu mir zu kommen, aber – aber würden Sie mir die Ehre erweisen« (wieso fiel mir dieser Ausdruck ein?) »und heute Abend mit mir zum Essen ausgehen?«

Ich machte mir nicht vor, dass sie mich – trotz des hörbaren Einrastens – wirklich für einen Zauberer hielt. Mit tränenüberströmtem Gesicht? Vielleicht ist für manche Frauen Charme, falls ich Charme habe, mit ein wenig Verletzlichkeit vermischt. Aber dies hier war kaum Verletzlichkeit, von »ein wenig« ganz zu schweigen.

War es nackte Erpressung? Eine kleine Show, die ich hier abzog? Mir war das gleichgültig. War ich im Begriff zu sagen (manche Männer taten das wahrscheinlich andauernd): »Wenn Sie mit mir essen gehen, erlasse ich Ihnen die Bezahlung«? Oder würde ich mir, bevor sie Gelegenheit hatte zu antworten, den Ast absägen, auf dem ich saß, und sagen: »Es tut mir ganz furchtbar leid, vergessen Sie bitte, was ich gesagt habe, vergessen Sie das Ganze einfach.«?

Tatsächlich aber sagte sie mit einem einfachen, schnellen und unkomplizierten Lächeln: »Das würde ich gerne.« Und sie nahm den Karton mit den Papiertüchern, die ich für den Fall bereithielt, dass ein Klient in Tränen ausbrach (psychosomatische Reaktionen sind mir bekannt), und hielt mir welche hin. »Hier«, sagte sie.

Und tatsächlich kam es so, dass wir an dem Abend bei

Zeppo essen gingen, dem Restaurant, in das ich mit Anthea oft gegangen bin, und die ganze Zeit ging mir der Gedanke im Kopf umher: Anthea ist die treibende Kraft, dies hier geschieht unter ihrer Ägide. Und mit Sicherheit war es Anthea, die mich in den Stunden davor warnte: Geh nicht in ein Lokal, von dem du glaubst, es entspräche ihr, ein Lokal für *junge* Leute. Sei kein Dummkopf. Halte dich an das, was du kennst.

Und tatsächlich geschah es, dass sie – Tanya, meine ich – früh am nächsten Morgen mein Schlafzimmer (mein Schlafzimmer!) verließ, um nach Hause zu gehen und dann zur Arbeit. Es war noch vor sieben. Frühstück war nicht gewünscht. Und ich dachte: Natürlich, sie geht, und das ist das Ende. Aber als sie sich anzog und mich bat, liegen zu bleiben, stellte ich die lachhafte und verhängnisvolle Frage: »Sehen wir uns wieder?« Und sie sagte, ganz unbefangen: »Warum nicht?«

Ich hätte nicht geglaubt, dass ich so etwas je sehen würde. Einen hellen jungen Körper, der durch mein dämmriges Schlafzimmer huschte, wie ein flüchtig erspähtes Geschöpf im Wald.

Natürlich bin ich aufgestanden. Natürlich bin ich mit nach unten gegangen, in meinem Morgenmantel, und stellte mich, so wie jetzt, ans Fenster. Und sei es nur, um mir klarzumachen, dass dies mein Haus war und all dies wirklich passierte.

Das Glas halb voll? So geht es jetzt seit fast zwei Monaten. Ich bin nicht blind. Ich bin im Übrigen auch kein Tor. Es kann nicht lange währen. Zwei Monate ist schon jetzt weit über dem zugebilligten Anteil – von was auch immer. Mitgefühl? Kurzweil? Neugier? Das ist mir gleichgültig. Ich stelle keine Fragen. Solange sie kommt. Sie hat die Macht, mich binnen einer Sekunde zu zerstören, und vielleicht ist das der

Grund, warum sie kommt: Die Erregung, einen anderen Menschen zappeln zu lassen – eine Erregung, die in einem so jungen Menschen (sie ist sechsundzwanzig) nicht von Gewissensbissen beeinträchtigt wird, aber eine Erregung, die man nur einmal erleben kann, dann ist der Moment vorbei. Eines Tages wird sie mit den Fingern schnipsen. So! Wie das Einrasten des Wirbels in ihrer Wirbelsäule.

Ich wage nicht zu glauben, dass sie kommt, weil ich ihr etwas gebe. Was könnte das sein? Etwas, das sie von mir bekommt und nirgendwo sonst finden kann und das eine aus ihrem Leben ausscherende, aber jetzt schon fast routinemäßige Nacht pro Woche wert ist? Ich weiß, dass sie einen Freund hat – einen festen Freund. Er heißt Nathan. Ich stelle keine Fragen, ich mache mir keine Bilder. Aber sie spricht offen und unaufgefordert von ihm, sodass ich denke, sie spricht mit ihm in ähnlicher Weise über mich. Bisher hat es keine Auswirkungen gehabt, keine Anrufe gegeben, keine Dramen. Ich weiß nicht, wie es bei Nathan ankommt, dieses Stück in ihrem Leben mit mir, einem Mann, der doppelt so alt ist wie sie. Vielleicht denkt er: Wenn das die Abmachung ist … besser nicht dran rühren. Ich würde vielleicht auch so denken, wenn ich er wäre. Vielleicht denkt er: Das Glas halb voll. Vielmehr, in seinem Fall, einfach nicht randvoll.

Tanya.

Sie allein weiß es. Vielleicht auch nicht. Manchmal sieht sie mich mit einem klaren, reinen Blick an, als wüsste sie nicht, wie sie die Dinge befragen oder prüfen könnte. Sie sieht sich die Objekte in meinem Haus an, die Bilder an den Wänden, als wüsste sie nicht, wie derlei Dinge, solche Sammlungen angehäuft werden. Schon vor längerer Zeit habe ich mich allmählich damit abgefunden, dass junge Menschen – obwohl ich doch selbst einmal jung war – ein Geheimnis sind, eine andere Spezies. Die Menschen an sich sind ein Geheimnis, punktum. Man kann ihr Knochengerüst verstehen und sogar zurechtrücken – Knochen hat jeder –, aber wohin führt einen das?

Es kann nicht sein, dass sie immer noch dankbar ist, weil ich ihr den Rücken wieder eingerenkt habe. Ihren Rücken! Den werde ich eines Tages, wenn ich da stehe, wo ich jetzt stehe, als Letztes entschwinden sehen.

Ich spreche mit ihr nicht über Anthea. Ich erzähle ihr nichts über die Dinge, die sie mit leerem Blick betrachtet. Da bin ich wie mein Vater, der nicht über den Krieg sprach. Das will keiner wissen. Sie fragt nicht danach.

Und deshalb erzähle ich ihr nicht das Allermerkwürdigste, das seit fast zwei Monaten die Wahrheit ist (was würde es auch nützen, wenn ich es erzählte?), nämlich dass, wenn sie bei mir ist, meine Frau auch bei mir ist. Dass ich erst, seit das hier angefangen hat, das Gefühl habe, meine Frau sei zu mir zurückgekehrt, nach drei Jahren, als wäre sie (so kommt es mir manchmal wirklich vor) nie weggegangen.

Es ist in Ordnung, Eric, ganz in Ordnung, dass dies hier geschieht. Ich spüre sie an meiner Schulter, jetzt, da ich am Fenster stehe. Ich höre sie sogar sagen: »Hoffentlich kommt sie wieder.«

Das Glas halb voll? Aber eigentlich ist es doch das Ganze, es ist alles. Dabei wäre es mir recht, wenn es lediglich der letzte Tropfen im Glas wäre. Ich wäre ebenso froh, ebenso beklommen, ebenso dankbar. Männer, die wie ich verwitwet sind, wenden sich unter Umständen Prostituierten zu, was womöglich mit viel Pein und Scham verbunden ist, und dabei geht es ihnen weniger um den sexuellen Akt selbst, sondern einfach um die Nähe eines warmen Frauenkörpers.

Und vielleicht gibt es für sie eine traurige, süchtig machende wöchentliche Abmachung.

So ist es bei mir nicht, obwohl ich eine gewisse Ähnlichkeit erkenne. Ich bezahle sie nicht, ich gebe ihr nichts, außer dass ich sie zum Essen einlade. Aber würde es verlangt – der letzte Tropfen im Glas! –, ich würde jedes Mal meine Brieftasche ausleeren.

Von meinem Platz am Fenster aus kann ich das Messingschild sehen, das auf dem weißen Putz des Windfangvorbaus angebracht ist (Anthea sagte immer, damit sehe unser Haus wie eine Botschaft aus), auf dem steht, wer ich bin und was ich tue. Manchmal gelingt es mir, etwas Schlimmes zu beenden. Manchmal ist es mein professionelles Privileg und meine Genugtuung, Menschen zu entlassen, die ich nie wiedersehen werde und die sich plötzlich wie neugeboren fühlen, wieder gut in ihrem Körper.

Sie sitzt in der U-Bahn und muss nicht mehr darauf achten, sich vorsichtig zu setzen, wegen der Rückenschmerzen. Das gehört der Vergangenheit an, und vielleicht hat sie vergessen, wie das war. Sechsundzwanzig ist weniger als halb so alt wie ich, aber nicht so jung, dass sie es sich leisten kann, auf unbestimmte Zeit einem seltsamen, in die Irre führenden Pfad zu folgen. Nicht so jung, dass ihr, falls sie es beenden möchte, der Mut oder die Herzlosigkeit fehlte, es zu tun.

Ich weiß, dass es zu Ende gehen wird, natürlich geht es irgendwann zu Ende. Der Tag wird kommen. Und wenn er kommt, weiß ich eins, eine schreckliche Tatsache, mit Sicherheit. Das Gefühl, dass Anthea bei mir ist und froh für mich ist, ja, mich sogar ansporнt, das Gefühl, dass ich von ihrer Großherzigkeit umfangen bin und sie nicht mehr um mich trauern muss, der ich hier, in dem kalten Leben, ausgesperrt bin – das wird ebenfalls aufhören. Ich werde ihre Anwesenheit nicht mehr spüren, werde ihre Stimme nicht mehr in meinem Ohr hören. Dann bin ich einfach einer von diesen verlorenen, pflichterfüllten Männern, die einmal in der Woche vor einem Stein stehen und Worte murmeln und keine Antwort bekommen.

Glück im Unglück

Dr. Shah hörte nie auf, die Geschichte zu erzählen. »Ich bin Brite, genau wie Sie«, fing er vielleicht an. »Ich bin in Battersea geboren.« Oder, ein bisschen provozierend: »Meine Mutter ist so weiß wie Sie. Sie glauben mir nicht?«

In seinen ersten Berufsjahren – auch damals gab es im staatlichen Gesundheitssystem schon eine Flut von schwarzen und braunen Gesichtern (seine Ausdrucksweise) – war es nicht ungewöhnlich, dass Patienten aufbegehrten, wenn sie von einem asiatischen – oder asiatisch aussehenden – Arzt behandelt werden sollten. Heute konnte das auch noch vorkommen, aber seine gehobene Stellung, sein Ruf als gefragter Facharzt sowie sein gewinnendes Lächeln verhinderten, dass Ärger dieser Art entstand. Aber die Geschichte gab es noch, Kapitel für Kapitel, oder vielleicht war es ihm einfach eine Befriedigung, sie wieder einmal zu erzählen.

Da die Geschichte Zeit und eine entspannte Stimmung verlangte, erzählte er sie neuerdings meist bei einer Nachuntersuchung, wenn der Patient auf dem Wege der Besserung war und es in der zugebilligten halben Stunde nichts weiter zu besprechen gab. Er betrachtete es mittlerweile als seine Art, sich von Patienten zu verabschieden. Das letzte Rezept. Obwohl es im medizinischen Sinne nichts mit Kardiologie zu tun hatte.

»Nein, in Indien war ich nie. Vielleicht komme ich da auch nie hin. Aber mein Vater ist in Indien geboren …«

Die Geschichte hatte ihre Wirkung nicht verloren, besonders jetzt, da sein Vater gestorben war und er und seine Mutter in ihrer Trauer um ihn vereint waren. Es war weniger als ein Jahr her, dass er seinen Vater zum letzten Mal umarmt hatte, soweit das in dessen jammervoller Verfassung überhaupt möglich gewesen war. Er hatte ihn in den Armen gehalten, und dabei war ihm der absurde Gedanke durch den Kopf geschossen, dass er Indien in den Armen hielt. Zu seiner Mutter sagte er: »Sie sorgen dafür, dass er schmerzfrei ist, sie sind für ihn da, er wird keine Schmerzen haben.«

Sein Vater war nicht sein Patient, aber natürlich wusste Dr. Shah in diesen Dingen Bescheid. Kurzfristig war ihm entfallen (aber das gehörte natürlich mit zu der Geschichte), dass seine Mutter früher Krankenschwester gewesen war.

Als Mediziner hätte er gegen Trauer gefeit sein müssen, trotzdem war er nicht überrascht, wie heftig ihn die Trauer überfiel, wie stark er noch nach Monaten das nicht medizinische Geheimnis der Abwesenheit seines Vaters empfand.

»Mein Vater ist in Indien geboren«, sagte er dann. »In Poona, 1925. Das wird Ihnen wie in grauer Vorzeit vorkommen, könnte ich mir denken. Damals herrschten natürlich die Briten. *Wir* herrschten.« Dr. Shah lächelte sein Lächeln. »Er gehörte zu einer Familie, die die Briten verehrten. Die Schulbildung, die er damals genoss, war besser als die vieler gleichaltriger Jungen in Birmingham oder Bradford. Oder Battersea. Und er sprach auch besseres Englisch.«

Das Lächeln wurde breiter.

»Ja, ich weiß, es gab viele Inder, die die Briten nicht verehrten. Im Gegenteil. Aber als 1939 der Krieg ausbrach, bestand kein Zweifel, dass mein Vater sich, sobald er volljährig war, bei der indischen Armee melden und aufseiten der Briten kämpfen würde. Viele Inder dachten anders darüber. Viele Inder wollten gegen die Briten kämpfen. Aber natürlich konnte ich in diesen Dingen nicht mitreden, ich war noch nicht auf der Welt. Mein Vater hieß Ranjit. Wie Sie wissen, ist das auch mein Name.

Eines Tages befand er sich also auf einem Truppentransporter nach Italien, wohin die meisten Inder, die nach Europa kamen, geschickt wurden. Ich hätte genauso gut Italiener sein können, dann würde ich Ihnen das alles in Neapel oder Rom erzählen.

Aber wegen eines Kriegszwischenfalls – sie mussten die Schiffe wechseln – kam die Einheit meines Vaters nach England, das war im Frühling 1944, und es wurde beschlossen, sie nicht wieder nach Italien zu schicken, sondern stattdessen auf die Invasion Frankreichs vorzubereiten.«

Dr. Shah machte eine kleine Pause, als wollte er der Geschichte Gelegenheit geben, ihn einzuholen.

»England. Ein Lager in Dorset, genau gesagt, in der Nähe von Sturminster Newton. Um ehrlich zu sein, mein Vater fand, er habe unglaubliches Glück gehabt. Er hatte England immer verehrt. Er sprach Englisch, gutes Englisch, nicht Italienisch. Und jetzt war er in England auf dem Lande, im Frühling – Häuser mit Strohdächern, überall Schlüsselblumen, Glockenblumen, von all dem hatte er in Büchern gelesen. Er kaufte sich sogar ein Fahrrad und fuhr auf den schmalen Straßen durch die Landschaft.«

An der Stelle zuckte Dr. Shah verständnisvoll die Achseln.

»Nein, ich kann es auch nicht ganz glauben. Ich kann nicht glauben, dass es 1944 für eine Gruppe indischer Soldaten in Dorset nur ein Vergnügen war. Stellen Sie es sich vor! Aber ich erzähle nur, was mein Vater mir erzählt hat. Er nannte es Glück.

Es war auch nicht das einzige Glück, obwohl Sie vielleicht

denken, dass das Nächste, was er als Glück bezeichnete, gar keins war. Er nahm an der Landung der Alliierten in der Normandie teil. Er war einer der wenigen indischen Soldaten, die dabei waren. Er diente den Briten in ihrem Krieg, bis zum Äußersten, könnte man sagen. Er war bei der Flotte der kleinen Schiffe dabei. Aber schon bald war er auf einem Schiff, das nach England zurückkam, und kurz darauf in einem Krankenhaus hier in London, das die Armee requiriert hatte und wo Patienten mit schweren Beinverletzungen lagen.

Die Einzelheiten weiß ich nicht. Es war in der Normandie passiert, nicht weit von der Küste. Ich bin mir nicht sicher, ob er selbst sie kennt. Er sagte nur: ›Ich bin in die Luft geflogen.‹ Einmal hat er auch gesagt: ›Ich bin in die Luft geflogen und dachte, ich wäre tot.‹ Er ging auch noch weiter. ›Ich dachte, ich sei in Stücke zerrissen worden‹, sagte er, ›und als ein anderer zusammengesetzt worden.‹ Physiologisch ist das natürlich nicht möglich. Als Mediziner kann ich dazu nichts sagen. Andererseits – wir transplantieren Herzen.«

Dr. Shah lächelte wieder.

»Er lag auf der Orthopädischen Station, oder genauer gesagt, der Amputationsstation, obwohl vermutlich niemand es so gesagt hätte. Vielleicht konnte man es als Glück im Unglück betrachten, dass es besser war, das Bein dort abgenommen zu bekommen als in dem Getümmel da drüben in Frankreich. Allerdings glaube ich, dass es oft wichtig ist, ein Bein schnell abzunehmen. Wesentlich ist jedoch die Tatsache, dass er der einzige Inder war, der Einzige mit brauner Haut in den Betten. Nicht gerade ein glücklicher Umstand, mögen Sie denken, aber warten Sie ab.

Ich habe nie ein Bein abgenommen. Das ist nicht mein Gebiet, wie Sie wissen. Aber bekanntermaßen ist es eine extreme Maßnahme, wenn auch manchmal die einzige, um ein Leben zu retten. Und ich spreche von einer Zeit, die sechzig Jahre zurückliegt, und von Patienten, die möglicherweise andere komplizierte Verletzungen hatten. Kurzum, nicht jeder Beinamputierte würde überleben, und jeder Patient auf der Station kannte das Risiko.

Einmal, als ich ein kleiner Junge war, zeigte mein Vater mir ein Foto. Drei Männer in Schlafanzügen, alle in Rollstühlen, und allen fehlt ein Bein. Aber alle lächeln, als wären sie zufrieden mit ihrem Beinstumpf. Es war ein Foto, das einem kleinen Jungen Angst machte, aber mein Vater wollte es mir unbedingt zeigen. Er erzählte mir, die Männer seien seine ›alten Kumpanen‹. Dann sagte er zu mir, falls ich mich je im Leben benachteiligt fühlte, sollte ich an seine alten Kumpanen denken. ›Benachteiligt‹. Das war sein Wort. Ein großes Wort für einen kleinen Jungen, aber ich erinnere mich deutlich daran.«

Dr. Shahs Lächeln zog sich wieder in die Breite, und seine Zuhörer dachten vielleicht – vielleicht sollten sie das sogar denken –, dass ›benachteiligt‹ aus dem Munde eines Professors im teuren Nadelstreifenanzug einen befremdlichen Klang hatte.

»Ich dachte immer, das Lächeln der beinamputierten Männer war ein bisschen wie die Behauptung meines Vaters, der sagte, er habe es nie so gut gehabt wie damals in Dorset. Es gab ja noch ein anderes Foto, eins von ihm mit seinem Fahrrad, und da lächelt er. Zum Fahrradfahren braucht man zwei Beine.

Auf der Orthopädischen Station arbeiteten natürlich Ärzte, Chirurgen und Krankenschwestern. Eine der Krankenschwestern hieß Watts, aber mein Vater lernte sie als Rosie kennen. Und ich lernte sie als meine Mutter kennen. Anscheinend fragte mein Vater sie eines Tages, ob ihre Familie die Zeitungen mit den Nachrichten über die Normandie-Landung aufgehoben hätte. Könnte sie eine mitbringen und ihm zeigen? Er wollte den Beweis, dass er in die Geschichte eingegangen war. Aber es war der Beginn von etwas anderem.

Auf der Orthopädischen Station war außerdem ein Arzt, ein Chirurg – er war Juniorarzt, kein wichtiger Mann in der Hierarchie –, der ein paar der Patienten diskret zu verstehen gab, er könne ihr Bein retten, wenn sie ihm erlaubten, sie zu behandeln. Das bedeutete natürlich auch, ihr Leben retten.

Ein ziemlich gutes Angebot, könnte man denken. Aber bis zu dem Zeitpunkt hatte sich keiner der Patienten gemeldet. Das lag nicht daran, dass er Juniorarzt war. Der einfache Grund war der, dass er Chaudhry hieß und ein braunhäutiger Arzt war. Aus Bombay. Mumbai. Auch er war aus Indien gekommen, um den Briten zu dienen, mit seinen medizinischen Kenntnissen. Und sie – ich meine die anderen Patienten – wollten nicht von seinen braunen Fingern angefasst werden. Die Soldaten hatten sich sogar untereinander abgesprochen, dass sie das Angebot des braunen Arztes ablehnen würden.

Dumm von ihnen.«

An dieser Stelle machte Dr. Shah eine einstudierte Pause.

»Aber Sie können sich vorstellen, dass die Einstellung und auch die Reaktion meines Vaters eine andere war.«

Wieder entstand eine Pause, fast so, als wäre er schon am Ende.

»Ich muss es Ihnen kaum erzählen, oder? Die anderen ließen sich operieren, manche mit Erfolg, andere nicht, aber das Bein meines Vaters konnte gerettet werden. Nach einer Weile konnte er sogar wieder gehen, fast so gut wie vorher. Er hinkte leicht, und vielleicht – das sagte er jedenfalls gern – waren auch noch ein paar Metallsplitter der Marke Krupp in seinen Knochen. Aber damit nicht genug. Inzwischen war seine

Beziehung zu Krankenschwester Watts – zu Rosie, meiner Mutter – so weit gediehen, dass beide den nächsten Schritt tun wollten. Allem zum Trotz. Der nächste Schritt, in den Rest ihres Lebens.

Sie können sich das bestimmt vorstellen. Da waren die Männer mit ihren Beinstümpfen. Sie hatten nicht nur ein Bein verloren. Auch etwas anderes hatten sie verloren. Und da waren Ranjit und Rosie, wie zwei Turteltauben. Mein Vater pflegte zu sagen, er habe sein Bein behalten und obendrein das schöne Mädchen bekommen. Jetzt verstehen Sie, warum er von Glück sprach.«

Manchmal beließ Dr. Shah es dabei. Das war die schlichte Version, und sie reichte aus. Er fügte noch hinzu: »Und so kommt es, dass ich in Battersea geboren bin, 1948.« Er machte eine Pause und sah seinen Patienten genau, aber mit einem Kopfschütteln an. »Nein, mein Gebiet ist nicht die Genetik, und ich kann es nicht erklären, aber so bin ich gemacht.«

Wollte er aber die längere, ausführlichere Version erzählen, dann fuhr er fort.

»Stellen Sie sich vor. London, Battersea. Bei Kriegsende. Allem zum Trotz. Aber meine Mutter sagte immer, für sie sei es von Anfang an klar gewesen. Ranjit war der Richtige. Und wenn sie sich in einen Mann verlieben konnte, der schwer verletzt war und dessen Bein möglicherweise amputiert werden musste, dann war das eine ziemlich gute Probe. Ganz abgesehen von dem anderen Aspekt, der nichts mit dem Krieg zu tun hatte.

Ich will Ihnen noch etwas erzählen. Mein Vater war fast zehn Jahre lang Pförtner im Krankenhaus. Sie werden mich nie dabei ertappen, dass ich mit dem Dienstpersonal von oben herab spreche. Irgendwann stieg er in die schwindelerregenden Höhen der Krankenhausverwaltung auf. Ich meine damit, dass er Bürogehilfe war, unterste Stufe. Und das bei seiner Bildung. Und angesichts seines Beitrags zur Landung in der Normandie. Das war das Einzige, was er bekommen konnte, und das auch nur, weil seine Frau, die Krankenschwester, sich für ihn einsetzte – und zweifellos auch Dr. Chaudhry.

Aber er hat sich gefügt und ist dabei geblieben. Weil er dachte, es steht für mich ganz fest, das war es wert, es war ein kleiner Preis. Und aus demselben Grund wurde ihm allmählich klar, dass er nicht nach Indien zurückkehren würde. So war es eben. England war jetzt seine Heimat. Seine Familie, seine Eltern in Poona – er würde sie wahrscheinlich nicht wiedersehen.

Einmal sagte er zu mir, er würde es so betrachten: Womöglich wäre er sowieso nicht zurückgekehrt. Er hätte sein Leben in Frankreich lassen können. Oder in Italien. Und hatte er nicht etwas erreicht, auch in den Augen seiner Familie? Schließlich hatte er eine britische Dame geheiratet. Vielleicht war es doch so, wie er gesagt hatte. Vielleicht war er wirklich in Stücke gerissen worden und als ein anderer wiedergekommen.

Zu genau dieser Zeit – kurz vor meiner Geburt – erhielt Indien seine Autonomie. Die Autonomie und die Teilung. Wir verließen Indien – die Briten verließen Indien. Indien wurde geteilt, und schreckliche Dinge passierten, und zur gleichen Zeit hat mein Vater die Trennung zwischen sich und Indien vollzogen. Das muss schwierig gewesen sein. Er behielt das Bein, er gewann das Mädchen, aber er verlor etwas anderes. Es heißt, Amputierte spürten zeitlebens das »Phantom« des fehlenden Glieds.

Aber von all dem könnte man auch sagen, dass es eine ziemlich gute Probe war. Muss ich Ihnen den Rest erzählen? Muss ich Ihnen erzählen, dass der Mann, der meinem Vater das Bein rettete, Dr. Chaudhry, eine Art Ersatzvater für meinen Vater wurde? Und für mich eine Art Onkel. Er wurde ein Freund der Familie. Bleibt noch zu erzählen, dass es Dr. Chaudhry – er hieß Sunil – und seiner Ermutigung zu verdanken ist, dass ich mich zur Medizin hin orientierte. Ich bin 1948 geboren. Zur gleichen Zeit entstand in Großbritannien der National Health Service. Ich war dazu ausersehen, meine Tage in Krankenhäusern zu verbringen.«

Dr. Shahs Lächeln, jetzt ein triumphierendes Strahlen, deutete an, dass die Geschichte zu Ende war. Er sah richtig jung aus, obwohl er über sechzig war und wegen seines Vaters Trauer trug.

»Aber Sie können jetzt gehen«, verkündete er – als spräche er zu einem seiner genesenen Patienten. Er streckte seine Hand aus, seine braune Hand mit den feinen, geschickten Fingern.

»An diesem Punkt möchte ich jedes Mal gern sagen, ich hoffe, Sie nicht wiederzusehen. Verstehen Sie mich bitte nicht falsch. Fassen Sie es richtig auf. Denken Sie an meinen Vater und sein Bein.«

Er hätte noch mancherlei hinzufügen können, tat es aber nicht und überließ es seinem Zuhörer, eigene Schlüsse zu ziehen. Er sagte nicht, dass er zwar ein Kind des Wohlfahrtsstaates war, dass er aber damals in Battersea durchaus die »Benachteiligung« kennengelernt hatte, von der sein Vater gesprochen hatte. Er hielt sich nicht bei der Tatsache auf, dass er, obwohl Dr. Chaudhry ihn ermutigt hatte, nicht Orthopäde geworden war, sondern Kardiologe. Er sagte auch nicht, dass er, weil er Arzt und schließlich Professor geworden war, auch eine Art zweiter Vater für seinen Vater geworden war und dass dies – man konnte es nicht anders ausdrücken – das Herz seines Vaters erfreut hatte.

Kardiologie war in seiner Zeit an der Universität zu einem

glanzvollen Fach geworden. Alle wollten Herzchirurgen werden, obwohl doch das Herz ein Organ wie jedes andere ist. Niemand konnte sich für eine Leber oder eine Lunge oder einen Dickdarm so sehr begeistern. Oder gar für ein Bein.

Er hatte seinen Vater sanft im Arm gehalten, aber er wollte ihn so eng wie möglich halten, ihn nie wieder loslassen. Sein Vater war so zart und fast so leicht wie ein Kind. Einen Augenblick lang sah er wieder das Foto, die Männer mit ihren Beinstümpfen. Und dann hatte er die Landkarte Indiens gesehen, wie sie früher, in den fünfziger Jahren, in Schulatlanten abgedruckt gewesen war, rot und gerundet und nach unten spitz zulaufend, einer anderen vertrauten Form nicht unähnlich.

Tragisch, tragisch

»Tragisch«, sagt Mick. »Alles ist immerzu tragisch, fällt dir das auch auf?«

Wir sind in der Kantine. Frühstückspause. Wie üblich hat Mick die Zeitung auf dem Tisch ausgebreitet. Er liest sie durch seine halben Brillengläser. Zwei feuchte Kreise, wo unsere Teebecher gestanden haben.

Ich dachte: Was meint er nur?

»Tragisch«, sagt er. »Wenn schlimme Sachen passieren, wenn Menschen sterben. Immer ist es ein tragisches Ereignis. So steht es in der Zeitung. Tragisch.«

»Ist es doch auch«, sage ich.

Er sieht mich über die Halbgläser an und sagt wie üblich erst mal nichts.

»Als Ronnie Meadows auf dem Gabelstapler einen Herzinfarkt hatte, war das tragisch?«

Jetzt ist es an mir, erst mal nichts zu sagen.

»Nein, eigentlich nicht«, sage ich, weiß aber nicht, ob das die richtige Antwort ist. Ob es Ronnie gegenüber fair ist zu sagen, es war nicht tragisch.

»Genau«, sagt Mick. »Es war einfach Ronnie Meadows, der einen Herzinfarkt hatte. Aber wenn Ronnie, was weiß ich, sagen wir, bei einem Zugunglück umgekommen wäre, hätten die Zeitungen es als tragisches Ereignis beschrieben. Verstehst du, was ich meine?«

Stimmt. Aber sie hätten Ronnie gar nicht erwähnt. Ich sah die gedruckten Worte vor mir, die Überschrift: »Tragisches Eisenbahnunglück«. Nicht einfach »Eisenbahnunglück«. Die Überschrift »Ronnie Meadows stirbt bei tragischem Eisenbahnunglück« konnte ich nicht sehen.

Ich trommelte mit den Fingern auf den Tisch.

»Und?«, sage ich.

»Oder wenn Ronnie nicht Gabelstaplerfahrer gewesen wäre, sondern, was weiß ich, Parlamentsabgeordneter oder jemand vom Fernsehen, und er wäre bei einer langweiligen Tätigkeit – beim Rasenmähen, zum Beispiel – gestorben, dann hätten sie es tragisch genannt.«

»Und?«, sage ich wieder.

Ich dachte: Jetzt trink deinen Tee, Mick, ich lechze nach 'ner Kippe.

»Und? Es ist einfach ein Wort. Ein Wort, das sie in der Zeitung benutzen, für Sachen, die in die Zeitung kommen. Ein Wort, das sie benutzen, weil ihnen nichts anderes einfällt. Es muss tragisch sein.«

Mick macht das gern. Er liest gern die Zeitung – er blättert nicht nur darin, sondern liest sie richtig – und gibt seine Meinung über das, was er gelesen hat, zum Besten, wer immer ihm zuhört. In dem Fall bin ich das, Bob Lewis. Aber er macht es jetzt besonders, damit ich leide, denn er versucht aufzuhören. Ich wollte, dass er seinen Tee austrinkt und die Zeitung zusammenfaltet, damit wir rausgehen und eine rauchen können.

»Es hat also keine Bedeutung«, sage ich.

Ich dachte: So was Blödes, warum ihn noch anstacheln?

Aber ich dachte auch: Es stimmt nicht, dass niemand Ronnies Tod tragisch genannt hat. Mick war nicht so nah dran wie ich, als der Rettungswagen kam. Ronnies Frau war auch gekommen. Sie musste kommen. Wie hieß sie noch? Sandra? Sarah? Mercer war auch da, in seinem weißen Hemd, auch er musste da sein. Er sagte: »Eine tragische Sache, Mrs. Meadows. Tragisch … so tragisch.« Er hat es mehrmals gesagt. Er sah aus, als könnte er sonst nichts sagen, und Ronnies Frau sah aus, als würde sie gar nicht zuhören.

Ronnie lag immer noch unter einer Palettenabdeckung, weil es technisch gesehen ein Betriebsunfall war und man ihn nicht wegbringen durfte. Die Palettenabdeckung hatte eine spitze Stelle da, wo Ronnie Meadows Nase war.

Hatte Mick gehört, was Mercer gesagt hatte? Wenn ich mich richtig erinnere, hatte er etwas im Hintergrund gestanden. Das ist jetzt drei Monate her. Dass Ronnie aber auch mitten im Hof tot umfallen musste, wo jeder längskommt, der zum Tor will. Auch für ’ne Kippe in der Pause. Noch Tage, ach, Wochen später sah ich, wie die Leute die Stelle mieden. Ich selbst habe sie auch gemieden. Und eines Tages merkte ich, so wie alle anderen auch: Gerade bin ich über die Stelle gegangen, wo Ronnie Meadows gestorben ist, und habe mir nichts dabei gedacht.

Aber jetzt fiel mir ein, dass Mercer zu Ronnies Frau »tragisch« gesagt hatte.

»Doch, es hat eine Bedeutung«, sagt Mick. Er atmet tief ein. Ich dachte: Jetzt legt er los. Er konnte sehen, wie meine Finger auf den Tisch trommeln.

Vor ein paar Monaten hat er angefangen, die Halbbrille zu tragen. Wegen der Brille nennen die Leute ihn »Professor«. Aber ich glaube, die Brille unterstreicht nur etwas, das vorher schon da war. Ein bisschen war es so, als hätte sein Gesicht auf die Brille gewartet, um vollständig zu werden. Mick selbst hat auch darauf gewartet, Mick Hammond, der Mann, der den anderen gern erzählt, was er denkt.

»Es hat wohl eine Bedeutung …«

Anfangs war er verlegen, wenn er sie aufsetzte, aber jetzt gefällt er sich damit, er mag es, wie er über den Rand guckt. Und mir gefällt Mick mit seiner Lesebrille. Er sieht damit so ernst aus, und das bringt mich zum Lachen.

»Es hat wohl eine Bedeutung …«

Ich sah, dass er nachdachte, aber er war auch ein bisschen in der Klemme. Ich dachte: Du hast damit angefangen, Micky, Alter.

Aber hauptsächlich dachte ich: Ich brauch 'ne Kippe. Und ich dachte auch: Er hält sich nur deshalb so lange mit seinem Tee auf, weil er das Rauchen aufgeben will. Er will nicht mit mir über den Hof und zum Tor hinausgehen, zum Todestrakt, wie wir es früher genannt haben. Das war, bevor Ronnie Meadows starb.

Mick ist ein guter Kumpel, aber die ganze Angelegenheit mit dem Aufgeben ist der Horror. Irgendwie scheint es falsch, dass Mick mich davon abhält, nach draußen zu gehen und eine zu paffen. Aber es scheint auch nicht richtig, dass ich ohne Mick nach draußen gehe. Auch wenn er selbst nicht raucht – er sollte mit mir rauskommen und neben mir stehen, solange ich rauche. Aber das ist auch doof.

»Wenn …«, sagt er, »wenn … ein berühmter Bergsteiger umkommt, weil er die Eigernordwand auf einer neuen Route besteigen will, würden die Zeitungen das tragisch nennen, aber es wäre nicht tragisch.«

Das ist ziemlich weit entfernt von Macintyres Lagerhalle, aber ich sage nichts. Ich erkenne, dass Mick sich plötzlich ganz wichtig nimmt. Ich dachte: Bleib ganz ruhig.

»Was wäre es denn?«

»Es wäre … also, heldenhaft, vielleicht.«

»Oder verrückt«, sage ich.

»Nein, nein, für einen Bergsteiger wäre es doch ein angemessener Tod. Vielleicht *möchte* ein Bergsteiger sogar so sterben.«

Ich sage nicht: »Wer will schon sterben?« Und ich sage auch nicht: »Warum sprechen wir eigentlich vom Bergsteigen?«

»Und?«, sage ich.

Er schiebt die Brille mit den Halbgläsern auf der Nase zurecht, hebt sie mit dem Zeigefinger an und lässt sie wieder auf den Nasenrücken sinken. Gleich nimmt er sie ab und putzt sie. Er hat sich nicht nur eine Brille zugelegt, er hat sich eine ganz neue Show zugelegt, er ist ein ganz neuer Mick Hammond, vielmehr der, der nur darauf gewartet hat, rauszukommen.

Vielleicht lag es an Mick und seiner Brille, dass ich dachte: Das Tragische hat auch mit Schauspielerei zu tun. Mit dem, was auf der Bühne passiert. Shakespeare und so. Das ist genau der Punkt. Es ist nicht das wirkliche Leben. Und Mercer hat mit Sicherheit nicht gedacht, als Ronnie Meadows tot vom Gabelstapler fiel, dass er so war wie – also, wie *Hamlet*.

Micky Hamlet, dachte ich. Mickey Mouse.

»Wenn jetzt aber …«, sagt er.

Ich denke: Jetzt kommt's.

»… wenn jetzt aber ein berühmter Bergsteiger nicht an der Eigernordwand stirbt, sondern bei der Besteigung von einem kleinen, pissleichten Berg, meinetwegen im Lake District, dann ist das tragisch.«

Darauf wusste ich nichts zu sagen. Mick muss nachgedacht haben, das muss ich ihm lassen, um auf diese Idee zu kommen. Ich verstand so einigermaßen, was er meinte, aber andererseits auch nicht, überhaupt nicht.

Ich dachte: Ich wusste gar nicht, dass Mick sich insgeheim wünscht, er wäre Bergsteiger. Und ich dachte: Wir sind meilenweit vom Lake District entfernt. Wir sind in Stevenage, Kent.

Und ich sage: »Warum?«

Mit der Frage kann man alles abwürgen. Als ich es sagte, musste ich an Gavin denken, unseren Ältesten, als der mit seinem »Warum? Warum? Warum?« anfing. Oft klang es wie »Wum! Wum! Wum!«, aber, meine Güte, er wusste, was er damit bewirken konnte.

Gavin ist jetzt schon fast achtzehn.

»Verstehst du das denn nicht?«, sagt Mick. »Da ist doch was dran. So will kein Bergsteiger sterben, so sollte er auch nicht sterben. Es ist –«

»Einfach dumm«, sage ich.

»Oder tragisch«, sagt er.

Mick Hammond ist ein ganz anderer Typ als ich. Aber stimmt, er ist mein Kumpel, seit Jahren. Ist einfach so.

»Wenn du meinst, Mick.«

Und mit der Brille sieht Mick manchmal aus wie ein Großvater, doppelt so alt wie ich, obwohl wir nur ein Jahr auseinander sind.

Ich sagte nicht: »Wenn du meinst, Professor.« Obwohl ich dachte: Wie sind wir bloß hierhin gekommen? Die Zeitung. Ronnie Meadows. Lake District. Aber angefangen hat es mit der Zeitung. Ich dachte: Ich brauch ´ne Kippe.

Und dann dachte ich: Wenn ich jetzt aufstehe und Mick hier sitzen lasse und über den Hof zum Tor gehe, um eine zu rauchen, und wenn ich auf dem Weg tot umfalle, wäre das tragisch? Rauchen tötet. Das steht auf der Packung. Oder wäre es tragischer, wenn Mick mitkäme und neben mir stünde, wenn es passiert, auch mit einer Zigarette in der Hand? Oder wenn er keine hat, weil er aufhören will und mir nur Gesellschaft leistet?

Oder wäre es nicht noch tragischer, wenn ich gehe und eine rauche, nur ich allein, und es mir richtig guttut, und unterdessen sackt Mick hier am Tisch zusammen und verröchelt. Sackt zusammen, der Teebecher halb leer, sackt auf die Zeitung, auf der überall das Wort »tragisch« steht.

»Wenn du meinst«, sage ich.

Mick ist der Meinung, mit dem Rauchen aufzuhören sei vernünftig. Passt vielleicht zur Brille. Aber ich weiß, dass er nur wegen Ronnie auf den Gedanken gekommen ist aufzuhören. Nicht, weil er so vernünftig ist. Sondern weil er Angst hat.

Als Ronnie vom Gabelstapler auf den Boden fiel, war er noch in Sitzhaltung. Es muss ein Kracher von einem Infarkt gewesen sein.

Ich dachte: Mick irrt. Er redet Schwachsinn. Keiner dieser Tode ist tragisch.

Ich bin kein Zeitungsleser, ich lese so gut wie nie, aber als ich in der Grundschule war, konnten wir bei Regen nicht auf den Schulhof, und dann wurde ein großer Kasten mit Comics vorgeholt, die wir lesen durften. Die zu lesen hat riesigen Spaß gemacht – weil es eigentlich kein Lesen war. Die haben mich richtig zum Lachen gebracht. Paff! Bum! Krach! Damals ist es mir nicht in den Sinn gekommen, dass ich eines Tages Lagerarbeiter bei Macintyre sein und in der Pause nach einer Zigarette lechzen würde.

Mick machte wieder das mit der Brille auf der Nase. Er sah sehr zufrieden mit sich aus, weil er das letzte Wort hatte, falls das so ist, oder weil ich nicht dahintergestiegen bin und es aufgegeben habe. Oder weil er es geschafft hat – die Pause war gleich zu Ende –, nicht zu rauchen. Falls es darum ging. Dass er punkten will.

Nicht dasselbe wie Bergsteigen, Micky.

Ich dachte: Okay, Mick, du bist mein Kumpel, wenn du

wirklich aufhören willst, dann ist das deine Sache, aber das nächste Mal gehe ich alleine raus, dann lass ich dich hier sitzen. Und fang bloß nicht an zu predigen, mit deiner neuen Brille, dass ich auch aufhören soll. Fang bloß nicht damit an.

Dann sah ich in meinem Kopf das Bild, wie Mick zusammengesackt auf der ausgebreiteten Zeitung liegt, tot wie ein Sack Zement.

Und dann verstand ich es. Ich verstand, dass die Leute tragisch sagen, weil sie nicht wissen, was sie sonst sagen sollen – wenn jemand tot umfällt. Aber ich dachte: Es geht nicht darum, dass sie nicht wissen, was sie sagen sollen. Darum geht es gar nicht. Sondern dass sie das andere nicht sagen können, sie können es einfach nicht sagen. Das, was zu dem Tragischen gehört und auch auf der Bühne passiert und kaum etwas mit Macintyres Lagerhalle zu tun hat.

Baff! Bum! Krach! Ich habe so gelacht. Wie gern würde ich in der Kantine einen *Beano*-Comic lesen. Aber natürlich sähe das ziemlich idiotisch aus. Das Wort, das man über einen Bergsteiger im Lake District sagen sollte, oder über Ronnie, der vom Gabelstapler fällt und noch in der Sitzhaltung ist, oder auch über Mick, der über seiner Zeitung zusammensackt, seine hübsche kleine Brille zerdrückt an seinem Gesicht, das Wort ist »komisch«.

Komisch. Das sollte man sagen. Aber das kann man nicht.

So viel Liebe wie möglich

Er war zu früh, und Sue war noch oben beim Umziehen, als Alec ihn reinließ. Ihre Stimme war nach unten geschwebt, durch eine halb offene Tür oben. »Hallo, Bill.« Dann eilig und entschuldigend: »Ich bin nicht anständig angezogen.«

»Du bist immer anständig angezogen«, hatte er zurückgerufen.

Was bedeutete das? Das Wort blieb ihm im Kopf: Anständig.

Vor ein paar Tagen hatte Alec angerufen und gesagt, Sue würde sich mit ihren Freundinnen treffen, er wäre einen Abend allein zu Hause. Hätte Bill Lust, zu ihm zu kommen?

»Ich habe eine Flasche Macallan. Fünfzehn Jahre alt. Ist mir so untergekommen.«

Alec wusste, erwähnte aber nicht, dass Bill ebenfalls allein war – es waren Ferien, und Sophie war mit den Jungen zu ihren Eltern gefahren, während Bill zu Hause blieb und brav ins Büro ging. Bill vermutete, das Sue das alles wusste, nicht aber Alec, und dass es in Wirklichkeit Sues Idee war, Sues Einladung. Aber Alec war Bills ältester Freund.

»Komm einfach rüber. Es ist Ewigkeiten her. Du brauchst nichts mitzubringen, nur dich selbst.« Alec konnte manchmal sehr schottisch sein, wenn ihm danach war.

Also war er gekommen, etwas zu früh, Alec – in Strickjacke – umarmte ihn, aus dem Ofen kam der Geruch von dem Auflauf, den Sue für sie beide vorbereitet hatte. Er war mit dem Auto gekommen, das war am einfachsten, aber auch dumm – in Anbetracht der Flasche Macallan. Aber er hatte sich gesagt, wenn er das Auto nahm, müsste er mit dem Whisky vorsichtig sein, und wenn das Auto vor der Tür stand, würde es nicht so spät werden, dass er über Nacht bleiben musste, was die vollkommen falsche, eine auf den Kopf gestellte Logik war. Es war ja nicht so, dass er nicht gern bei Alec und Sue war, eher im Gegenteil.

Alec hatte mit den Augen nach oben gedeutet und gesagt: »Macht sich schön.« Und dann gesagt: »Wie gemein von mir, wieso überhaupt ›machen‹?« Und Bill hatte gelächelt und gedacht, dass sich Frauen trotzdem schön machen, auch wenn sie mit anderen Frauen ausgehen. Während Männer das für einen Abend mit anderen Männern, ob zu Hause oder draußen, nicht für nötig befanden. Man brauchte nur sie beide anzusehen – Werbung für Wollsachen.

Sie hatten sich gerade gesetzt, als Sue nach unten kam und in die Tür trat. Vor vielen Jahren hatte Bill gedacht, Sue sei genau der Typ flotte Blondine, den Alec heiraten würde, um wenig später festzustellen, dass sich die Faszination schnell abgenutzt hatte. Das war der Grund, warum er sie nicht selbst geheiratet hatte, vielmehr, warum er sich nicht um sie bemüht hatte, obwohl er es gekonnt hätte. Er hatte seinem Freund den Vortritt gelassen und fand damals, dass er klug gehandelt hatte.

Natürlich war er bei Alecs und Sues Hochzeit Trauzeuge gewesen, aber inzwischen hatte er Sophie kennengelernt, und sie beide hatten als Erste geheiratet. Und gleich Kinder bekommen, eins nach dem anderen. Alec und Sue hatten ein paar Jahre gewartet. Vielleicht hatte es Schwierigkeiten gegeben, aber sie hatten damals nicht unglücklich gewirkt. Ihr kluges Handeln, wer weiß. Vielleicht hatten sie einfach gewartet, weil sie glücklich waren und ein bisschen Zeit für sich haben wollten. Und dann hatten sie Zwillinge bekommen. Einen Jungen und ein Mädchen.

Die Kinder waren oben, sie waren erst vier Jahre alt. Oder schon fünf? Er müsste es wissen, er war ihr Patenonkel.

Als Sue in der Tür erschien, hatte Bill gesagt: »Du siehst fantastisch aus, Sue.« Vielleicht hätte er warten sollen, bis Alec etwas gesagt hatte. Aber es stimmte ja. Ihr Kleid war kein richtiges Partykleid, aber es hatte einen Schimmer. Oder vielmehr *sie* hatte einen Schimmer, eine gewisse unbezähmbare Vorfreude.

Es ist doch nur ein Abend mit Freundinnen, dachte er, kein Ball.

Sie sagte: »Du siehst auch ziemlich gut aus, Bill.« Er sagte: »Unsinn«, dann stand er auf und trat in ihre Umarmung, die immer offen und großzügig war, als würde sie jeden so umfangen. Sie hatte einen schwarzen Mantel und einen hellen Schal von oben mitgebracht und warf beides über den Pfosten am Fuß der Treppe, auf seine eigene langweilige Steppjacke.

Jetzt nahm sie den Mantel wieder und sah auf die Uhr.

»Du hast doch ein Taxi bestellt, Alec, ja?«

Alec war schon gegangen, um zwei Whiskygläser zu holen. Mit der freien Hand schlug er sich an die Stirn.

»Ah, Mist! Mist! Es tut mir leid, Schatz. Ich fahr dich schnell.«

Sue sagte: »Nein, du musst dich um Bill kümmern.« Keine Spur von Verstimmung oder Vorwürfen, nur ein kleines praktisches Dilemma. Während Alec nicht aufhörte, sich zu entschuldigen, hatte er ihr deshalb angeboten: »Ich kann dich fahren, Sue.« Das schien eine klare, diplomatische Lösung. Sein Auto war noch warm. Alec müsste seins erst aus der Garage holen. Und er wollte nicht, dass Sue zu spät kam.

»Wo musst du hin?«

»Zu Hathaway's. In der Park Street.«

»Das kenne ich. Gutes Lokal. Kein Problem.«

Sue protestierte, dann sagte sie: »Du bist ein Schatz, Bill.« Und Alec sagte: »Der Mann beschämt mich aufs Äußerste.«

Alec hatte die Whiskygläser abgesetzt und Sue in den Mantel geholfen. Keine Vorwürfe hingen in der Luft. Sie sagte: »Vergiss den Auflauf nicht. Die Kinder schlafen. Ich habe gerade reingeguckt.«

Alec hatte seiner Frau den Schal um den Hals gelegt und sie zärtlich aufs Ohr geküsst. »Tut mir leid, Schatz«, sagte er. »Gib dem Mann hier ein anständiges Trinkgeld.« Da war wieder dieses Wort. Anständig. Dann sagte er zu Bill: »Bis später, Buster. Ich werde mich zurückhalten und die Flasche nicht aufmachen.«

Jetzt war er hier – nach einer Fahrt von lediglich zehn Minuten –, vor Hathaway's, und saß neben Sue im Auto, und obwohl Sue ein paar Minuten verspätet war, schien sie es nicht eilig zu haben. Während der kurzen Fahrt hatte er sich, fast unvermeidlich, vorgestellt, dass sie ein Paar wären und für den Abend ausgingen – besonders in den ersten Minuten, als sie einstiegen und er ihr wie ein Chauffeur die Tür aufhielt und sie die Beine hineinschwang und ihren Mantel raffte, während Alec betreten von der Tür aus zusah, wie ein stoischer Vater.

In den wenigen Minuten hatte Sue sich ausgiebig bei ihm für seine Freundlichkeit bedankt, und er hatte herausgefunden, dass die »Mädels« Christine und Anita waren, mit denen sie ihre Friseurausbildung gemacht hatte, und jetzt hatten sie alle drei ihren eigenen Salon.

Er hätte gern gewusst, wie eine Friseurausbildung aussah,

und machte sich bizarre Bilder davon, fragte aber nicht. Er hielt es schon lange nicht mehr für obligatorisch, dass eine Blondine, deren auffälligstes Attribut ihr Haar war, Friseuse werden würde. Nichts war mehr obligatorisch.

Er wusste, dass Sues Salon »Locks« hieß und von Alec eingerichtet – finanziert – worden war. Bill konnte sich vorstellen, dass Alecs Geschäftsinteressen auch eine kleine Kette von Friseursalons umfassten und er Christine und Anita ebenfalls unterstützte.

Bill war oft an »Locks« vorbeigefahren, aber nie reingegangen. Er hatte sich manchmal gefragt, wie es wäre, wenn er reinginge, um sich die Haare schneiden zu lassen – natürlich von Sue. Es schien eine ganz unschuldige und gleichzeitig sehr intime Bitte.

Salon. Friseurausbildung. Diese Ausdrücke riefen leicht Spott hervor, erweckten einen falschen Eindruck. Aber er dachte nicht mehr so.

Sue sagte, als hätte sie sich noch nicht hinreichend bedankt: »Warum kommst du nicht einen Moment mit rein? Ich stelle dich den Mädels vor.« Das war ein seltsamer, spontaner, vielleicht nicht ernst gemeinter Vorschlag.

»Dazu ist es ein bisschen spät, meinst du nicht?« Er lächelte. Er hatte nicht bedauernd klingen wollen.

Sie sagte: »Alles in Ordnung zwischen dir und Sophie?«

»Ja. Bestens.«

»Und mit den Kindern?«

Er schnaubte. »Für mich sind sie kaum noch Kinder. Sie sind elf und zwölf.«

Es entstand eine kleine, bedeutungsschwere Pause. Sie konnte einfach aussteigen. Es musste nichts weiter gesagt werden.

»Weißt du, Bill, ich wollte immer nur eins, das Einzige, was mich glücklich macht – ich wollte einfach etwas für Menschen tun, damit sie sich besser fühlen. Mehr nicht, nichts Besonderes, nur das. Die Menschen kommen in meinen Salon, und eine Weile später gehen sie wieder – und fühlen sich besser.«

Seine Hände hielten das Steuerrad umfasst. Er hatte noch nichts getrunken. Er dachte an Alec, der die (noch ungeöffnete?) Flasche Macallan anstarrte. Er überlegte, wie viele Monate es her war, dass er Sue das letzte Mal gesehen hatte. Wann würde er sie wiedersehen? Und wann würde er wieder, falls überhaupt je, so wie jetzt neben ihr sitzen, nur sie zwei, in der praktischen Blase, die das Auto war?

Hathaway's auf der anderen Straßenseite war hell, aber die Vorhänge waren vorgezogen. Christine und Anita saßen möglicherweise drinnen und warteten, sie waren aber nicht zu sehen.

Er sagte: »Ich liebe dich, Sue. Ich liebe dich. Ich könnte sagen: ›Ich mag dich richtig gern‹, aber ich liebe dich. Das heißt nicht, dass ich Sophie nicht liebe. Auch nicht, dass ich nicht viele andere Menschen liebe. Aber dich liebe ich auch. Meinst du nicht, dass es so viel Liebe wie möglich geben sollte?«

Na, bitte. Er hielt das Steuerrad umfasst. Er hielt es und blickte geradeaus, als führe das Auto auf der Straße.

Dann, nach einer Weile, hörte er das leise Rascheln eines Frauenkleids, wenn die Frau sich vorsichtig streckt, um den Mann zu küssen. Der Kuss berührte kaum seine Wange und landete nah bei seinem Ohr, als wollte sie etwas sagen, das nur geflüstert werden konnte, aber er spürte lediglich die Berührung ihrer Lippen und einen Hauch warmer Atemluft.

»Na gut«, sagte sie, »ich werde dich besser nicht mit reinnehmen. Du solltest die Mädels vielleicht besser nicht kennenlernen.«

So gelassen hätte sie damals sicherlich nicht reagiert.

Sie öffnete die Tür auf ihrer Seite und stieg aus, verharrte aber einen Moment auf dem Gehweg, trotz der Kälte, eine Hand an der Tür, den Mantel offen, und beugte sich ins Auto, während er sich, in der Enge des Sicherheitsgurts, zu ihr streckte.

Was gab es noch zu sagen? Es war, als wäre es das Ende des Abends und er brächte sie nach Hause.

»Einen schönen Abend«, sagte er wie ein höflicher Fremder. Wie ein Taxifahrer.

»Dir auch. Betrinkt euch nicht.«

»Du auch nicht. Bis später.«

»Ja. Aber –«

»Was, aber?«

»Wartet nicht auf mich.«

Was sollte das heißen?

»Geh lieber rein«, sagte er. »Es ist kalt. Die Mädels warten.« Um die Stimmung zu durchbrechen und den Moment zu beenden, fügte er hinzu: »Ich kann in deinen Ausschnitt gucken, wenn du dich so vorlehnst.«

Es war ein fünfzehn Jahre alter Whisky, der mit Respekt behandelt werden wollte, also tranken sie langsam und gestanden sich gegenseitig, dass sie nicht mehr so viel vertrugen wie früher. Und sie hatten den Auflauf, der dem Whisky eine Grundlage gab. Vielleicht hatte er ihn zu sehr gelobt, aber Alec mimte den Schotten und sagte, abgesehen von einem anständigen Haggis sei dies das beste Essen zum Whisky. Ein anständiges Haggis. Wieder das Wort.

Trotzdem wusste er, dass er nach einer gewissen Zeit – er

erkannte die Anzeichen – die Hand über sein Glas legen und um Kaffee bitten sollte. Er wollte wirklich nicht, dass Alec sagte: »Wir haben doch ein Gästebett, mein Guter. Du kannst bleiben.« Ja, er wollte schon weg sein, wenn Sue zurückkam. Wartet nicht auf mich.

Der Moment müsste kommen, bevor Alec mit einem neuen Thema anfing und er sagen konnte: »Ich sollte mich auf den Weg machen.« Mit einer fadenscheinigen Entschuldigung. Er hatte Alec schon gesagt, dass er streng genommen ärztliche Anweisungen hatte. Das stimmte so nicht, aber sein Arzt hatte ihm eine ziemlich eindringliche Warnung erteilt.

Auf dem Couchtisch standen die leeren Teller und die Auflaufform mit dem verkrusteten Servierlöffel. Sie hatten unkultiviert gegessen, den Teller auf dem Schoß. Er fragte sich, wie der Tisch bei Hathaway's aussah, mit Christine und Anita.

Er sollte aufbrechen, bevor er seine Entschlusskraft verlor – er war nah dran –, und auf jeden Fall, ehe Sue nach Hause kann. Er musste zur Toilette, deshalb ging er nach oben und beschloss, dass er sich, sobald er wieder unten war und solange er noch stand, verabschieden würde. Es war elf vorbei. Nein, er konnte noch fahren. Er hatte morgen zu tun.

Aber als er aus dem Bad kam, machte er den Fehler, in das Zimmer mit der angelehnten Tür zu gucken. Warum wollten alle Kinder bei angelehnter Tür schlafen? Hatte er das früher auch gewollt? Er warf einen Blick ins Zimmer, schlich sich sogar ein wenig hinein und stand im Türrahmen. Er spürte die kaum erhellte Atmosphäre vollständiger Friedlichkeit, vollständiger Hingabe an den Schlaf – Schlaf, wie ihn Erwachsene nicht kennen. Er sah die beiden kleinen kompakten Formen unter den Decken, jede im eigenen Bettchen. Ein wachsames Sammelsurium von Spielsachen.

Er kannte das aus eigener Erfahrung. Ursprüngliche elterliche Freude. Aber hier war die zusätzliche Magie, dass es Zwillinge waren. Er stand und betrachtete die Kinder, als wären es seine eigenen. Sein Herz zog sich zusammen.

Er stand lange genug da, sicherlich nur wenige Sekunden, um das Auto in die stille Sackgasse einbiegen zu hören. Er war überzeugt, dass es Sues Taxi war. Anscheinend hatte sie sich ihre Entschlusskraft bewahrt und den Aufbruch geschafft, ehe der Abend zu lange dauerte und ausartete. Oder – schließlich hatten sie alle ihre Salons zu bedenken – es war zu einem allgemeinen vernünftigen Aufbruch gekommen.

Er ging schnell nach unten, damit er wenigstens wieder im Wohnzimmer war, bevor Sue zur Haustür hereinkam, und so die Peinlichkeit vermied – falls es eine Peinlichkeit war –, ihr gegenüberzustehen, wenn sie die Tür aufschloss. Und natürlich goss Alec ihm gerade, als er ins Wohnzimmer kam, noch einen Schluck ein, obwohl sie beide das Schlagen der Autotür draußen hörten und Alec sagte: »Das wird Sue sein. Recht früh. Brave Mädels.«

Halb zwölf war nicht eben früh, und Alecs Stimme klang ein wenig angespannt. Grämte ihn noch der Fehler vom Anfang des Abends? Alec ging zur Haustür.

»Hallo, Schatz«, hörte Bill ihn sagen, in der Hand sein frisch gefülltes Glas, und spürte den Hauch der Februarluft, den Sue mit ins Haus brachte. Jetzt wusste er, dass er keine Kontrolle darüber hatte, wie es weitergehen würde. Er sah sich im Gästezimmer – das im Obergeschoss lag – allein in seinem trunkenen Zustand, in einem Haus mit lauter Paaren.

Sie erschien in der Tür, so wie früher am Abend, und Alec, der hinter ihr war, half ihr aus dem Mantel. Ja, auf ihr lag ein Schimmer. Es leuchtete ein Licht in ihr. Dabei war es nur ein Abend mit den Mädels gewesen, dachte er abermals, kein Ball. Das Leben war kein Ball.

»Alles in Ordnung hier?«, sagte sie und beugte sich vor, um die hochhackigen Schuhe auszuziehen. Mit einer Hand stützte sie sich am Türrahmen ab und lehnte sich vor.

»Ja«, sagte Alec über ihre Schulter. »Guck doch, wie viel Whisky wir nicht getrunken haben.«

Alec kam ins Wohnzimmer und strich im Vorübergehen über Sues Po.

Bill sagte: »Und wie war dein Abend?« Auch diesmal klang es entsetzlich höflich.

Sie lächelte. Sie richtete sich auf, strich sich das Kleid glatt, schüttelte die Haare ein wenig und atmete tief ein, mit einem Gefühl, so schien es, vollkommener und reiner Verzückung, wie jemand, der auf einem Berggipfel steht.

»Oh, es war ein wunderbarer Abend.«

Yorkshire

Niemand sprach, niemand sagte etwas. Sie sprachen über die Toten, die keine Widerrede geben konnten, sie standen herum, mit ihren Mohnblumen in der Hand, aber die Lebenden, die hielten den Mund und machten weiter. War das nicht sowieso die beste Art, den Toten zu danken? Das machte man so, alle machten das so.

Und was wusste sie schon, was ging es sie an, ein Schulmädchen, ein Teenager auf wilder Fahrt den Denmark Hill hinunter, mit blitzender Unterwäsche? Es war alles vorbei, bevor sie zur Welt kam, seit fast zwanzig Jahren war es vorbei. Ihre Mutter nannte sie »Püppchen«, als wäre das ihr neuer Name, dabei war ihr richtiger Name Daisy. Daisy Leigh. Ihre Mutter sagte: »Das geht schlecht für dich aus, Daisy, du wirst schon sehen.« Aber ihr Vater sagte nichts, er hielt den Mund und mischte sich nicht ein. Er hustete.

Ihr gefiel »Daisy« ganz gut, sie war gern ein Gänseblümchen, aber sie mochte auch »Püppchen«. Larry hatte sie erzählt, es sei ihr zweiter Vorname, den ihre Mum benutzte. Er sagte: »Püppchen? Na, das sagt ja alles, was?«

Und jetzt schlief Larry im Gästezimmer. Was bedeutete das? Sie waren seit über fünfzig Jahren verheiratet. Sie hieß nicht Leigh, sondern Baker. Was hatte das mit Püppchen zu tun? Aber Larry schlief jetzt im Gästezimmer.

Ihr Haar flog, und ihr Rock auch. Gut, wenn man ihre

Unterwäsche blitzen sah, war das nur für einen kurzen Moment. Manchmal ließ sie die Lenkstange los, rein zum Vergnügen, und streckte die Arme wie Flügel aus. Juchhe! Anscheinend war sie dem Flugsergeanten Baker zugedacht.

Schlecht ausgehen?

Der Krieg war fast zwanzig Jahre vorbei, aber erst vor Kurzem hatte man – oder vielmehr ihre Mutter – es ihr gesagt, als wäre es etwas, das Frauen untereinander im Flüsterton über den Mann im Zimmer nebenan sagten. Aber sie mussten sich so abgesprochen haben. Sag du es ihr, Gracie.

»Dein Daddy hat in Wipers einen Senfgasangriff miterlebt.«

Und was sollte das bedeuten? Sie sagte das Wort Senfgas, als wäre es ein böses Wort, das man besser nicht wiederholen sollte. Sie sagte es so, wie die Leute später »Krebs« sagten. Und sie sagte »Wipers«, als wäre das der richtige Name und man könnte ihn auf der Landkarte finden. Statt »Ypres«.

Und wie hätte sie, Daisy Leigh, mit neun oder zehn, oder wie alt sie damals war, es besser wissen sollen? Sie wusste nur, dass ihr Daddy einen schlimmen Husten hatte, der Husten gehörte zu ihm wie die Hosen, die er trug. Für sie war er trotzdem derselbe Daddy, auch mit dem schlimmen Husten.

Aber die Tatsache, dass man ihr dies wie ein Geheimnis anvertraut hatte, das sie nicht weitersagen durfte, trug dazu bei – obwohl sie nicht genau sagen konnte, wieso –, dass es ihr als Mädchen gleichgültig war, wenn ihr Rock in die Höhe flog oder wenn sie Püppchen genannt wurde statt Daisy. Ein bisschen war es wie das Wort Wipers.

Dann kam schon wieder ein Krieg, der den anderen verdrängte, wegwischte. Komm einfach nach Hause, Larry. Komm nach Hause zu deinem Püppchen. Vielleicht hat sie ihr Babydoll an, vielleicht nicht.

Und jetzt schlief Larry – oder schlief auch nicht – im Zimmer nebenan, aber es war einfach wie eine dieser schwarzen Nächte, als ungewiss gewesen war, ob er überhaupt nach Hause kam. Was bedeutete das? Morgen sollte es eine polizeiliche Untersuchung geben. Er wollte freiwillig zur Polizei gehen und »alles klären«. Er ging *freiwillig*. Niemand wurde verhaftet. Es gab also noch diese Nacht, alles hatte bis zum Morgen Zeit. Was sollte er denn auch sonst tun? Wegrennen? Mit zweiundsiebzig?

Er würde zur Polizeistation gehen, freiwillig, und bei der Untersuchung helfen. Er half der Polizei. Und dann? Dann war die Hölle los, da war sie sich sicher. Die Hölle, so oder so, was immer das Ergebnis, wie immer die Entscheidung. Ganz abgesehen von dem »freiwillig«. Die Hölle, mit Sicherheit, wenn dies nicht schon die Hölle war.

Das hatten sie alle gesagt, die nichts sagen wollten – oder nicht wussten, wie sie etwas sagen konnten. Die Hölle. Man will es gar nicht wissen.

Aber jetzt war noch diese Nacht, dieses schwarze Zwischenstück, und sie wünschte sich, die Schwärze könnte immer weitergehen. Sie wünschte sich, der helle Schein von den Straßenlaternen wäre nicht am Vorhangrand zu sehen, wenn sie die Augen öffnete – und wozu sollte sie die Augen zumachen, wenn trotzdem nichts wegging? Liebe Güte, hätte sie doch bloß Verdunklungsvorhänge. Sie sah sie wieder, als wäre es gestern gewesen, die staubigen, schwarzen, hässlichen Dinger, an die sie sich gewöhnen mussten, statt Blumengirlanden und eleganter Streifen. Die Vorhänge in ihrem alten Zimmer in Camberwell hatten ein Gänseblümchenmuster gehabt. Na klar.

Was bedeutete das alles? Freiwillig. »Alles klären.«

Und was bedeutete es, dass er jetzt, in diesem Moment, in

dem anderen Zimmer war? Hieß es, dass er nicht in ihrer Nähe sein wollte, sie nicht berühren wollte, schon gar nicht mit ihr reden wollte? Oder dachte er, *sie* wollte ihn nicht in ihrer Nähe haben, jetzt nicht, neben sich? Dass sie ihn nicht berühren wollte oder, Himmel, nicht von ihm berührt werden wollte?

Sie sagte sich, dass es sein Geständnis war, seine Art, es zu sagen. Sie sagte sich, es war die Schmach, die schiere Schmach allein bei dem Gedanken. Allein bei der Vorstellung. So oder so, er war kontaminiert, musste gemieden werden. So oder so, es war die Hölle.

Und wie konnte man es jemals wissen, wenn die Dinge zurücklagen, in dieser Schwärze? Das hatte Addy selbst gesagt – das war ihre Trumpfkarte.

»Wir sprechen von den frühesten Erinnerungen, Mum. Nein, nicht einmal das. Wir sprechen von einer Zeit, an die man keine Erinnerungen haben sollte. Man hat sie aber trotzdem, wenn sie stark genug sind, wenn sie schlimm genug sind, verstehst du? Man unterdrückt sie einfach, man verdrängt sie. Man tut so, als würde man vergessen.«

Unterdrücken? Verdrängen? Sie hatte sagen wollen: »Du bist hier nicht in der Schule, meine liebe Tochter, du stehst nicht an der Tafel.« Und einen Moment lang sah sie vor sich (etwas, das sie in Wirklichkeit nie gesehen hatte), wie ihre Tochter vor Schulbänken mit lauter jungen Gesichtern stand. Warum war Addy Lehrerin geworden? Dass sie Lehrerin werden wollte, hatte Daisy damals leicht beunruhigt. Sie hatte sich selbst wieder in der Schule gesehen, das Zielobjekt ihrer Lehrer.

So tun, als würde man vergessen?

Was konnte man schon über den Zeitpunkt sagen, wenn die Erinnerung ins Schwarze entschwindet? Man konnte nichts sagen. Oder man sagte etwas Beliebiges, was immer man wollte, es war doch ohnehin reine Vermutung, und niemand konnte einem etwas nachweisen.

Mein Mädchen. Addy – die kleine Addy – war achtundvierzig.

»Erzähl mir deine frühesten Erinnerungen, Mum. Mach mal, versuch's.«

Das hatte sie gesagt, zu ihrer eigenen Mutter, als wäre es eine Anschuldigung, oder als wollte sie sagen: »Komm doch, mach mit mir mit.«

Und jetzt machte sie es tatsächlich, um drei Uhr morgens, und versuchte in ihrem Gedächtnis so weit zurückzugehen wie möglich, bis zu dem Punkt, wo die Erinnerung in ein schwarzes Loch schlüpft. Und sie wusste nicht, ob sie das tat, weil sie etwas suchte – warum sollte sie etwas suchen? – oder weil sie selbst in das schwarze Loch schlüpfen und nie wieder hervorkommen wollte …

Sie konnte sich erinnern, dass ihr Vater sie an seiner Brust gehalten hatte, als sie so klein war, dass sie praktisch ganz an seiner Brust liegen konnte. Sie hatte ein blaues Baumwollkleid an, es war ihr erstes Kleid. Sie konnte sich erinnern, dass er sie an seine Brust drückte und sie ihn auch drückte. War daran etwas auszusetzen? Sie erinnerte sich, dass sie ihr Ohr an die Brust ihres Vaters gelegt und merkwürdige Geräusche gehört hatte, als rasselten Kieselsteine in einer Höhle – einer Höhle am Meer, wo die Wellen hineinspülen. Sie erinnerte sich, dass es so war, als würde er sie diese Geräusche hören lassen, nur sie. War daran etwas auszusetzen?

Sie konnte sich erinnern, dass sie mit anderen Kindern in einem Planschbecken im Ruskin Park spielte – wie alt sie zu dem Zeitpunkt war, konnte sie nicht sagen – und dass plötzlich ein Mann vor ihr stand, der hinter einem Baum hervortrat, mit offener Hose, sodass alles zu sehen war. Er machte es so schnell und raffiniert, in einem Moment, als niemand sonst guckte, weil nur sie sich umgedreht hatte und die anderen in die andere Richtung guckten. Und als sie sich wieder umdrehte, war der Mann verschwunden, als hätte es ihn nie gegeben. Aber sie konnte sich erinnern, dass alles zu sehen war, sein rotes, baumelndes Ding. Das konnte sie sich nicht ausgedacht haben. Sie erinnerte sich, dass sie dachte, was wohl mit ihm war, was das für eine – Entstellung – war? Obwohl sie damals das Wort »Entstellung« nicht kannte.

Jedenfalls, das ging vorbei, und sie sagte zu niemandem ein Wort. Und es war nicht ihr Daddy gewesen.

Ihr Gesicht war nass. Daran war Addy Schuld. Dieses Miststück.

Und wenn es in Ordnung war, dass sie ihren Vater trotzdem umarmte, ihren Vater, der in einem Senfgasangriff gewesen war, und dass er sie umarmte, da er immer noch derselbe Daddy war, dann war es jetzt in Ordnung, Larry zu umarmen, ungeachtet aller Umstände, und ihn zu halten und an ihre eigene traurige Brust zu drücken, ihre schlaffen Brüste, und zu sagen: »Ist gut, Larry, ich bin da. Und du bist derselbe Larry.«

Nur dass er ihr das nicht erlaubte. Er war ins Gästezimmer gegangen. Was bedeutete das? Es konnte bedeuten, dass er dachte, sie würde glauben, dass er –

Dieses Miststück, dieses schlimme Miststück. Addy war schuld, dass sie in getrennten Zimmern lagen, beide in ihrer eigenen Schwärze.

Und er lag in Addys altem Zimmer, meine Güte. Wenigstens nicht in ihrem alten Mädchenbett, das war vor langer Zeit ausgetauscht worden gegen ein neues Doppelbett von Debenham's. Aber es war das Bett, in dem Addy und Brian schliefen, wenn sie zu Besuch kamen, und in den fast zwanzig

Jahren waren sie oft genug zu Besuch gekommen. Einmal hatte Brian gesagt, für ihn sei es ein »Kitzel«, in Addys altem Zimmer zu schlafen. Das hatte er gesagt. Und dann hatten sie die Kinder mitgebracht, Mark und Judy, erst das eine, dann das andere, in ihren Tragekörben, und sie hatten alle zusammen im selben Zimmer geschlafen.

Wenn jetzt das andere die Wahrheit war, wie hatten sie es dann tun können – sie besuchen kommen, sogar mit den Kindern? Zwar war inzwischen seit dem letzten Besuch eine Weile vergangen, und die Kinder waren auch keine Kinder mehr. Vielleicht hätte sie wie eine Mutter, die sich dauernd in alles einmischt, sagen sollen: »Ist alles in Ordnung?«

Aber das war ja genau das, was Addy meinte. Jahre vergingen, und die Menschen sagten nichts. Sie, Adele Hughes, geb. Baker, hatte vierzig Jahre lang nicht geredet, aber jetzt redete sie. Sie hatte es für sich behalten, sie hatte mit sich »gerungen«, und jetzt musste sie »sich Luft machen«. Und sie sprach die Dinge direkt an, sie wich nicht aus. Sie sah ihre Mutter an, sah ihr direkt in die Augen, als hätte ihre eigene Mutter möglicherweise die ganze Zeit gewusst, was da vor sich ging, und hätte es gedeckt. Und sie, Addy, wäre auch nicht die Einzige, die mit ihrer Geschichte rauskam, bei Weitem nicht. Das wusste die Welt inzwischen. Weil andere ihre Geschichten erzählten, hatte sie den Mut gefunden.

Mut?

Sie sagte, sie sei »traumatisiert«. Sie habe ihr ganzes Leben damit gekämpft. Doch damit sei jetzt Schluss. Sie müsse sich davon »befreien«. Mit achtundvierzig? Hatte sie zunächst mit Brian gesprochen? Ein »Kitzel«. Musste er auch in einem anderen Bett schlafen?

Oder tat er das ohnehin?

Sie hatte gesagt, in frühester Kindheit, fast zu weit zurück für die Erinnerung – da war das Thema wieder –, hätte Larry, ihr eigener Vater, Dinge mit ihr gemacht, sich an sie herangemacht. Sie belästigt. Sie traumatisiert.

»Wie bitte? Was hat er gemacht? Wo? Wann? Was?«

Es waren ganze Salven von Fragen – das war alles, was sie jetzt hatte. Sie lag im Bett, unter einer Gerölllawine von Fragen.

»Dann musst du mit ein paar Tatsachen kommen, mein Mädchen. Du musst genau wissen, wovon du hier sprichst.«

Sie hatte sich selbst überrascht, wie heftig und schnell sie geantwortet hatte. Sie war nicht um Worte verlegen gewesen, sie war sich auch im Ton sicher gewesen. Sie hatte mit einer bestimmten Stimme gesprochen, hatte Addy mit einem bestimmten Blick angesehen. Das mit dem Blick wusste sie, weil Addy einen Schritt zurückgewichen war. Sie war zurückgewichen – trotz ihrer Unerschrockenheit. Und was immer der Blick sagte, er sagte auch: »Ich bin nicht mehr deine Mutter, mein Mädchen. Gerade bin ich deine Todfeindin geworden.«

Und was immer Addy sich davon versprochen hatte, dass sie mit ihrer Mutter redete – wollte sie Trost? Wollte sie hören, dass sie Mut hatte? –, jetzt wusste sie, dass sie sich ernstlich geirrt hatte. Sie hatte eine Linie für immer überschritten, ein Zurück gab es nicht. Aber das hätte sie bedenken müssen – sie hätte es bedenken sollen –, lange bevor sie damit herauskam.

Dann hatte sie noch einmal den Mund aufgemacht und zu ihrer eigenen Tochter, ihrem Kind von jetzt achtundvierzig Jahren, gesagt: »Du gemeine Lügnerin.«

Er war in Yorkshire stationiert gewesen. Flugsergeant Baker, Funker Baker. Ihre Familien wohnten, wie sich herausstellte, kaum eine Meile auseinander, er war aus Streatham, aber er war in Yorkshire stationiert. Es hätte ebenso gut im Ausland sein können. Am Telefon sagte er: »Hier oben ist es sicherer als da, wo du bist, ich habe es ziemlich bequem.« Aber sie wusste, dass das gelogen war, vielmehr war es eine Tageswahrheit und eine Nachtlüge, denn jede Nacht konnte er umkommen. Das war die Wahrheit, darum ging es jetzt. Kein Knutschen mehr hinten im Kino, obwohl es das auch gab, damit hatte es angefangen, aber es blieb nicht dabei.

Nachtzeit, Schlafenszeit. Wie alles umgedreht wurde. Wie konnte sie schlafen, wenn er über Hamburg oder über Berlin war? Aber sie wusste nie, wohin er in der Nacht flog, oder ob überhaupt – vielleicht verging sie vor Angst, wegen nichts. Ihr war wohler, wenn sie im Luftschutzbunker war. Wenigstens konnte sie dann denken: Gut, er wirft Bomben auf sie. Die Deutschen waren ihr gleichgültig. Das war deren Hölle.

Aber die Nächte, wenn sie im Bett lag, waren schrecklich. Sie waren so wie diese Nacht. Sie wusste nicht einmal, wo in Yorkshire, einfach nur Yorkshire. »Glaub mir, Püppchen, du wüsstest nicht, wo es ist, selbst wenn ich dir den Namen sage.« Aber weil sie nichts wusste, nicht in welchen Nächten und nicht wo, wurde Yorkshire wie der Ort und das Wort für alles Schreckliche. Yorkshire Terrier. Yorkshire gleich Terror.

Da war er jetzt. Vielmehr, da war sie.

Und da kommst du her, mein Mädchen.

Auch er sprach nie davon. Er hielt den Mund und machte weiter. Tatsächlich kam er zurück, er kam jedes Mal zurück, aber sie wusste nicht, er auch nicht, dass es so weitergehen würde, bis es vorbei war. Er kam zurück und sprach nie davon. »Ich würde lieber über das hier sprechen, Püppchen.« Und seine Hand war wer weiß wo unterwegs. In der Air Force nannten sie es Mangel an moralischem Rückgrat, wenn man nicht den Mund hielt und weitermachte. Larry mangelte es nie an moralischem Rückgrat.

Er hatte Albträume, sicher, noch lange danach – er redete also doch, ein wenig, manchmal schrie er auch, im Schlaf. Aber damit konnte sie umgehen, einfach, leicht, gern. »Du hast geträumt, Larry, es war nur ein Traum. Guck doch, du bist hier, neben mir, du lebst, das sind meine Brüste. Leg deinen Kopf zwischen meine Brüste.«

Wenn sie das jetzt sagen könnte. »Du bist hier, Larry. Du bist nicht in Yorkshire.«

Und dann kam Adele zur Welt, 1947. Die süße kleine Adele. Und war das nicht das allgemein anerkannte Heilmittel? Alle bekamen Kinder. Überall gab es Babys. Und half das nicht, die Dinge auszulöschen?

Wenn Addy schon die ganze Zeit gewartet hatte, bis sie redete – wenn es einen Grund zu reden gab –, dann hätte sie auch noch so lange warten können, bis sie beide tot waren. Wenn sie ohnehin schon gewartet hatte, bis sie selbst *achtundvierzig* war. Oder sie hätte warten können, bis Larry und sie weich in der Birne waren, nicht mehr klar im Kopf, dann hätten sie nichts davon gemerkt. Dann hätte es sie nicht gekratzt.

Aber jetzt damit rauszukommen, wenn sie ein- und zweiundsiebzig und dies ihre letzten Jahre waren, in denen sie sich zum Glück bester Gesundheit erfreuten und das Beste daraus machen wollten. Nachdem sie ihre goldene Hochzeit gefeiert hatten und jetzt auf die diamantene zuhielten (hatte das was mit Püppchen zu tun?). Ganz zu schweigen von dem Jahr 2000, dem neuen Jahrtausend. Stell dir vor, Larry, wir haben ein Jahrtausendende erlebt.

Aber genau das hatte Addy als ihren Grund angegeben.

Wenn sie gewartet hätte, bis ihre Eltern tot waren, bis *ihr Vater* tot war, dann würde es ja keine Gerechtigkeit geben.

Gerechtigkeit?

Sie hatte tatsächlich gesagt, es sei die Vorstellung gewesen, dass ihre Eltern auf ihr Lebensende zugingen, die sie zu diesem Schritt »gezwungen« habe, die Vorstellung, ihre Eltern wären tot und das Ganze würde in der Vergangenheit verschwinden und sie hätte keine Möglichkeit der »Wiedergutmachung« und müsste bis ans Ende ihres eigenen Lebens damit leben.

Das hatte sie tatsächlich gesagt. Sie habe ihre Eltern ihr Leben lang geschützt, aber jetzt sei es genug damit.

Geschützt?

Gut, sie hatte erreicht, dass die Sonne jetzt wahrhaftig untergegangen war. Es gab nur noch diese Nacht, von der sie wünschte, sie würde nie aufhören.

Wie fest sie die Augen auch zudrückte, sie konnte es nicht schwarz genug machen. Sich die Nacht zu *wünschen*, die Schwärze! Und gleichzeitig das Gefühl zu haben, man müsse mit einer hässlichen Lampe hineinleuchten, wie ein Polizist vor einem schmutzigen Fenster. Und vielleicht würde es nie wieder aufhören, würde endlos so weitergehen, wenn man erst mal da war, wo die Erinnerung aufhörte und niemand sagen konnte, was richtig und was falsch war. Unter allem ein riesiges Netz – der Entstellung. Es musste da sein, denn niemand sprach darüber.

Wie sehr sie sich davor gefürchtet hatte – dass die Sonne über Yorkshire untergehen würde. Sie sah wieder ihr kleines Zimmer in Camberwell, die Lichtstreifen von der Straße. Ihre mit Gänseblümchen bedruckten Vorhänge. Hörte das Husten ihres Vaters im Zimmer auf der anderen Seite des Flurs.

Obwohl sie niemals so empfunden hatte und sich auch nie hätte vorstellen können, je so zu empfinden, spürte sie es jetzt wie ein schwarzes, anschwellendes Geschöpf in sich. Den Wunsch, nie zur Welt gekommen zu sein. Oder war es der Wunsch, nie ein Kind zur Welt gebracht zu haben? Sie spürte das, Jahrzehnte später, aber so, als würde es noch einmal geschehen, das präzise, beharrliche, lebendige Gefühl von Adele, als sie sie in sich trug. War es wirklich Adele? Im vierten Monat, im sechsten Monat, im achten –

Dann wachte sie auf und hatte das deutliche Gefühl, geschrien zu haben, laut geschrien. Sie war sich sicher, dass sie geschrien hatte – so laut, dass Larry sie im Zimmer nebenan gehört haben musste, auch wenn er geschlafen hatte. Gut, er war nebenan, aber es war nur nebenan, er musste sie gehört haben, ein so lautes Schreien. Sie wollte, dass dies zu Ende war, sie wollte, dass er sich aus seiner Starre löste und aufsprang und zu ihr kam und sie in den Arm nahm, dass er sie tröstete und an seine Brust drückte und sagte: »Ist schon gut, Püppchen, du hast nur geträumt.«

Holly und Polly

Holly sagt gern – Holly ist diejenige, die gern redet –, dass unser Arbeitsbereich die Zusammenführung ist. Wir können ein Ereignis nicht herbeiführen, wir können aber die beiden Seiten zusammenbringen. Das sagt sie zu Männern im Pub, die sich an uns heranmachen wollen. Es ist ein Vergnügen, zu erleben, wie zwei Typen sich annähern, wie das Licht der Erregung in ihren Augen leuchtet, bevor sie voll im Bilde sind.

»Nein, sagt uns nichts«, sagt einer von ihnen, »ihr beide arbeitet in einer Dating-Agentur?«

»Das nicht, aber du bist nah dran«, sagt Holly. »Sicher, das Datum muss stimmen, das ist ein wichtiger Aspekt.«

»Du bist nicht zufällig aus Irland?«

»Nein, nicht zufällig. Aber tut ja hier nichts zur Sache.«

Ist es nicht wunderbar – das Wunderbarste überhaupt –, wie die Dinge in dieser Welt zusammenkommen, wie sie manchmal füreinander bestimmt sind? Aber man kann das nicht erraten, man kann es nicht im Voraus wissen.

»Also – einmal dürft ihr noch raten. Ja, wir arbeiten zusammen. Nicht in einem Büro. Und nicht in einer Dating-Agentur. Es geht euch nicht um ein Date, oder? Ein Date ohne Agentur?«

»Wir überlegen«, sagt der andere. »Sagt nichts, lasst uns raten.«

Dann sagt der Erste: »Nein, sagt es uns. Wir können es nicht erraten, ihr müsst es uns sagen. Ich heiße Matt, das ist Jamie.«

»Ich bin Holly, und das ist Polly. Ja, komisch. Aber wir machen hier gerade das, was Polly und ich den ganzen Tag machen, nämlich Zusammenführungen. Wir sind klinische Embryologen. Habt ihr von denen mal gehört? Wir gucken uns den ganzen Tag Spermien an. Auf dem Gebiet sind wir Experten. Wir wählen die Guten aus, die Besten aus dem Angebot, und führen sie mit einem Ei zusammen. Dann sagen wir zu ihnen: ›Na, jetzt könnt ihr euch näherkommen, der Rest ist eure Sache.‹«

Entweder geht das Licht dann aus oder es wird heller. Entweder macht es sie an, oder es stößt sie ab. Vielleicht wollen sie schlüpfrig werden. Holly kann gut schlüpfrig sein.

Aber sie sind längst nicht voll im Bilde.

Man kann das Ereignis nicht herbeiführen. Aber man kann die beiden Seiten zusammenbringen. Aber wie, bitte, wie kommt es dazu? Wie kam es dazu, dass Holly Nolan, die irgendwo in Irland in eine Klosterschule gegangen ist (obwohl man das nicht glauben würde), und ich, Polly Miller, klein und schüchtern, die eine Gesamtschule in Bolton durchlaufen hat, uns brennend für dasselbe Thema interessieren (»Ist das nicht *das* Thema überhaupt, die Wissenschaft des Lebens?«) und wir beide an verschiedenen Universitäten unsere Abschlüsse in Naturwissenschaften machten, worauf Holly übers Meer nach England kam (denn Irland hat auf dem Gebiet nicht viel zu bieten) und wir uns in einer nagelneuen Klinik kennenlernten, in einem sauberen weißen Raum mit sauberen weißen Arbeitsflächen und teuren weißen Instrumenten, als wären wir in den erbsengrünen Kitteln, die wir bekamen, selbst Proben in einem klinischen Versuch.

So wurden wir zusammengeführt.

»Ich bin Holly.«

»Ich bin Polly.«

»Ist das zu fassen? Hallo, Polly. Wir sollen zusammenarbeiten.«

»Ja.«

»In diesen Kitteln! Hier bin ich, aus County Kildare, und jetzt soll ich Grün tragen?«

Wir waren beide erst dreiundzwanzig (klinische Embryologie*assistenten*), aber beide ausgebildet und qualifiziert für eine Arbeit, von der manche sagen, man spiele Gott.

»Na, das gefällt mir! Wir – zwei Göttinnen?«

Damit wir zusammenkommen würden, damit das Ereignis stattfinden konnte. Damit mein Leben endlich anfangen konnte.

Wenn ich mit Holly in einem Pub bin und wir mit Männern flirten, sehe ich manchmal das Rot in ihrem schwarzen Haar – sie nennt es ihre »verbrannte Strähne«. Ich sehe ihr aufreizendes Verhalten und die Männer, die denken, das sei ihre Anmache. Ich höre ihre unaufhörlichen Reden. Und ich denke: Nicht mein Typ. Überhaupt nicht mein Typ.

Wie man sich irren kann.

»Na ja, Polly, Liebes, das ist ja nichts Neues, Gegensätze ziehen sich an.«

Als wir im Labor anfingen, erzählte sie Sachen über ihre katholische Kindheit, die mir die Röte ins Gesicht trieben. Wenigstens innerlich. Sachen, bei denen ich dachte: Moment mal, das darf man nicht sagen, das ist Blasphemie. Sie erzählte, in der Klosterschule hätten sie und die anderen Mädchen gregorianische Choräle gesungen, auf Latein, mit Texten über den Koitus. Und sie hat es mir vorgesungen, hat es mit ihrer reinsten, weihevollsten Stimme intoniert.

Penem in vaginam intro-duxit.

Worauf der Chor der Mönche die Antwort sang:

Et semen e-mi-sit.

Dabei wurde das *mi* lange gehalten.

Es war ja nicht schmutzig, außerdem Latein. Und ich habe mich kaputtgelacht. Vielleicht war mein Erröten nicht zu sehen, weil ich so lachen musste. Aber allein der Gedanke, dass man so etwas singen konnte, als wäre es ein Gebet. Zu solcher Unverfrorenheit war ich nicht in der Lage. Ich mit meiner gottlosen (aber keuschen) Erziehung. Religiös war ich einzig und allein in meiner Verehrung für unsere Biologielehrerin, Sandra Rhys.

Es bedeutete nur, dass ich eifersüchtig war. Warum aber? Eifersüchtig auf Holly und ihre Klosterschule und den Chor der Schulfreundinnen mit ihren lasterhaften Gesängen?

»Ich habe dich damit nicht schockiert, Polly, oder? Damit arbeiten wir schließlich.«

Und wo gibt es das sonst noch – nenn mir ein Beispiel –, dass Männer in ein kleines Zimmer geführt werden und sich, wie Holly es sagen würde, in privater Andacht mit sich selbst befassen und in einem kleinen Gläschen ein Opfer darbringen, welches dann diskret zur genauen Prüfung an uns weitergereicht wird.

Eine Weile lang begrüßten wir die Lieferung eines solchen Tributs mit dem leise und einstimmig oder auch stumm gesungenen:

Et semen e-mi-sit …

Ich war sogar eifersüchtig, weil sie so gut Latein konnte. Als Biologe muss man ein bisschen Latein können, aber für sie war es früher eine zweite Sprache gewesen, eine Art Geheimsprache.

Intro-duxit – das kommt von *introducere*: einführen, zuführen. Die Sache mit der Einführung.

Und es ist eine ernste Sache. Wir sind nicht Gott. Es ist auch kein Spiel. Obwohl wir manchmal lachen müssen. Wir sind die Mädels im Labor, die hinter den Kulissen. Dr. Mortimer und seine Krankenschwestern sind für die Gespräche, die Begrüßung und die Durchführung der intimen Vorgänge zuständig, aber manchmal sehen wir die Klienten und begrüßen sie – das verzweifelte Ehepaar. Und bei seiner Einführung erwähnt Dr. Mortimer uns zweifellos als seine Engel hinter den Kulissen, die das Wunder vollbringen. Der Schleimer. Oder der Drückeberger, wie Holly sagen würde.

Es ist zum Lachen.

Und manchmal sehen wir in den Mienen des verzweifelten Paares die Überraschung, die Bestürzung geradezu, dass ihr Glück oder Unglück von zwei so jungen Menschen abhängt. Zwei jungen Frauen in Grün. Oder man sieht ihnen ihre Gedanken an: Denen macht das nichts aus, für die ist das lustig, sie sind noch so jung, ihre Fortpflanzungsorgane sind in bester Verfassung, die müssen darüber gar nicht nachdenken, die interessiert das nicht. Aber hier haben sie zweifellos reichlich Gelegenheit zum Üben, was die vorbereitenden Tätigkeiten angeht.

Wenn diese Leute wüssten, was der eigentliche Grund für unser klinisches Desinteresse ist.

Meistens denken wir nicht darüber nach, aber manchmal schon. Wir wissen nämlich, dass das verzweifelte Paar eines Tages in einem Wohnzimmer irgendwo sitzt und die beiden aufgrund dessen, was wir in unserem sauberen weißen Labor gemacht haben, und weil es an der Zeit ist, einander die Hände drücken; worauf die Frau ins Badezimmer geht, wo schon die Testpackung bereitliegt, die sie von unserer Klinik mitbekommen haben. Und er sitzt im Wohnzimmer und wartet, vielleicht sagt er ein kleines Gebet. Und kurz darauf drücken sie sich wieder die Hände und weinen Freudentränen. Oder weinen einfach nur.

Woran liegt es, dass Dinge zustande kommen?

Ich dachte, mit ihrem Mund – einem mit kirschrotem Lippenstift angemalten Mund – und den Reden, die er hervorbringt, kann sie keine Jungfrau sein. Aber wieso bin ich auf diese Idee gekommen? Sie war dreiundzwanzig, und sie war übers Meer gekommen. Katholiken wachsen doch mit der Jungfrau Maria auf, sie verehren die Jungfrau Maria. Allerdings nicht diese Katholikin. Dennoch, ein Mann wurde nie erwähnt, um sie war keine Spur von einem Mann. Trotz der kecken Reden. Trotz ihrer Fähigkeit, Dr. Mortimer um den kleinen Finger zu wickeln. Und das, obwohl Dr. Mortimer, so gut und fürsorglich er als Gynäkologe auch ist, darauf besteht, dass er hier der Charmeur ist.

Ist sie Jungfrau? Warum dachte ich bloß darüber nach? Angesichts unseres Arbeitsbereichs.

Der Grund war ganz einfach.

Sie sagte: »Hast du heute Abend etwas vor?« An sich keine bemerkenswerte Frage. Aber es war die Art, wie sie die Frage stellte, die Betonung. Sie warf dabei sogar, wenn ich mich recht erinnere, ihr Haar mit einer kleinen Kopfbewegung zurück. Nur dass sie das mit der Haube, die sie trug, wohl kaum getan haben konnte. Und natürlich war sie Jungfrau. Aus demselben Grund und in demselben Sinne wie ich auch. Man muss eine sein, um eine andere zu erkennen, das mit der Anziehung von Gegensätzen gilt trotzdem.

Die schlichte Wahrheit war die, dass wir beide zwei verzweifelte Fräulein waren. Es hatte in unserer Zeit nie, nicht für sie, nicht für mich, einen *»penem in vagina«* gegeben. Ach, wie praktisch doch das Lateinische ist. Obwohl es auch ein paar missglückte Zusammenführungen gegeben hat.

Manche brauchen nicht so lange, manche brauchen länger, die Armen, aber wir beide haben unser ganzes Leben gebraucht, bis wir unser Geheimnis entdeckten und erkannten und es dann, jede auf ihre Art, bewahrten und versteckten. Und wie brave Mädchen, die sich vorgenommen hatten, bis zu ihrer Hochzeitsnacht rein zu bleiben, trieb uns beide die Frage um, ob es irgendwann eine geben würde, die Richtige, mit der wir es teilen konnten.

War es jemals, zwischen unseren Spermien und Eiern – und die haben es, wie wir genau wissen, auch nicht leicht –, so merkwürdig zugegangen wie bei uns, bis unseresgleichen zueinandergefunden hatte?

»Hat es jemals, Polly, mein Engel, mein Schatz, ein so süßes und entzückendes Zusammenkommen gegeben?«

Das Paar im Wohnzimmer – beiden laufen die Tränen über das Gesicht – kann doch nichts mit unseresgleichen zu tun haben. Und doch haben sie eine Menge mit uns zu tun. Und wir hätten damals, an dem Abend, das Paar im Wohnzimmer sein können, mit Freudentränen auf unseren Wangen. Wie wunderbar, was für ein Bekenntnis, welche Absolution bedeuten die kleinen Wörter: »Ich auch.« Allumfassend.

Wir gingen ins Radcliffe Arms auf einen Drink. Dann in ein chinesisches Restaurant, Blue Pagoda. Und dann. Und dann. So wie aller Anfang überall. Sie sagte, die Provinz Nordirland habe sich mit ihrem blutigen Union Jack seit fast hundert Jahren an die Republik Irland gedrängt. So lange hatten wir nicht gebraucht.

Überhaupt nicht mein Typ. Ach, wie ich sie liebe. Und wie glücklich ich mit ihr bin, dass wir zusammen in unserer grünen Kluft, zwei Erbsen in einer Schote, mit unseren Spermien und Eiern arbeiten. Dass ich darunter das gefunden habe, das ich bin, und das, mit dem ich zusammen sein soll, von mir aus für immer.

Und wenn ich irgendwann das sein möchte, was unsereins nicht sein kann, und das haben möchte, was unsereins nicht haben kann, dann sind wir an der richtigen Stelle. Wir wissen, wie es zustande kommt.

Am nächsten Morgen sind wir als Paar zur Arbeit in die Klinik gekommen. Das heißt, wir haben darauf geachtet, dass wir nicht zusammen eintrafen, sondern eine gute halbe Minute nacheinander. Darauf achten Liebespaare. Holly ging als Erste rein. Natürlich. Und stieß mit Dr. Mortimer zusammen, der gerade aus seinem silbernen BMW gestiegen war, nach seiner Fahrt von Wilmslow. Hat er gleich etwas gesehen? Hat er es sofort erraten?

Inzwischen ist es allseits bekannt. Ich meine, hier im Labor ist es bekannt. Schließlich ist das hier ein Ort, wo Scheu und Schüchternheit fehl am Platze sind, angesichts der Gläser mit Spermien, die überall herumgereicht werden.

Aber Dr. Mortimer sah Holly an und sagte: »Sie sehen heute Morgen besonders strahlend aus, Holly. Gibt es etwas, das ich noch nicht weiß?«

Und Holly sagte – ich war inzwischen nah genug, um sie zu hören, nah genug, um sie zu sehen und zu wissen, wie sehr ich sie liebe –: »Aber Sie sind doch hier der Gott, Dr. Mortimer, Sie sind doch unser Allmächtiger Vater. Wissen Sie denn nicht alles?«

Schlüssel

Er fuhr Clare zum Bahnhof. Der Verkehr war unerwartet dicht, und sie schafften es gerade noch rechtzeitig. Ihr Abschied war hastig und unbeholfen, aber das machte es leichter für ihn. Er wusste nicht, was er sagen sollte. »Ruf mich an«, sagte er. Dann: »Beeil dich!« Dann sagte er: »Ich liebe dich.« Er hatte nicht vorgehabt, das zu sagen. Es kam einfach so raus. Er sah, wie sie blinzelte und ihn prüfend musterte, obwohl sie in Eile war.

»Beeil dich!«, sagte er wieder, und sie drehte sich um und zog ihren kleinen Koffer hinter sich her in die Bahnhofshalle. Er war auf dem Bahnhofsplatz, als ihr Zug einfuhr. Er hätte sie auf der Reise begleiten sollen, aber sie hatte das für überflüssig erklärt. Sie wussten beide, dass er sich mit ihrem Bruder nicht verstand, ja, dass er ihn nicht ausstehen konnte. Und jetzt war der Bruder plötzlich krank geworden, vielleicht ernstlich krank.

Das machte es leichter für ihn. Es wäre ganz falsch gewesen. Aber als ihr Zug losfuhr, spürte er einen Stich. Er sah sie im Zug sitzen, als wäre sie eine frische Waise oder ein Flüchtling. Sie musste London durchqueren und von der Euston Station einen anderen Zug nehmen, eine Reise von vier bis fünf Stunden insgesamt. Reichlich Zeit, ihren Gedanken nachzuhängen, reichlich Zeit, bevor sie einen Grund hatte, ihn anzurufen. Aber irgendwie wusste er, sie würde ihn nur anrufen, wenn es nicht so schlimm stand. Stünde es schlimm, würde sie sofort in alles hineingezogen, in ihre Familie, und hätte ihn vergessen. Er wäre eine Randfigur. Er war nur der Ehemann.

Ihm als Einzelkind und jemandem, der seine Eltern vor Jahren verloren hatte, war der enge Familienmuff verhasst, und manchmal konnte er sein Gefühl nicht verbergen. Das mit Adam klang überhaupt nicht gut, und Adam war erst zweiundvierzig.

Er fragte sich, warum er Adam nie hatte ausstehen können. Es war nichts Rationales. Nur weil er Clares älterer Bruder war? Nein, weil er schwach war. Das war der Grund. Er verabscheute schwache Männer. Er erkannte sie sofort. Und schwache Männer wurden krank, mitunter starben sie sogar, das war eine Tatsache.

Er blieb eine Weile, nachdem der Zug abgefahren war, auf dem Parkplatz stehen, als wartete er jetzt auf jemanden, der ankam. Es war ein bleierner Nachmittag im August, und gerade begannen einzelne dicke Regentropfen zu fallen. Er dachte an seine Affäre mit Vicki. Sie hatte nicht lange gedauert und war die einzige gewesen. Er musste daran denken, wie er sie vor Clare verheimlicht hatte – möglich, dass sie etwas geahnt hatte – und wie ihm diese Verheimlichung freundlich, ja sogar tugendhaft vorgekommen war.

Dann fuhr er nach Hause, und erst da stellte er fest, dass er wegen der ungewöhnlichen Umstände seine Schlüssel vergessen hatte.

Er wusste sofort, wo sie waren, sie waren in der Tasche seiner Reißverschlussjacke, die über seinem Schreibtischstuhl hing. Er hatte in der Eile beschlossen, sie doch nicht anzuziehen. Und während er mit Clares Koffer zum Auto gegangen war, hatte Clare das Haus abgeschlossen. Und jetzt gab es natürlich nicht die leichte Lösung, dass sie mit ihrem Schlüssel kommen und ihn retten würde.

Unterdessen begann es ernstlich zu regnen, und er saß vor seinem Haus im Auto und starrte in den Regen, als wäre da ein Rätsel.

Normalerweise würde man in einer solchen Situation die Nachbarn um Hilfe bitten. Das hatte er schon einmal getan. Sie wohnten in einem Reihenhaus. Im ersten Stock gab es ein Fenster nach hinten, das einen defekten Verschluss hatte, und beim vorigen Mal war es ihm gelungen, den unteren Teil des Schiebefensters von außen hochzuschieben und durch die Öffnung zu kriechen. Da er bisher nicht dazu gekommen war, den Verschluss zu reparieren, konnte er es möglicherweise wieder so machen. Doch dazu musste er erst bei den Nachbarn klingeln, seine Situation erklären und sich vielfach entschuldigen, dann musste er sich eine Leiter von ihnen borgen, über den Zaun zwischen ihren Häusern klettern und die Leiter ebenfalls über den Zaun hieven.

Aber jetzt war August, und sowohl die Wheelers auf der einen Seite als auch die Mitchells auf der anderen waren verreist. Letztes Mal hatte er bei den Mitchells geklingelt. Er wusste, dass sie eine Leiter hatten. Aber die Mitchells machten Ferien in ihrem Haus in Frankreich.

Der Witz an der Sache war, dass das Fenster – das seine Rettung keinesfalls garantierte – das Fenster seines Arbeitszimmers war, nur wenige Fuß entfernt von der über den Stuhl geworfenen Jacke, in der die Schlüssel waren. Letztes Mal hatte er sich durch das Fenster geschlängelt und war bäuchlings auf seinem Schreibtisch gelandet.

Natürlich konnte er den Schlüsseldienst anrufen. Die Schlüssel hatte er vergessen, aber sein Mobiltelefon hatte er dabei. Wie lange würde es dauern, bis der Schlüsseldienst kam?

Wenigstens war er im Auto geschützt vorm Regen.

Er blieb untätig sitzen, wie gelähmt angesichts der Tatsache, dass er aus seinem eigenen Haus, seinem eigenen Leben ausgeschlossen war. Da stand es vor ihm, aber er konnte nicht hinein. Da war sein Schreibtisch mit seiner Reißverschlussjacke über dem Stuhl, und sein Zeichenbrett, und er hatte vorgehabt, mit der Arbeit, die er aus dem Büro mitgebracht hatte, weiterzumachen – wofür er sich den heutigen Tag, Freitag, freigenommen hatte – und wenn nötig das ganze Wochenende darauf zu verwenden, solange Clare fort war.

Er musste alle Zeichnungen im Zusammenhang mit dem Neale-Road-Projekt überarbeiten. Der dämliche Bauunternehmer hatte einen Fehler gemacht, aber da es ein wichtiges Projekt war, mussten sie das hinnehmen. Es hatte einen Moment der Panik gegeben, und er hatte zugesagt, dass er sich bis Montag drum kümmern werde. Er vermutete, es sei nicht so schwierig. Die zukünftigen Bewohner von Neale Point würden einfach etwas weniger Platz haben, das war alles. Und sie würden nie davon erfahren.

Er bot an, sich der Sache übers Wochenende anzunehmen, und hatte den Eindruck, dass seine edelmütige Freiwilligenmeldung ihm jetzt schon Punkte einbrachte. Clare müsste sich damit abfinden, aber er würde sagen, er hätte nicht ablehnen können, außerdem war sie daran gewöhnt, dass er Arbeit mit nach Hause brachte. Doch dann hatte sich die Situation dramatisch gewandelt. Sein Wochenendprojekt war auf einmal ein weiterer, wenn auch zweitrangiger Grund, warum er nicht mitkommen konnte. Gleichzeitig stellte seine aufopfernde Bereitwilligkeit ein Gegengewicht, ein kleines zwar, zu ihrer viel größeren Herausforderung dar.

Nur dass er jetzt dieses neue Problem hatte.

Ihm wurde bewusst, dass er, während er sich mit der minderen Katastrophe des fehlenden Schlüssels befasst hatte, ein paar Minuten lang alle Gedanken an die viel ernstere Situation seiner Frau – und die ihres Bruders – ausgeblendet hatte. Er sah Clare wieder im Zug sitzen, während der Regen über die Fensterscheiben rann und sie nicht an ihn dachte. Ihre Schlüssel in der Handtasche.

Eigentlich dachte er, das Neale-Road-Projekt würde nicht länger als einen halben Tag in Anspruch nehmen, obwohl er vorgeben konnte, es habe länger gedauert. Er sah schon, wie er Vicki am Montag das Ergebnis seiner Arbeit übergab und dafür bei ihr punktete, wobei er nicht genau analysieren konnte, weshalb. »Hier, bitte«, würde er sagen, in einem siegesgewissen Ton, als würde er sagen: »Schwamm drüber.«

Er sah zu der ihm verschlossenen Fassade seines Hauses hinüber und dahinter die von Mauern umschlossenen, aber genauso ratlosen Bewohner der Neale Road.

Es war merkwürdig: Sein Leben da, er selbst hier. Aber das Gefühl war ihm nicht gänzlich fremd, auch nicht unwillkommen.

Plötzlich wurde der Regen heftiger, ein richtiger Sturzregen. Dann sah er ein Licht im ersten Stock von Nummer zwanzig, dem Haus der Mitchells – um halb fünf am Nachmittag.

Er war überrascht, wie schnell ihm die Lösung zu diesem Rätsel einfiel: Das musste die Putzfrau sein. Die Mitchells waren bis Sonntag verreist, aber zweifellos hatten sie ihre Putzfrau gebeten, ins Haus zu kommen und nach dem Rechten zu sehen, die Pflanzen zu gießen und so weiter, ehe sie zurückkamen. Er erinnerte sich jetzt – hatte es eigentlich nicht vergessen –, dass er einmal etwas früher aus dem Büro gekommen war und gerade seine Schlüssel (die Schlüssel!)

aus der Tasche nehmen wollte, als eine Frau aus dem Haus nebenan herauskam.

Sie war sichtlich überrascht gewesen, ihn plötzlich so nah neben sich zu sehen.

»Ich bin John. Ich wohne hier«, hatte er zu ihrer Beruhigung gesagt und seine Schlüssel hochgehalten, wie zum Beweis. Da hielt sie ihre eigenen Schlüssel hoch – vielmehr das Schlüsselbund, das die Mitchells ihr gegeben hatten. Einen Augenblick lang hatten sie beide verlegen mit den Schlüsseln geklimpert, ein Tanz der Hände, als wäre das aussagekräftiger als Sprechen.

»Olga«, hatte sie schließlich gesagt. »Ich mache sauber.« Sie war blond, auf unbestimmte Weise ausländisch, nicht älter als fünfundzwanzig.

Zunächst hatte sie, als er sie ansah, spontan den Blick gesenkt. Doch plötzlich sah sie ihn direkt an, halb lächelnd, halb etwas anderes. Er spürte die sinnliche Wucht und wusste gleichzeitig, dass sein eigener Blick ihr das dünne Kleid auszog. Ein solches Gefühl, das beide gleichzeitig durchfuhr, hatte er (außer bei Vicky) seit vor seiner Ehe mit Clare nicht mehr gespürt, damals jedoch sehr oft, und jetzt empfand er es als vertraut, wenn auch halb versunken.

Olga. Er hatte das immer für einen hässlichen Namen gehalten, der auf hässliche Frauen hindeutete. Olga, am Freitagnachmittag. Vielleicht hatte er sich das damals schon gemerkt. So war es also: Das Licht, das im Haus nebenan angegangen war – im Schlafzimmer der Mitchells –, hatte zweifellos Olga angemacht. Und Olga konnte ihm auf legale Weise Zutritt zu seinem eigenen Haus verschaffen.

Vielleicht saß sie selbst fest, dachte er. Der plötzliche Sturzregen. Kein Schirm. Wir vergessen Dinge. Und wenn sie wieder dieses dünne Kleid anhatte. Und der niederprasselnde

Regen, dachte er weiter, machte sein Vorhaben mit der Leiter und dem Über-den-Zaun-Klettern und dem unverschlossenen Fenster ziemlich heikel oder zumindest aufschiebbar.

Er stieg aus und rannte zur Haustür von Nummer zwanzig, und schon nach den wenigen Schritten war er nass. Er klingelte, klapperte sicherheitshalber mit dem Briefkastendeckel und klingelte noch einmal. Vielleicht hatte sie die Angewohnheit, nicht zur Tür zu gehen, wenn sie bei den Mitchells saubermachte. Aber nach wenigen Augenblicken wurden andere Lichter angeschaltet, und sie öffnete die Tür einen Spalt weit.

»Erinnern Sie sich an mich?«, sagte er. »John von nebenan? Und meine Schlüssel? Heute habe ich sie nicht dabei.«

Es war dasselbe Kleid. Eine Mischung aus verwaschenem Rosa und Grau. Vielleicht trug sie immer dieses Kleid, wenn sie saubermachte.

»Ich habe mich ausgeschlossen«, sagte er und überlegte, ob das eine Wendung war, die eine Ausländerin mit begrenzten Sprachkenntnissen verstehen würde. Einen fehlenden Schlüssel konnte er wohl kaum hochhalten. War sie Russin, Polin, Rumänin? Er fand heraus, dass sie aus Moldawien war. Er wusste nicht genau, wo Moldawien lag.

Aber sie verstand die Situation und das, was er vorhatte. Sie erwiderte sogar sein verlegenes Lachen angesichts der komischen Situation mit einem verhaltenen Lachen ihrerseits. Falls das alles eine Finte war, dann doch eine ziemlich erfinderische.

Doch dann war sie es, die den ersten Schritt machte. Also, den ersten Schritt, indem sie sagte, er solle – oder sie beide sollten – den geplanten Einbruch nicht sofort ausführen. Bei dem Regen wäre er sofort bis auf die Knochen nass. Und wenn die Leiter rutschte. Das konnte gefährlich werden.

Und wenn, hätte er sagen können, wenn es jetzt stundenlang weiterregnet? Wenn es die ganze Nacht regnet?

Das tat es dann auch. In gewisser Weise bildete der rauschende Regen eine Art konspirative Wand (hatte jemand gesehen, dass er nicht in sein eigenes Haus, sondern in die Nummer zwanzig gegangen war?). Darüber hinaus hatte es etwas Beharrliches, das Geräusch allein, wie das Rauschen von Blut.

Er machte dies nicht zum ersten Mal. Das wusste sie. Sie machte es auch nicht zum ersten Mal. Obwohl er es noch nie so gemacht hatte, im Haus der Mitchells. Aber er hatte das hier, oder Ähnliches, oft gemacht, vor Clare. Er erkannte es als sein Revier.

Vor vielen Jahren hatte er diese Macht an sich entdeckt – eine schlichte Macht, die eher wie ein Hang war, eine Neigung, sodass er sich fragte, warum andere Männer sie nicht auch auf dieselbe schlichte, einfache Weise hatten. Warum war es für andere Männer manchmal so verdammt schwer? Vielleicht war es Schwäche, andere Männer waren vielleicht einfach schwach. Oder sie wussten nicht, wie man eine Fährte aufnahm.

Vor Jahren hätte er zu einem anderen Mann sagen können – obwohl es natürlich undenkbar war, es wirklich zu sagen –, dass er schon bald, ganz bald, bei dieser da landen würde. Der da drüben. Und bald darauf würde er sie wahrscheinlich unglücklich machen.

Er war sich des oft wiederholten Kreislaufs so sicher, war so vertraut damit, dessen sogar ein wenig überdrüssig, dass er sich ihm entziehen, vor ihm in Sicherheit bringen wollte. Er hatte die Ehe, eine Frau, ein Haus und alles, was das mit sich bringt, haben wollen. Und für den Beruf des Architekten hatte er sich entschieden und qualifiziert – er gestaltete Wohnraum. Dennoch wusste er, dass in ihm immer noch dieses ungezähmte Tier war. Und jetzt hatte er sich sowieso aus all dem ausgeschlossen.

Da war es, auf der anderen Seite dieser Mauer: sein Leben. Einen flüchtigen Moment lang schien es ihm sogar, dass er und Clare zu Hause waren. Er hatte sich in einen anderen verwandelt. Sie beide waren nebenan. Er dachte mit Zärtlichkeit, mit einem Beschützersinn an sie. Und wenn sie nebenan waren, dann konnte Clare nicht im Zug auf der Reise nach Norden sein, wo ihr Bruder schwerkrank war, vielleicht todkrank. Und er wäre nicht hier.

Es war befremdlich, das Haus der Mitchells zu okkupieren und sogar – im weiteren Verlauf – ihr Bett. Befremdlich und eindeutig verkehrt, aber ebenso eindeutig aufregend und umhüllend wie der Regen, der nicht nachlassen wollte. Das Haus war nicht seins, auch nicht ihres. Das hatten sie gemeinsam. Sie waren beide heimatlos, wobei in seinem Fall nur eine Mauer dazwischen lag. Befremdlich, und eindeutig eine Übertretung. Als wären die Mitchells die Schwindler.

Irgendwann im Verlauf des Abends oder der Nacht hatte er sie gefragt, woher sie stamme und warum sie nach England gekommen sei. Er erfuhr von ihr nicht viel mehr als die Andeutung einer Trennung, eines Verlusts, etwas, das sie trotz seiner tröstenden Arme (wenigstens hoffte er, dass sie tröstend waren) nicht weiter erklären konnte oder wollte. Wo war Moldawien? Sie schien sich hinter ihr dürftiges Englisch zurückzuziehen. Er beharrte nicht, drängte nicht. So wie sie ihn nicht wegen seiner geheimnisvoll abwesenden Frau bedrängte.

Er hielt sie also einfach in den Armen, anscheinend wollte sie, dass er das tat, als wäre es der Teil der Abmachung, den sie sich gesichert hatte – dass er sie in den Armen hielt.

Während er sie so hielt, ging ihm durch den Kopf, dass Clare nicht angerufen hatte. Inzwischen war es richtig dunkel, vielleicht mitten in der Nacht. Sie war sicherlich angekommen und hatte Neues erfahren, aber sie hatte nicht angerufen. Und wie hätte er mit ihr gesprochen, wenn sie angerufen hätte? Er hatte sein Mobiltelefon nicht ausgeschaltet – als wäre das einem Geständnis gleichgekommen. Aber sie würde natürlich auf dem Festnetz anrufen. Er lauschte angestrengt, um das Telefon durch die Wand zu hören: ein klingelndes Telefon in einem leeren Haus. Aber er hörte nichts.

Sie hatte nicht angerufen, also alles in Ordnung. Oder aber es bedeutete, wenn er seiner Logik von vorhin folgte, dass es schlecht um den Bruder stand.

Er überlegte, wann er, falls überhaupt, obwohl es irgendwie nicht wichtig schien, das absurde Kunststück mit der Leiter machen würde, bei dem seine Beine aus dem Fenster winkten. Er sah sich selbst bäuchlings auf seinem Schreibtisch. Er dachte, wie er Clare am Nachmittag pflichtbewusst zum Bahnhof gefahren und dann überraschend »Ich liebe dich« zu ihr gesagt hatte, und zwar in der festen Absicht, sich an die Arbeit zu setzen, und ohne die leiseste Ahnung, dass plötzlich eine Kette von Ereignissen ihn einholen würde. Er dachte an die Jacke, die mit dem Schlüssel in der Tasche über dem Stuhl hing.

Natürlich hatte Clare ihre Vermutungen.

Während er Olga im Arm hielt, begann sie unkontrolliert zu zittern und zu schluchzen, dann laut zu weinen. Irgendwie hatte er gewusst, dass es dazu kommen würde, ohne zu wissen, warum, und dass er sie halten musste, etwas anderes konnte er nicht tun. Er hielt sie, sie weinte. Dann, nach einer Zeit, einer langen Zeit, so schien es, hörte das Weinen und

Schluchzen auf, und sie schlief ein, aber er hielt sie weiter in den Armen, wach und allein im Dunkeln, und draußen rauschte der Regen.

Lawrence von Arabien

Ich hätte nie geglaubt, dass mir das passieren könnte, Hettie, obwohl ich natürlich wusste, dass die Möglichkeit bestand. Aber ich hätte nie gedacht, ich würde einmal hier, in deinem Gästezimmer, liegen und auf dein Bild ›Old Harry Rocks at Studland‹ blicken, das an der Wand hängt. Das mit dem Tod ist komisch, Het. Falls man das so sagen darf.

Habe ich dir von Lawrence von Arabien erzählt?

Eigentlich sollte da eine Familie sein, die in solchen Zeiten zusammenkommt. Aber wir waren nur zu zweit, Roy und ich, und bei dir waren es Dennis und du. Wir waren die beiden Mrs. Underwoods, aber mit den Underwood-Genen war das so eine Sache. Macht nichts. So ist das eben. Jetzt sind wir übrig, du und ich, und es kommt mir vor, als wären wir richtige Schwestern, nicht Schwägerinnen, und du wärst die Ältere – was aber nicht stimmt –, weil du das Ganze schon vor mir mit Dennis durchgemacht hast. Nicht die richtige Reihenfolge, aber gibt es überhaupt eine Reihenfolge?

Als Dennis starb, hattest du uns beide, Roy und mich. Oder man könnte sagen, wir beide hatten Roy. Wir beide hatten Roy, der wie ein älterer Bruder war, was er sonst nie war, und der die Führung übernahm, was er sonst nie getan hatte. Und dann, vor gut einer Woche, hörte er auf, die Führung zu übernehmen, und dann war es an mir, ich musste ihm in der Zeit, die er noch hatte, erklären, dass er das auch nicht mehr zu tun brauchte.

Ich weiß, Het, natürlich weiß ich das. Studland. Dort habt ihr beide, Dennis und du, eure Flitterwochen verbracht. Damals haben wir darüber Witze gemacht, stimmt's? Es war eine andere Welt, damals. Flitterwochen. Studland. Roy und ich sind auf die Scilly Isles gefahren. Auch darüber wurden Witze gemacht.

Zwei Schwestern, zwei Witwen. Zwei alte Schachteln, könnte man sagen. Wer hätte das gedacht, damals, als es Roy the Boy war und Dennis the Menace, dass wir eines Tages zwei Frauen mit zerknitterten Gesichtern sein würden, wie man sie früher in Pubs sitzen sah, mit einem Glas schwarzem Guinness in den Händen.

Na gut, so sind wir dann doch nicht. Mit unseren Gläsern Weißwein.

Ich bin sehr dankbar, dass ich zu dir kommen durfte. Du hattest andere Pläne. Du wolltest ins Warme. Ich weiß schon nicht mehr, wohin. Jedenfalls nicht nach Studland. Du hast gesagt: »Ich habe alles abgesagt, Peg. Du kommst zu mir.« Du hast gesagt: »Es ist Weihnachten, aber es kann auch was anderes sein. Wenn du willst, ist es nicht Weihnachten. Ich habe überhaupt kein Lametta im Haus. Keine Widerrede, Peg, du kommst zu mir.«

Hatte ich von »Führung übernehmen« gesprochen?

Und warum hätte Roy bis nach Weihnachten warten sollen? Damit er die Festtage im Krankenhaus verbringen konnte? Damit ich ihm einen Knallbonbon mitbringen konnte, an dem wir zusammen ziehen würden? Damit er sich einen Papierhut aufsetzen würde?

Die Leute sagen, sosehr man sich auch vorbereitet, nichts bereitet einen vor. Sie sagen, richtig merkst du es erst nach der Beerdigung. Die war gestern, am Tag vor Heiligabend. Man kann sich den Tag nicht aussuchen. Das Wetter auch nicht. Sturm, die Schirme nach außen geklappt. Und du hattest ins Warme gewollt.

Sie sagen – wer sind eigentlich diese Leute, die den Mund so weit aufreißen? –, man sei in einem Schockzustand. Da bin ich mir nicht so sicher. Weißt du, was ich gedacht habe, Het, als ich aus dem Krankenhaus kam, nachdem er gestorben war? Ich dachte: Das kann nicht wirklich passieren. Ich kann nicht wirklich im Neuner-Bus sitzen. Ich dachte: Er ist doch bei mir, natürlich ist er das, jetzt liegt es an mir, dass er bei mir ist. Es war ein bedeutungsvoller Zustand. Schockzustand? Ich weiß nicht. Nichts derart Bedeutungsvolles war mir je in meinem Leben passiert. Außer natürlich, dass es die bedeutungsvolle Begebenheit gab, bei der ich Roy kennenlernte.

Die Scilly Isles, 1965. Wir und Harold Wilson.

Ein bedeutungsvoller Zustand. Klingt das albern? Ich bin kein bedeutender Mensch. Auch Roy war das nicht. Vor seiner Pensionierung hatte er sich an die Spitze der Park-Abteilung hochgearbeitet und war für fünf Parks und neun weitere öffentliche Anlagen zuständig. Für die hat er die Führung übernommen.

Ich saß im Bus und wollte nichts anderes als bei ihm sein, wollte, dass er wieder bei mir war. Aber weißt du, wer noch im Bus saß?

Peter O'Toole.

Vielleicht hatte ich es schon im Krankenhaus gehört. Vielleicht hatte ich mitbekommen, wie eine Krankenschwester zu der anderen sagte: »Hast du schon gehört – Peter O'Toole ist gestorben.« Wenn ich es gehört hatte, dachte ich womöglich: Nein, das habe ich nicht gehört. Ich will es auch gar nicht hören. Jetzt nicht.

Aber der Bus war voller Leute, die zur Arbeit fuhren, und auf ihren Zeitungen war vorne Peter O'Toole abgebildet. Es war unmöglich, es nicht mitzubekommen. Und wenige Tage zuvor war es Nelson Mandela gewesen. Bedeutungsvoller kann ein Tod kaum sein! Und auch das hatte ich nicht wissen wollen. Aber selbst Roy, der da an Schläuchen und am Tropf hing, muss gewusst haben, dass Nelson Mandela gestorben war. Nelson Mandela, der die Führung in Südafrika übernommen hatte. Und weißt du, was er gesagt hat? »Vielleicht kann ich das dann ja auch.« Und das stimmte vielleicht, auf gewisse Weise. Und weißt du, was er noch gesagt hat? »Die schwarzen Krankenschwestern hier, Peg. Denen bedeutet das was.«

Und ich saß im Bus, um sieben Uhr morgens, draußen die Weihnachtsbeleuchtung, zwei Stunden, nachdem Roy gestorben war, und sah das Gesicht von Peter O'Toole. Nur dass er nicht Peter O'Toole war. Er war Lawrence von Arabien. Auf der Titelseite jeder Zeitung. Es war, als wäre Lawrence von Arabien noch einmal gestorben. Als säße Lawrence von Arabien mit im Bus.

Wie ungerecht das gegen Peter O'Toole war. Und wie ungerecht gegen Roy.

Aber wie alle anderen auch konnte ich tatsächlich nicht aufhören zu denken: Diese blauen Augen, dieses goldene Haar, der Mann im weißen Gewand, der auf dem Dach des Zuges entlangschreitet. Wie alt waren wir, als Peter O'Toole plötzlich in unser Leben trat? Und welches Mädchen hat ihn nicht angehimmelt? In ihren Träumen?

Zwei Stunden nach Roys Tod, und ich dachte an Peter O'Toole. Vielmehr an Lawrence von Arabien. Ich dachte an den Mann im wehenden Gewand, den es sowieso nur im Film gab. Ich habe Bilder von dem echten Lawrence von Arabien gesehen, der sah aus wie ein kleiner Mann mit Silberblick, jemand, der einen völlig kaltgelassen hätte.

Aber er war bedeutend. Er hatte Bedeutendes geleistet. So wie Peter O'Toole, auch wenn er nur Lawrence von Arabien verkörpert hatte. Und genauso mit Nelson Mandela. Ein bedeutungsvoller Zustand, das wünschen wir uns alle ein bisschen, habe ich recht?

Jetzt ist sicherlich schon der erste Weihnachtstag, Het, nicht mehr Heiligabend. Ich bin dir sehr dankbar. Zwei Schwestern, jede in ihrem Zimmer, die auf den Weihnachtsmann im roten Mantel warten, den es auch nie gegeben hat.

Diese verrückten Engländer – dabei war Peter O'Toole gar kein Engländer –, die in die Welt gereist sind und verrückte Dinge getan haben, die arabische Kleidung trugen und der Welt ihren Stempel aufdrücken wollten, die Führung übernehmen wollten. Alle diese verrückten Engländer in der Mittagssonne.

Ich saß im Bus und fuhr mit Lawrence von Arabien die Fairfax Street entlang. Und jetzt liege ich in deinem Gästezimmer und habe das Licht an, weil ich nicht im Dunkeln liegen und darüber nachgrübeln will, wer dieser Old Harry war.

Ich habe großes Glück. Die meisten Witwen bekommen ein paar Blumen, ich habe fünf Parks bekommen.

Roy hatte nie blaue Augen oder goldenes Haar, er trug auch kein weißes Gewand wie ein Engel. Als er starb, hatte er ein Krankenhaushemd an, das am Rücken offen war. Er hatte braune Augen und schwarzes Haar, das er größtenteils schon verloren hatte. Sein jüngerer Bruder ist vor ihm gestorben. Nelson Mandela ebenfalls. Und jetzt ist er auch gestorben, Hettie. Er hat sein Haar verloren, und wir haben ihn verloren.

Ajax

Als ich ein kleiner Junge war, hatten wir einen Nachbarn, Mr. Wilkinson, der ein Sonderling war. Er muss schon längst tot sein, aber ich hätte gern gewusst, wie es ihm ergangen ist. Ich war sein Verderben.

Lassen Sie mich betonen, dass ich ihn nicht für einen Sonderling hielt, es war nicht mein Wort. Es war die Meinung, die ich von ihm haben sollte. Damals war ich zu jung, um eigene Meinungen zu haben, oder zumindest dachten die anderen so. Ich war einfach ein kleiner Junge, der zur Grundschule ging. Ich fand nicht, dass Mr. Wilkinson ein Sonderling war. Ich fand ihn interessant, ja, ich bewunderte ihn. Ich kam zwangsläufig dazu, ihn ganz anders zu sehen.

Wenn wir, meine Mutter und ich, ihm auf der Straße begegneten, war er immer sehr höflich. Er zog seinen Hut. Er trug immer einen Hut und war gut angezogen, oft hatte er einen Anzug an, auch wenn der bessere Zeiten gesehen hatte. Er erkundigte sich immer höflich nach meinem Vater – »Mr. Simmonds« – und benutzte seine Worte mit Feingefühl, als wäre Sprache etwas, das man würdigen und nicht mechanisch behandeln sollte, indem man ausgestanzte Phrasen benutzte. Vielleicht lag es an seiner emphatischen Art zu sprechen, dass meine Eltern ihn für einen Sonderling hielten.

Er sah durchaus ehrenwert aus. Der Herzenswunsch aller Erwachsenen in unserer Straße war es, ehrenwert zu sein und als ehrenwerte Bürger aufzusteigen. Man könnte also denken, sie hätten Mr. Wilkinson als leuchtendes Beispiel betrachtet. Selbst für mich war offenkundig, dass er in gewisser Weise über den Menschen in unserer Straße stand und aus einer gehobenen gesellschaftlichen Stellung heraus hier gelandet war. Außerdem war es offensichtlich, dass er »gebildet« war, wie die Menschen es nannten.

Von frühestem Kindesalter an war mir von meinen Eltern eingetrichtert worden, dass Bildung das Wichtigste im Leben sei, der Schlüssel zu allem, und das glaubte ich ihnen. »Bildung« war eins der ersten abstrakten Wörter, die ich lernte, und es zu lernen war – auf wundersame Weise – ein Beispiel für das, was es aussagte. Mit den Lehrern in der Schule kam ich gut aus. Ich verehrte sie. Sie versorgten uns mit diesem höchsten Gut. Mir schien, dass Mr. Wilkinson die Eigenschaften eines Lehrers hatte, und vielleicht war er einmal Lehrer gewesen. Er schien sogar gebildeter als die Lehrer an meiner Grundschule, und das war ein weiterer Grund, warum ich nicht verstand, dass die Menschen in unserer Straße nicht zu ihm aufsahen, sondern ihn als Sonderling betrachteten.

Allerdings lebte Mr. Wilkinson allein. Das sprach gegen ihn. Und obwohl er immer anständig gekleidet war, wenn man ihm auf der Straße begegnete, hatte er die Angewohnheit, nur mit Unterhose bekleidet in seinem Garten hinter dem Haus Turnübungen zu machen. Bei jedem Wetter, auch im Januar. Nur in Unterhose.

Es waren nicht nur Turnübungen, es war ein ganzes Ritual von Übungen, wozu auch einfaches Atmen gehörte – ein kräftiges Füllen und Leeren der Lungen – und manchmal nichts außer einem monotonen Gesang. Psalmodieren ist das beste Wort dafür. Man könnte auch Summen oder Singen sagen, aber Psalmodieren ist das Wort, das benutzt wurde. In Unterhose.

In seinem eigenen Haus kann jeder machen, was er will. Diesen Grundsatz hätten meine Eltern jederzeit bestätigt. Aber, und das sagten sie über viele Dinge, es gebe auch Grenzen.

Unsere Straße war wie Tausende anderer, die kurz nach dem Krieg auf den freien Flächen vor den Städten gebaut worden waren; nur dass man bei uns neben zwei Doppelhäuser einen Bungalow gebaut hatte, dann wieder zwei Doppelhäuser. Wer in einem Bungalow wohnte, hatte nur eine Etage, aber auch das Privileg, in einem Einzelhaus zu wohnen. Das Grundstück war nicht besonders groß, doch man konnte ganz um das Haus herumgehen. Auch in Unterhose.

In der anderen Doppelhaushälfte neben unserer wohnten die Hislops. Sie wohnten dort, wie meine Eltern auch, seit die Häuser gebaut worden waren, gehörten aber der älteren Generation an. Die beiden Jungen der Familie – ich betrachtete sie nie als »Jungen« – waren so alt, dass einer schon den Wehrdienst absolviert hatte. Ich sehe ihn vor mir, mit Baskenmütze und einem überraschenden Oberlippenbart und einem Seesack. Der Vater betrieb eine kleine Druckerei. Die Jungen hatten Freundinnen, bastelten an Autos herum und heirateten. Die Hislops waren nicht besonders gebildet, eher ein bisschen ungehobelt. Aber sie waren eine Familie und normal.

Auf der anderen Seite wohnte Mr. Wilkinson. Zwischen unserem Haus und dem von Mr. Wilkinson war ein hoher Holzzaun mit einem Spalier obenauf, sodass man Mr. Wilkinson in Unterhose nur von den Fenstern aus sehen konnte, die im ersten Stock nach hinten gingen, nämlich vom Gästezimmer und vom Schlafzimmer meiner Eltern. Somit wurden wir zu Spionen, während Mr. Wilkinson nichts weiter tat, als sich um seine eigenen Angelegenheiten zu kümmern. Trotzdem wollten meine Eltern nicht neben jemandem wohnen – besonders meine Mutter nicht –, von dem bekannt war, dass er in Unterhose psalmodierte. Das Psalmodieren konnte man manchmal hören, da brauchte man nicht zu gucken.

Mr. Wilkinson, das sollte ich noch sagen, war ziemlich alt. Damit meine ich, dass er für mich alt aussah. Wahrscheinlich war er über fünfzig. Sein weißes Haar war schütter, aber er hatte weder den gebeugten Gang noch die Gebrechlichkeit alter Menschen. Er war kräftig und sogar recht muskulös (was man sehen konnte) und hielt sich offensichtlich fit. Er war eine gute Reklame für körperliche Ertüchtigung.

Ich kenne ihn nur als »Mr. Wilkinson«. Ich glaube nicht, dass ich wusste, wie er mit Vornamen hieß, vielleicht galt es als unangemessen, das zu wissen. Mr. Hislop war als Tony bekannt. Meine Eltern hatten mich James getauft, gaben aber irgendwann den Widerstand gegen »Jimmy« auf. Als ich Mr. Wilkinson kennenlernte (das war, bevor wir etwas über seine Gewohnheiten wussten), wurde ich ihm als James vorgestellt, aber vom ersten Moment an nannte er mich Jimmy, vielleicht einfach im Geist der Freundschaft. Ich merkte, wie das meine Mutter gegen ihn einnahm.

Zum einen war da der Holzzaun mit dem Spalier obenauf, und weil die Straße den Hügel hinaufführte und das Haus von Mr. Wilkinson höher lag als unseres, war es von ebener Erde aus praktisch unmöglich, die Rückseite seines Bungalows zu sehen oder in seinen Garten zu gucken. In den Monaten, wenn das Spalier nicht umrankt war, konnte man höchstens seinen weißhaarigen, aber imposanten Kopf sehen, vielleicht eine rosa Schulter. Dann überlegte man womöglich, ob er in Unterhose war oder vielleicht gar nichts anhatte.

An warmen Tagen spielte ich gern in der Rabatte unten am Zaun hinter dem Haus. Spielen bedeutete, dass ich die Rabatte nach meinen kindlichen Vorstellungen umgestaltete, was meinen Eltern natürlich missfiel. Aber ich beharrte so sehr auf diesem Zeitvertreib, dass sie mir schließlich ein (deutlich umgrenztes) Stück der Rabatte überließen. Vielleicht dachten sie, es fördere meine Entwicklung, und ich würde später Bauingenieur. Was sie aber nicht wussten, war, dass ich in Wirklichkeit unsere Straße in klein nachbaute. Ich war Bestimmer über jeden einzelnen Haushalt.

Stellen Sie sich ein Viertel mit verputzten Häusern vor, dazwischen ein bisschen Fachwerk, Gärten mit Ebereschen und Goldregen, mit gestutzten Hecken und kurz gemähtem Rasen und Büscheln von Blaukissen, dann haben Sie das Bild. Heute denke ich mit merkwürdiger Wärme daran zurück und spüre gleichzeitig den beharrlichen und fernen Ausdruck der ihm eigenen Absonderlichkeit.

Eines Tages, als ich mit meinem Rabattenprojekt beschäftigt war, bemerkte ich, wie Mr. Wilkinson mich eingehend durch das Spalier und die Ranken der Clematis beobachtete. Wahrscheinlich hatte er schon eine Weile so dagestanden, bevor ich aufsah, und ich war zwar überrascht, empfand aber keine Angst. Er spionierte mir nicht nach, so wie wir ihm nachspionierten, sondern wartete darauf, mit mir zu sprechen.

Er fragte, ob ich mich für Agrarwissenschaften interessiere und ob ich Vegetarier sei.

Das waren zwei lange Wörter, die ich nicht kannte – und die ich mir auch nicht so ohne Weiteres merken konnte –, und sicherlich habe ich Mr. Wilkinson mit meiner Antwort enttäuscht. Aber anscheinend wollte er gern, dass ich zum

Vegetarier wurde. Ich erzählte meinen Eltern davon (im Grunde war ich ein aufrichtiger und redlicher Junge) und wiederholte offenbar auch die Wörter hinreichend genau, denn sie sagten, Agrarwissenschaft sei Ackerbau, und Vegetarier seien Menschen, die kein Fleisch essen.

Dann sagte meine Mutter – und mein Vater bekräftigte sie darin –, ich solle nie mit Mr. Wilkinson durch den Zaun sprechen, auch nirgendwo anders, wenn ich allein war, selbst wenn er mich ansprach. Ohnehin war dies wahrscheinlich mein erstes Gespräch allein mit ihm, unsere erste Begegnung unter vier Augen.

Er hielt sich in Unterhose in seinem Garten auf, und er war Vegetarier. Damit war sein Ruf als Sonderling besiegelt. Mit schöner Regelmäßigkeit zog jeden Sonntag Bratengeruch durch unsere Straße.

Und falls Unterhose und Vegetarismus nicht ausreichten, kam noch die Sache mit den Besuchern hinzu. Anders als Menschen, die zur Arbeit gingen, verließ Mr. Wilkinson nicht zu festen Zeit das Haus, aber er hatte Besucher. Sie kamen zu unterschiedlichen Zeiten, nicht in einem steten Strom, und sie blieben auch nicht lange. Es waren ganz verschiedene Besucher, aber es stimmte, dass darunter auch eine Reihe »junger Mädchen« waren, wie meine Mutter sagte.

Daran war an sich nichts Verwerfliches, und auch hier musste man Mr. Wilkinsons Bungalow genau beobachten, wollte man das bemerken. Die einfache Erklärung, die auch zu seinem lehrerhaften Gebaren passte, war die, dass Mr. Wilkinson Unterricht erteilte. Vielleicht gab er Musikunterricht. Womöglich Gesangsunterricht, wenn man an das Psalmodieren dachte. Aber kein Besucher, das stimmte wohl, kam mit einem Musikinstrument, und obwohl wir gelegentliches Psalmodieren hörten, konnten wir nie den gedämpften Klang von

Fingerübungen auf einem Klavier oder eine fehlerhaft gesungene Tonleiter hören.

Aber irgendwelchen Unterricht musste er geben, dass die Menschen für eine Stunde oder so zu ihm kamen und ihn dafür bezahlten. Ich hatte sogar die völlig irrige Fantasievorstellung, dass ich selbst zu ihm gehen und mich von ihm unterweisen lassen würde. Schließlich war Bildung der Schlüssel zum Leben. Aber ich war froh, dass ich meinen Eltern von diesen Gedanken nichts erzählte.

Die Theorie mit dem Unterricht hatte kein besonders solides Fundament, obwohl sie plausibel schien und ich an ihr festhalten wollte. Meine Mutter – ich hörte ein Gespräch zwischen ihr und meinem Vater mit – kam immer wieder auf die jungen Mädchen zurück, als würde allein dadurch die Theorie widerlegt. Aber ich konnte mir gut vorstellen, dass Mr. Wilkinson den jungen Mädchen etwas beibrachte. Sprechtraining, Verhaltensregeln. Ich hatte erfahren, dass sogar Mädchen in meiner Grundschule von ihren Eltern zu außerschulischem Unterricht angehalten wurden. Und wenn Mr. Wilkinson ein zweifelhaftes Interesse an jungen Mädchen hatte, das einfach damit zu tun hatte, dass es junge Mädchen waren (aber davon hatte ich keine Ahnung), warum waren seine Besucher dann nicht ausschließlich junge Mädchen? Aber auch diesen Einwand äußerte ich nie.

Die Theorie mit dem Unterricht wurde von dem, was Mr. Wilkinson selbst über seinen Beruf und seinen Broterwerb äußerte, zunichtegemacht. Eine andere Nachbarin, die entweder dreister war oder mehr schnüffelte als meine Eltern, hatte ihn zur Rede gestellt und bekam die freundliche Auskunft, er praktiziere seine eigene Version von »alternativer Heilkunst«. Seine Fähigkeiten hatte er in Jahren des Studiums und der Anwendung erworben. Er warb für seine

Dienste und hatte viele zufriedene Patienten. Er fragte sogar die neugierige Nachbarin (ich glaube, es war Mrs. Fox in Nummer sieben), ob er etwas für sie tun könne.

Meine Mutter sagte: »Alternative Heilkunst? Und was ist das, wenn man es im eigenen Haus macht?« – einer ihrer Lieblingssätze, der in diesem Fall, so dachte ich viel später, besonders treffend war. Dann fügte sie hinzu: »In Unterhose?«

Auch diesmal waren die Bemerkungen an meinen Vater gerichtet und nicht für meine Ohren bestimmt, obwohl ich sie mithörte. Mein Vater sagte (und auch das fand ich, als ich später darüber nachdachte, ziemlich treffend): »Alternative Heilkunst? Wenn du mich fragst, ich könnte mir vorstellen, dass er früher einmal konventionelle Medizin praktiziert hat. Und jetzt bleibt ihm – wenn ich das so sagen darf – keine Alternative.«

Ich merkte mir diese Worte, denn obwohl ich sie nicht verstand, war mir klar, dass mein Vater dies für eine clevere Bemerkung hielt. Das Clevere an der Bemerkung hatte ihn sogar selbst überrascht. Und obwohl ich nicht begriff, worin das Clevere bestand, freute ich mich für ihn, weil er, zumindest in diesem Moment, so kreativ mit der Sprache umgegangen war, wie es für Mr. Wilkinson typisch war.

Ich selbst konnte mir Mr. Wilkinson nicht als Arzt vorstellen. Als Kind erlebte ich Ärzte als schroff und abweisend, und sie stellten schmerzhafte Dinge mit einem an. Ich sah Mr. Wilkinson weiterhin als Lehrer, als Erzieher, und vielleicht war die alternative Heilkunst (sofern es nicht etwas bitter Schmeckendes in einer Flasche war) eine Art Lehrtätigkeit. Vielleicht hatte Mr. Wilkinson eine besondere Weisheit zu vermitteln. Und war überhaupt kein Sonderling. Die Besucher, die zu seinem Haus kamen und an seiner Tür klingelten, waren seine Anhänger.

Dann hatte ich wieder ein »Gespräch« mit Mr. Wilkinson, das viel mehr als ein Gespräch war. Ich tat, was ich nicht tun sollte, und ging noch darüber hinaus. Wir hatten Schulferien. Mein Vater war bei der Arbeit, meine Mutter wollte am Nachmittag ihre eigene Mutter besuchen. Während ihrer Abwesenheit sollte ich zum Spielen zu meinem Freund Roger, der in der Nummer zehn wohnte, gehen, wo ich unter den wachsamen Augen von Mrs. West sein würde. Aber eine kleine Krise im Haushalt der Wests machte einen Strich durch diesen Plan, und meine Mutter konnte, aus welchen Gründen auch immer, den Besuch bei meiner Großmutter nicht absagen.

Wahrscheinlich war es das erste Mal in meinem Leben, dass mir gesagt wurde, ich müsse den Nachmittag allein zu Hause bleiben, aber es wäre nicht so lange, außerdem sei ich alt genug dafür. Jedoch müsse ich unbedingt im Haus oder im Garten hinter dem Haus bleiben und dürfe niemandem die Tür öffnen.

Es war ein warmer Sommertag, ich hatte also nichts dagegen, im Garten zu spielen und mich mit der Gestaltung »meines« Abschnitts der Rabatte zu beschäftigen. Ich glaube nicht, dass Mr. Wilkinson sich meiner Situation bewusst war, sonst hätte er seine Frage anders gestellt. Aber plötzlich war er da und guckte durch die Clematis, und es war niemand dabei, der Zeuge wurde, wie ich mein feierliches Gelübde, nie wieder mit ihm zu sprechen, brach.

Er sagte: »Entschuldige, Jimmy. Meinst du, deine Mutter – Mrs. Simmonds – hat ein Mittel, mit dem man Abflüsse reinigen kann? Es tut mir sehr leid, sie zu belästigen, aber ich habe Ärger mit dem Abfluss hinterm Haus. Nichts Schlimmes, aber bei diesem warmen Wetter, also …«

Ich konnte Mr. Wilkinsons Hemdkragen sehen, also war er nicht nur in Unterhose.

Meiner kindlichen Intuition folgend, oder vielmehr meiner kindlichen Neugier auf ein mögliches Abenteuer – oder wenigstens auf die Möglichkeit, Mr. Wilkinson besser kennenzulernen –, verschwieg ich, dass meine Mutter nicht zu Hause war. Ganz abgesehen von der Erregung, die für ein Kind darin liegt, etwas Verbotenes zu tun. Ich wusste nichts über die Reinigung von Abflüssen, aber ich wusste, dass es in der Küche einen Schrank gab, in dem solche Reinigungsmittel standen.

Ich sagte zu Mr. Wilkinson: »Ich frage sie mal.«

Hatte ich von aufrichtig und redlich gesprochen?

In dem Schrank waren verschiedene Packungen und Flaschen, darunter eine hohe große Dose mit der Aufschrift »Ajax«. Ich hatte eine vage Vorstellung, dass es unterschiedliche Verwendungszwecke dafür gab (mein Vater nahm sie manchmal für Dinge im Garten) und dass meine Mutter damit alles Unangenehme behandelte. In der Toilette oben stand auch eine solche Dose. Abflüsse? Warum nicht?

Ich nahm die Dose und beschloss, dass ich sie, statt sie über den Zaun zu reichen – was für einen kleinen Jungen ohnehin unmöglich war –, zu Mr. Wilkinson an die Tür bringen würde. Dazu brauchte ich nur das Seitentörchen zu öffnen, das mit einem Haken geschlossen wurde, und zu seiner Haustür zu gehen. In Wahrheit war ich von hinterlistiger Neugier getrieben: Ich wäre wie einer der geheimnisvollen Besucher, von denen vielleicht an dem Morgen schon welche bei ihm gewesen waren.

Mr. Wilkinson öffnete die Tür. Er sah mich an und lächelte. Er trug normale Sachen. Sein muskulöser Unterarm ragte aus dem aufgerollten Ärmel. »Ach, das ist aber nett von dir, Jimmy. Und sehr freundlich von deiner Mutter.« Er begutachtete die Ajax-Dose und zog die Stirn ein wenig kraus, lächelte aber weiter. Er konnte mein Angebot wohl kaum zurückweisen. »Na, vielleicht klappt das ja.«

Er sah mich wieder an, das Stirnrunzeln wurde deutlicher, er schien zu zögern. Ich sehe noch, dass er sich zu einer bedeutsamen Entscheidung durchrang: Sollte er die Dose nehmen und sagen, er würde sie später zurückbringen, und mich fortschicken; oder sollte er, da ich vor ihm stand und es unsere Dose war, mich an der Abflussreinigung teilnehmen lassen? Vielleicht dachte er, da ich nur ein kleiner Junge war, stellte ich keine Gefahr dar – keine Gefahr für ihn. Oder vielleicht war er von dem ungestümen Rausch des Risikos ebenso angesteckt wie ich.

»Na gut«, sagte er, »wir können ja an der Seite entlanggehen.«

Ich war enttäuscht. Ich durfte nicht durch sein Haus gehen. Andererseits verstand ich (vielmehr ich begriff es rückblickend), dass er beschlossen hatte, mir zu vertrauen, was sich als Fehler erweisen sollte. Falls Vertrauen etwas damit zu tun hatte.

Ich glaube, er mochte mich. Er dachte, ich könnte sein Freund sein.

Wir gingen an der Längsseite des Bungalows nach hinten. Jetzt war ich auf der anderen Seite des Zauns, über den er zu mir herübergesehen hatte und hinter dem man ihn von uns aus manchmal halbnackt beim Psalmodieren sehen konnte.

Er hatte mir die Dose abgenommen, und jetzt hielt er sie hoch, als wäre sie ein Ausstellungsstück oder Anschauungsobjekt, und sagte: »Ist es nicht traurig, Jimmy, dass einer der großen Helden der griechischen Mythologie, einer der Glorreichsten, die im Trojanischen Krieg gekämpft haben, jetzt zu einem Scheuermittel in einer Dose reduziert worden ist?«

Ich hatte nicht die leiseste Ahnung, wovon er sprach, aber

seine Worte machten einen großen Eindruck auf mich und sind mir seitdem im Gedächtnis geblieben. Ich höre sie heute noch in dem eloquenten, leicht ironischen und dabei klagenden Ton, in dem Mr. Wilkinson sie gesagt hatte.

Es ist eine Tatsache, dass ich dieser für mich unverständlichen, aber unvergessenen Bemerkung alle meine späteren Entdeckungen und begeisterten Erforschungen der griechischen Mythen verdanke. Ich verdanke ihnen eine Welt der Erzählungen voller Magie und Bedeutung. Ich verdanke ihnen meine gesamte Bildung.

Als meine Eltern mich später im selben Jahr fragten, was ich mir zu Weihnachten wünschte, sagte ich sofort (ich hatte mich bereits ein bisschen in meiner Grundschule umgesehen), ich wünschte mir ein Buch mit allen griechischen Sagen einschließlich der Geschichten über den Trojanischen Krieg. Der Wunsch überraschte meine Eltern sichtlich, aber sie fanden ein solches Buch für mich. Anfangs waren die Geschichten ein bisschen schwer für mich, doch allmählich wuchs ich hinein. Ich habe den Band heute noch.

Aber es war mehr als das. Viel mehr. Ich verdanke Mr. Wilkinsons Bemerkung nicht nur mein dauerhaftes Interesse an der Tatsache, wie ein großer griechischer Held zu einem Scheuermittel in einer Dose wurde, sondern auch mein Interesse an den vielen sonderbaren Wandlungen und Veränderungen und Evolutionen, die diese Welt durchläuft, den seltsamen Wendungen, zum Guten und zum Bösen, die das Schicksal bereithält. Darüber weiß ich hinreichend Bescheid.

Ich verdanke seiner Bemerkung meine Bildung. Meine gesamte Bildung.

»Wenn wir von Scheuerpulver reden, Jimmy, meinen wir in Wirklichkeit Toilettenreiniger, richtig? Zweifellos hast du in deinem Alter auch ein Interesse an allem, was mit Toilette zu tun hat. Wusstest du, dass in der elisabethanischen Zeit eine Toilette »Jakes« genannt wurde? Jakes. Ajax. Siehst du die Verbindung?«

Auch diesmal hatte ich nicht die geringste Ahnung, wovon er sprach, aber ich fand es alles faszinierend, betörend.

Er ging mit mir zur Rückseite des Bungalows, wo das Überflussrohr aus der Küche in einen Abfluss führte, in ein Loch mit einem Gitter darüber. Wir hatten hinter unserer Küche so etwas Ähnliches. Ich sah, dass er wieder zögerte und sich nicht sicher war, ob er in meiner Gegenwart weitermachen sollte, aber ich spürte auch seine Stimmung, seine Bereitschaft, ein Risiko einzugehen und mich überdies in sein Geheimnis einzuweihen. Ich sah, dass er das Gitter entfernt hatte und mit einem Stock in dem Loch gestochert hatte.

»Ajax«, sagte er. »Ob es – ob er – die Lösung ist?«

Was immer den Abfluss blockierte, steckte tief drinnen, oder aber das Rohr machte einen Knick, wodurch das Abfließen behindert wurde. Der Abfluss war bis obenhin, bis zum Rand, voll mit schmutzigem Wasser. Aber es war nicht einfach Wasser, sondern Wasser mit einer deutlichen roten Färbung. Ich musste sofort an den Eimer in unserem Fleischerladen denken, wo der Boden mit Sägemehl ausgestreut war und Schweinekadaver blutig an riesigen Haken hingen.

Eine kleine schwimmende Faser, ein bisschen Abfall trieb im Wasser.

Lassen Sie mich an dieser Stelle sagen, dass damals das Leben um vieles primitiver war, selbst wenn ein Herr seinen Hut lüftete. Alles war viel näher am Mittelalter. Es hatte einen Krieg gegeben, Nahrungsmittel waren rationiert gewesen. Damals war meine Mutter durchaus in der Lage, ein Kaninchen zu häuten und zu braten, aber später wollte sie das nicht mehr zugeben, geschweige denn Kaninchenfleisch essen. Als meine Eltern sich Ehrbarkeit und den Aufstieg in der Gesellschaft zum Ziel gesetzt hatten, wollten sie in Wirklichkeit in das moderne saubere Zeitalter eintreten und sämtliche Spuren alter Schmutzwasserabflüsse hinter sich lassen. Sie waren nicht schreckhaft, und sie waren nicht unschuldig, aber sie wollten ihr Leben sauber und ordentlich haben, und sie mochten nichts, was mit Absonderlichkeit zu tun hatte.

Die Menschen in unserer Straße hatten nichts dagegen, das begriff ich, dass Mr. Wilkinson ein Sonderling war, aber sie hatten etwas dagegen, dass er in unserer Straße wohnte. Sie hofften, dass irgendwie etwas dagegen unternommen würde. Aber wenn schon keine übergeordnete Macht eingriff, vertrauten sie immerhin darauf, dass allein die geballte Kraft ihrer Ablehnung Mr. Wilkinson zwingen könnte, wegzuziehen und seine Absonderlichkeit mitzunehmen. Er sollte weggespült werden. Darin war die gesamte Geschichte der Welt enthalten.

Ich erkannte, dass in dem schmutzigen Wasser von Mr. Wilkinsons Abfluss auch Blut war und dass Mr. Wilkinson aus einem undurchschaubaren und zugleich riskanten Grund wollte, dass ich das sah, aber nicht weitererzählte.

Doch, ja, im Grunde war ich ein redlicher, aufrichtiger Junge. Ich ehrte meinen Vater und meine Mutter. Ich hatte ein Gefühl von moralischer Verantwortung. Ich hatte meinen Eltern erzählt, dass Mr. Wilkinson Vegetarier war, obwohl ich das hätte verschweigen können. Jetzt musste ich ihnen erzählen, dass ich das Verbot, das auf meine erste ehrliche Berichterstattung folgte, verletzt hatte und dass ich – was noch schlimmer war – Mr. Wilkinson eine Dose Ajax gebracht hatte, statt mich an die deutlich umrissenen Grenzen zu halten.

Doch all das wurde übertroffen von der noch krasseren Verpflichtung zur Wahrheit, die ich zu erfüllen hatte, nämlich kundzutun, dass Mr. Wilkinson offenkundig kein Vegetarier war – eine Verleumdung, der ich mich unbeabsichtigt schuldig gemacht hatte –, sondern, auch wenn ich das Innere seiner Küche nicht gesehen hatte, ein eifriger Verzehrer von Fleisch. Und das bedeutete, dass er zumindest in dieser Hinsicht nicht der Sonderling war, für den er ungerechterweise gehalten worden war.

Ich werde nie Gewissheit haben, ob mein Handeln in all seiner Komplexität – für das ich damit bestraft wurde, dass ich den ganzen nächsten Tag nicht raus durfte, auch nicht in den Garten – der Grund dafür war, dass Mr. Wilkinson uns verließ und, wie ich später herausfand, in Untersuchungshaft genommen wurde, während ein Durchsuchungsbefehl für seinen Bungalow ausgestellt und (sehr diskret) ausgeführt wurde.

Nachdem ich so gründlich bestraft worden war, wurden mir kurz darauf zu meiner Verwirrung von einem freundlichen und geduldigen Polizisten Fragen gestellt, während meine Mutter mir liebevoll die Hand hielt.

Damals gab es Dinge, die man nicht tun durfte, weil das Gesetz sie nicht erlaubte, die aber jetzt erlaubt sind. Es war alles recht primitiv, und vielleicht sind die seither eingetretenen Veränderungen nur ein weiterer Beweis für die Bedeutung von Bildung. Zum Beispiel lebte Mr. Wilkinson allein, und vielleicht war er homosexuell, aber nach dem Gesetz durfte er nicht als Homosexueller leben.

Das sage ich, weil ich selbst homosexuell bin, obwohl ich das damals nicht wusste, sondern erst später entdeckte. Man könnte sagen, ich entdeckte es durch Bildung. Das ist eine ganz andere Geschichte, die mit mir und meinen Eltern zu tun hat und in gewisser Weise noch schmerzhafter ist als die von Mr. Wilkinson. Doch jetzt ist nicht der Zeitpunkt dafür, und vielleicht kann man sich die Geschichte auch vorstellen.

Aber ich denke an Mr. Wilkinson und daran, was ich ihm angetan habe.

Er verschwand. Das ist das, was die Leute in der Straße wollten, aber ich vermisste ihn, ich empfand sogar einen Verlust. Ich hätte gern seinen Vornamen gewusst. Ein nettes Paar, Mr. und Mrs. Fletcher, zog ein und bekam kurz darauf sein erstes Kind, ein kleines Mädchen, das Jilly hieß – an ihren Namen erinnere ich mich gut – und das meine Mutter unverhohlen vergötterte. Auch das war etwas, das die ganze Straße wollte.

Es gibt Menschen, die von mir sagen oder denken könnten, ich sei ein Sonderling, oder zumindest komisch. Aber wenn man Professor für Altgriechisch ist, darf man das sein, die Welt erwartet das sogar, besonders wenn die Haare inzwischen eine weiße Haube geworden sind und man Tweedjacketts und rote Fliegen mit weißen Tupfern trägt.

Ich bin nie, jedenfalls bisher nicht, nur mit Unterhose bekleidet quer durch die Anlage – über den Rasen, den nur wenige Menschen betreten dürfen – zum Senior Common Room gegangen. Oder, um es noch aufsehenerregender zu machen, mit meiner Robe darüber. Doch wenn ich das täte (und die Versuchung ist ehrlich gesagt groß), würde mir verziehen, wenigstens einmal, weil ich der Morley-Edwards-Professor für Altgriechisch bin. Ich bin mir sicher, dass in den Colleges von Oxford Taten begangen worden sind, die viel größere Skandale waren und dennoch erlaubt oder wenigstens übergangen wurden – Taten, die in einer Vorortsiedlung niemals toleriert würden.

Mein Leben lang habe ich den Lebensgrundsatz meiner Eltern, dass Bildung das Wichtigste überhaupt ist, ernst genommen – ich habe ihn verfolgt und gefördert –, weil Bildung uns auf der Reise durchs Leben kultiviert und bereichert. Ich bin ihr Paradebeispiel, ihre Bestätigung. Was hätte ihrem Grundsatz besser zur Bestätigung und Ehre gereichen können als die Tatsache, dass ich Professor in Oxford geworden bin?

Wenn Sie Absonderlichkeit wollen, echte Absonderlichkeit, die Teil von uns allen ist, wenn Sie das Primitive wollen, das allgegenwärtig ist, dann nehmen Sie sich die griechischen Sagen vor und das, was die Griechen daraus gemacht haben. Aber vergessen Sie nicht die Dose Ajax.

Ajax, Sohn des Telamon und mächtiger Krieger, übertroffen allein von Achilles, aber von Odysseus' größerer Klugheit vertrieben, wurde am Ende verrückt und hielt Schafe für Menschen. Das weiß ich jetzt.

War sie die Einzige?

War sie die Einzige? War es ihre Schuld?

War nur sie es, die das Hemd ihres Mannes nicht wusch? Es hing im Schrank, zerknautscht und zerknittert, sein bestes weißes Hemd, sein Sonntagshemd, das Hemd, das er zuletzt getragen hatte, bevor er die Uniform anzog. Sie nahm es aus dem Schrank und presste ihre Nase hinein. Als die Briefe kamen, drückte sie das Hemd ans Gesicht und atmete beim Lesen tief ein. So hielt sie es einigermaßen aus. War sie die Einzige?

Damals war das weiße Hemd eines Mannes ein wichtiges Kleidungsstück, mit den langen Rockschößen, den doppelten Manschetten, dem runden Halsausschnitt und den Knopflöchern für den Kragen. Fast war es eine Art gestärktes Nachthemd, und als solches benutzte sie es ziemlich oft. So vermehrten sich die Falten, so vermischte sich ihr Geruch mit seinem. Aber das war nur recht und billig. Schließlich waren sie Mann und Frau. Es wurde zu einem Aberglauben. Sie durfte es nicht waschen; solange sie es nicht wusch. Erst wenn. War sie die Einzige?

Monate vergingen. Die Briefe kamen in größeren Abständen. Sie musste das Hemd seltener benutzen, sonst würde ihr Geruch seinen vertreiben. Inzwischen roch es ziemlich stark, wohl wahr. Sein erster Fronturlaub wurde gestrichen. Warum, wusste er nicht. Es war ein Schlag, sie musste weinen, aber immerhin war es nicht die Nachricht, dass er gefallen war. Und sie hatte sein Hemd nicht gewaschen.

Dies war ihre kurze Ehe mit Albert. Hauptsächlich bestand sie aus Trennung, hauptsächlich war es gar keine Ehe, hauptsächlich war es eine Ehe mit einem Hemd. Er war aus Slough und arbeitete am Fahrkartenschalter der Eisenbahn, aber er wollte weiterkommen. Eines Tages würde er es zum Bahnhofsvorsteher schaffen. Mit seinen Hemden nahm er es genau. Er wollte Albert genannt werden, nicht Bert.

Sie war Lily Hobbs aus Staines. Sie war achtzehn und fand beides in Ordnung – Lily oder Lil.

I'm Bert, Bert, I haven't a shirt …

Monate vergingen. Dann kam er nach Hause. Weil sein voriger Fronturlaub gestrichen worden war, hatte er jetzt zwei Wochen. War das wirklich so, zwei ganze Wochen? Und er war unversehrt – nicht mal ein Kratzer, so schrieb er. War das wirklich so? Oder gab er sich tapfer? Auch jetzt wusch sie sein Hemd nicht. Sehen ist glauben. Sie hatte gehört, dass manchmal das Telegramm eintraf, bevor der Mann zu Hause ankam. So oder so hatte sie zwei Möglichkeiten: das Hemd zu waschen, speziell für seine Rückkehr, oder es nicht zu waschen – erst wenn. Sie entschied sich für die zweite Möglichkeit. Ihr großer Fehler.

Hätte sie das Hemd gewaschen, wäre dann alles in Ordnung gewesen?

I'm Bert …

Aber da stand er, vor der Tür. Sie hatte es also genau richtig gemacht. Da war er. Oder auch nicht. Albert Tanner. Er sagte: »Hallo, Lily. Kann ich reinkommen?« So war er, aber auch wieder nicht. Ihr wäre lieber gewesen, er hätte »Lil«

gesagt. Ihr wäre lieber gewesen, er hätte ihr die Hand auf den Po gelegt, aber das hatte er nicht getan.

Von Granatenschock hatte er vorher nie gesprochen. Das war ihr neu. Erklärte das alles, und überhaupt, was war das? Granatenschock. Hatte er das erfunden? Er sagte, das habe er, als wäre es etwas Ansteckendes, Masern zum Beispiel. Fasste er sie deshalb kaum an? Er sagte, deshalb habe er zwei Wochen bewilligt bekommen. Er sagte, er müsse sich alle zwei Tage bei einem Arzt melden, einem Medical Officer in London, der feststellen sollte, wann er wieder an die Front geschickt werden konnte. Damit sagte er doch – oder sagte er das nicht? –, dass seine zwei Wochen endlos weitergehen konnten, je nachdem.

Wenn das so war, dann Gott sei Dank für den Granatenschock. Wenn das so war, Albert, dann hab ruhig Granatenschock.

Oder war das alles gelogen? Hatte er vor zu desertieren? Hatte er wirklich zwei Wochen? Irgendwas war mit ihm, wie er da stand, in seiner Uniform. Er sah nicht wie ein Soldat aus, auch nicht wie ein Fahrkartenverkäufer bei der Eisenbahn. Er sah aus wie ein Handelsreisender, der es faustdick hinter den Ohren hatte. Er sah aus wie einer von diesen Männern, vor denen sich Frauen, die allein im Haus waren, in Acht nehmen mussten. Er sah aus, als führte er etwas im Schilde. Er sah aus – war das das richtige Wort? – wie ein Verbrecher. Albert? Ein Verbrecher?

Dann sah er das Hemd.

Er wollte wissen, er *verlangte* zu wissen, warum es da so hing, sein bestes weißes Hemd, »vor Schmutz starrend«. Und bevor sie ihm die verschiedenen Gründe erklären konnte (erriet er sie nicht?), erklärte er es ihr, und er schrie ihr ins Gesicht, dass der Grund, warum es da vor Schmutz starrend hing, der war, dass sie es einem anderen Mann geliehen hatte, sie hatte einem anderen Mann erlaubt, es zu tragen. Und wie zum Beweis schob er die Nase in den Stoff, steckte sein Gesicht hinein und stieß dann ein angeekeltes »Widerlich!« aus.

Nichts dergleichen hatte sie sich vorgestellt. Nichts dergleichen war in ihren wildesten Erwartungen vorgekommen. Eher, dass er nicht unversehrt wäre, dass ihm etwas fehlen würde. Ein Ohr vielleicht.

I'm Bert, Bert, I haven't a …

Und jetzt geschah dies, und doch konnte die reine Absurdität der Sache ihr Entsetzen nicht mindern. Würde er sie schlagen? Albert? Sie schlagen? Einen Moment lang betrachtete sie das Hemd und sah es vielleicht so, wie er es sah, als würde sich ein anderer Mann im Schrank verbergen, wie es in frivolen Theaterstücken vorkam.

Sie wusste, sie durfte ihm nicht nachgeben, sie musste fest bleiben, vernünftig. Aber natürlich, natürlich: Da drüben (darüber hatte sie bisher nicht nachgedacht) sprachen sie bestimmt die ganze Zeit darüber, was ihre Frauen zu Hause anstellten. Bestimmt peinigten und quälten sie sich gegenseitig damit, peinigten und quälten sich selbst.

Es war Juni 1918. Niemand wusste, dass der Krieg in fünf Monaten vorbei sein würde. Wenn er nicht Fahrkartenverkäufer bei der Eisenbahn gewesen wäre, sondern Eisenbahner – Signalwärter zum Beispiel –, wäre er vielleicht für immer befreit worden, aber er hätte sich trotzdem gemeldet.

Ja, natürlich. Sie war achtzehn. Sie ging allein auf der Straße, mit schwingendem Rock. Aber.

»Es ist *dein* Geruch, Albert, nur deiner.«

Was gelogen war, halb gelogen, denn der Geruch war inzwischen überwiegend ihr eigener. Aber das konnte sie doch erklären, und müsste ihm die Erklärung nicht gefallen? Wäre das nicht das deutlichste Zeichen – wie lächerlich, nach dem richtigen Wort suchen zu müssen – für ihre Treue?

Aber sie erklärte es nicht. Sie sah, wie seine Wut überschäumte. Würde er sie wirklich schlagen?

»Wasch es!«, sagte er. »Sofort, wasch es.«

Er war gerade erst gekommen. Es war wie ein Befehl, wie ein gebrüllter militärischer Befehl. »Wasch es!« Er war jetzt Korporal, mit einem Streifen auf der Schulter. Als einfacher Gefreiter war er gegangen, als Korporal war er zurückgekommen. Was hatte er getan, dass er so schnell zum Korporal befördert worden war? Ihr gefiel das Wort Korporal nicht, ihr gefiel das Wort Gefreiter. Er war als Albert gegangen.

»Wasch es!«

Sie konnte den Gehorsam nicht verweigern. Dann hätte er sie wirklich geschlagen. Sie wusch das Hemd, während er dabeistand und ihr zusah, wie sie es wusch. Sie drehte es durch die Mangel. Später bügelte sie es, während er wieder dabeistand und zusah. Das hatte sie sich nicht vorgestellt. Aber sie nahm an – töricht von ihr –, dass alles wieder gut wäre, sobald diese Aufgabe getan war. Das hier war ihre Strafe – ihre Buße, ihre Demütigung –, ganz und gar unverdient, aber gut, sie würde sie über sich ergehen lassen, wenn es ihr Albert zurückbrachte. Vielleicht würde er, wenn das Hemd fertig war, einlenken, würde die klar auf der Hand liegende Wahrheit erkennen, sie um Verzeihung bitten.

Stattdessen war sie es, die eine weit weniger klar auf der Hand liegende Wahrheit erkennen musste, nämlich die, dass sie tatsächlich den Geruch eines anderen Mannes auswusch und dass dieser andere Mann Albert war.

»Hier ist dein Hemd, Albert. Wieder sauber. Zieh es an. Bitte. Zieh es für mich an.«

Sie hatte angenommen – töricht, auch das, und nur ein Festhalten an ihrer Verblendung –, dass alles wieder in Ordnung käme, wenn er das Hemd erst trug. Natürlich würde das bedeuten, dass er seine Uniform ausziehen musste. Er schien sie aber nicht ausziehen zu wollen, sie war wie seine Haut. Es würde auch bedeuten, dass er ein Bad nehmen und sich von Kopf bis Fuß schrubben musste. Und zu den Dingen, die sie sich ausgemalt hatte, gehörte die Vorstellung, dass sie ihm dabei helfen würde.

Als sie sagte: »Zieh dein Hemd an«, meinte sie in Wirklichkeit: Schlaf mit mir. Sie konnte es nicht direkt sagen, aber verstand er nicht, dass sie das meinte? Konnte er nicht verstehen, dass »Zieh das Hemd für mich an, Albert« in Wahrheit bedeutete, zieh es nicht an – noch nicht. Sie hätte es ihm sowieso gern gewaschen, nachdem sie ihm erst die Gründe erklärt hatte – als wäre das nötig – und nachdem sie erst …

Wenn sie es jetzt über sich bringen könnte zu sagen, dass sie mit dem Hemd ins Bett gegangen war, dass sie es im Bett getragen hatte – lag das nicht auf der Hand? –, dann würde sich das andere doch ergeben. Und ihr war es inzwischen auch gleichgültig, wie es geschah – zärtlich, grob, unbeholfen, langsam, hastig und überstürzt. Hauptsache überhaupt.

Aber er starrte nur das saubere Hemd an, das sie ihm hinhielt, und das Einzige, was geschah (aber immerhin das), war, dass sein Ärger von ihm wich, ja, sich einen Moment lang fast in sein Gegenteil verkehrte, in überwältigende Bestürzung nämlich, oder gar Panik, als böte sie ihm etwas Schreckliches an. Ein weißes Hemd, er starrte auf ein weißes Hemd.

»Bitte, Albert.« Konnte sie überhaupt etwas tun, das nicht verkehrt war?

Wenn er es anziehen würde, wenn sie zusammen wie Mann und Frau sein könnten. So viele Wenns. Fast eine Woche verstrich, ehe er das Hemd anzog. Und was das andere anging, ihre eigene Lust, das, was Duncan, ihr zweiter Mann, später ihre »Gier« nennen würde, das wurde nicht nur missachtet, sondern war kaltgestellt, auf Eis gelegt.

Wie konnte sie es mit Albert machen, wenn Albert nicht Albert war?

»Du hast eine Gier, Lily.« Das hatte Duncan gesagt, keine vierzehn Tage vor dem Waffenstillstand. Sie wusste nicht, ob er verwirrt oder beeindruckt war. Trotz all seiner feinen Worte war er doch auch nur ein Junge, so wie Albert.

Es dauerte fast eine Woche, einschließlich der Tage, an denen er sich beim Medical Officer vorstellen musste, ehe er das Hemd anzog. Falls er zum Medical Officer ging. Musste es so lange dauern? Hatte er den Medical Officer bloß erfunden, damit er, kaum dass er zu Hause war, jeden zweiten Tag verschwinden konnte? Wie absurd, wie demütigend – und dabei ebenso quälerisch –, nachdem sie monatelang auf ihn gewartet hatte, jetzt auf ihn warten zu müssen, dass er mit dem Zug aus Paddington kam. Oder woher auch immer. Würde er überhaupt nach Hause kommen?

»Hallo, Albert.«

»Hallo, Lily. Kann ich reinkommen?«

Was passierte hier? Er hatte wieder die Uniform angezogen, vermutlich für den Medical Officer. Zum ersten Mal schoss ihr der Gedanke durch den Kopf, dass sie ihn wieder da haben wollte, wo er hergekommen war. Nicht in Paddington oder wo immer. Wo er hergekommen war. Sah er das ihrer Miene an?

»Ich möchte, dass du dein Hemd anziehst, Albert.«

Sie gab nicht auf. Sie hatte einen Plan. Er hatte sie gezwungen, das zu tun, was sie getan hatte, und jetzt würde sie ihn zwingen, das Hemd anzuziehen, und wenn es das Letzte war, was sie von ihm verlangte.

»Hör zu, Albert, hör mir zu. Ich möchte, dass du das Hemd anziehst. Ich möchte, dass du das Hemd anziehst und am Sonntag mit mir nach Marlow fährst. Das Wetter wird gut. Ich möchte, dass du mit mir eine Bootsfahrt auf dem Fluss machst. Weißt du noch?«

Zu ihrer Überraschung (sie war darauf gefasst, länger auf ihn einreden zu müssen) sagte er: »Ist gut, Lil.«

»Lil.« Hatte das mit dem zu tun, was der Medical Officer gesagt hatte?

Er trug das Hemd. Er fügte sich. Er war so hölzern und fügsam, dass sie das ebenfalls beunruhigend fand. Vergolt er Gleiches mit Gleichem, war dies seine Strafe? Wohl kaum – es war ein Ausflug an den Fluss. Hatte er vor, sich bei ihr zu entschuldigen? Es tut mir leid, Lil, es tut mir so leid – seine Augen, Alberts hellbraune Augen, die das Maß dessen auszudrücken versuchten, was ihm leidtat.

Oder war es nichts von alledem, und es schien ihm weiser? Gut, wenn sie wollte, gut, wenn es ihr so viel bedeutete. Gut, er würde sich in das törichte Bild fügen, das sie von ihm hatte. Wenigstens brauste er nicht auf und sagte: Das hatte sie also die ganze Zeit gemacht, war in Marlow mit anderen Männern Boot gefahren.

Sie fuhren nach Marlow. Sie nahmen den Zug. In Maidenhead stiegen sie um. Sie wusste nicht, ob er noch den Fahrplan im Kopf hatte, den er damals so sorgfältig dort gespeichert hatte. Cookham, Bourne End … Sie wusste überhaupt nicht mehr, was er in seinem Kopf hatte. Er trug das Hemd. Sie trug ihren langen, engen Rock und hatte einen kleinen Sonnenschirm dabei, der früher ihrer Großmutter gehört hatte.

Später einmal – da war sie selbst Großmutter – würde sie ihren heranwachsenden Enkeltöchtern, die halbnackt herumliefen, nicht erklären können, dass sie es früher für das Äußerste von sexy gehalten hatte (obwohl es das Wort noch nicht gab), bekleidet mit einem engen weißen Rock und in der Hand einen Sonnenschirm drehend, sich in einem knarrenden Boot zurückzulehnen, während das Wasser an die Unterseite plätscherte und der Mann – aber der Mann war Albert – sich das Jackett auszog, die Ärmel seines weißen Hemds aufrollte und das Boot mit rhythmischen Schlägen flussaufwärts ruderte.

Genauso wenig, wie sie ihren Enkelinnen überhaupt das mit Albert erklären konnte, obwohl sie es fest vorhatte. Nur seinen Namen, und dass er im Krieg gestorben war – im Ersten Weltkrieg, versteht sich. Vor Großvater Duncan hatte sie nämlich einen anderen Mann gehabt. Aber was sollte das die Mädchen interessieren? Er war nicht ihr Großvater. Auch ihre eigenen Töchter, Joyce und Margaret: Er war nicht ihr Vater. Dass er es hätte sein können, entbehrte jeder Logik.

»Albert«, würde sie mit einem zarten Lächeln sagen. »Er mochte es nicht, wenn man ihn Bert nannte.«

Sie mieteten ein Boot. Das Wasser glitzerte. Weiden und Schwäne. Aber sie sah gleich (wenn sie es nicht ohnehin schon wusste) daran, wie er mit leidvoller Miene das Boot von dem kleinen Steg abstieß, dass diese Flussfahrt nirgendwohin führte, schon gar nicht in die Vergangenheit. Er ließ es an den Rudern aus, was immer es war, das in seinem Kopf war. Er arbeitete es an den Rudern ab. Da konnte sie den Sonnenschirm noch so anmutig in der Hand drehen.

Als sie wieder zum Steg kamen, sah sie plötzlich Dampfschiffe auf dem Ärmelkanal, beladen mit verschmutzten, riechenden Männern. Das hatte sie nicht bedacht: ein Zug, ein Schiff. Konnte sie überhaupt etwas tun, das nicht verkehrt war? Es war, als versinnbildlichte dieser kurze Sonntagsausflug den ganzen kurzen, verpatzten Fronturlaub. Eine Stunde, zwei Wochen, wo war der Unterschied? Er wollte zurück. Das begriff sie. Sah er ihre Tränen? Er wollte zurück und wirklich tot sein.

Sein Fronturlaub wurde tatsächlich abgekürzt. War das auch wieder seine Erfindung, die Erfindung einer Erfindung? Der Arzt hatte jetzt – anscheinend – gesagt, sein Granatenschock sei nur gespielt, er solle sich zusammenreißen und wieder an die Front gehen. Aber was genau war gespielt? Mit emotionsloser Stimme, die noch schlimmer als Wut war, sagte er, dass er nichts dagegen tun könne. Er sei »aufgeflogen«. Aufgeflogen?

I'm Bert, Bert …

Und – das war das Schlimmste daran – sie war froh. War das ihrer Miene anzusehen gewesen, wie der andere Gedanke auch? Hätte es etwas ausgemacht? Sie waren beide froh.

Und es gab noch etwas, worüber sie froh war. Er auch? Sie war froh – in den letzten paar Tagen war es ohnehin ausgeschlossen gewesen –, dass sie kein Kind gezeugt hatten.

»Wiedersehen, Lily. Bis bald.«

»Wiedersehen, Albert.«

Jetzt war da wieder nur das Hemd, das im Schrank hing und nach dem Schweiß roch, der ihm beim Rudern aus den Poren gestiegen war. Aber es war nicht Alberts Schweiß. Er hatte keine Magie. Es war ein allgemeiner, schrecklicher und in diesem Fall gewöhnlich hervorgebrachter Schweiß, der, ja, der wie eine ansteckende Krankheit war, wie Masern, und Lily hatte das Gefühl, er würde sich vom Schrank durch das ganze Haus ausbreiten. Sie ertrug es nicht, das Ding da hängen zu haben. Andererseits würde sie es nicht waschen. Nicht jetzt.

Es dauerte eine Woche, eine Woche lang haderte sie mit dem Hemd. Es war wie ein Krieg im Kleinen. Dann ertrug sie es nicht länger. Sie machte Feuer im Kamin – es war Juni – und warf das Hemd hinein. Sie wusste genau, was sie tat. Sie stopfte es nicht in den Küchenherd. Sie wollte es brennen sehen.

Das war am 25. Juni. Zwei Tage später erhielt sie das Telegramm. »25. Juni. Seinen Verletzungen.« Aber es war keine Überraschung.

Jetzt war sie also Witwe. War sie die Einzige?

Drei Monate später lernte sie Duncan kennen. Duncan Ross. Auf dem Bahnhof von Slough – ausgerechnet. Der Zug hatte Verspätung. Sie wechselten ein paar scheue Worte. Dann kaufte er ihr eine Fahrkarte erster Klasse, als sei das plötzlich, aufgeregt, wie er war, seine Pflicht. Er musste nämlich erster Klasse reisen, wegen seiner Uniform. Sie saßen zusammen bis Reading, wo er nach Aldershot umsteigen musste und wo sie ein Vorstellungsgespräch für einen Posten als Hausangestellte hatte.

Er war beim Nachrichtendienst, weshalb er davon nichts erzählen konnte. Woher wusste sie es dann? Das sagte sie natürlich nicht. Sie sah ihn an, seinen braunen Schnauzer, und war von bescheidener Zurückhaltung. Sie sagte nicht: »Das war wohl ein bisschen wie ein Granatenschock.«

Und diesen Scherz behielt sie für sich – auch etwas, das sie nie sagen würde –, nämlich dass er beim Nachrichtendienst war, dass aber sie die Nachricht entschlüsselt hatte. Im Nachrichtendienst, im Inland. Sie wussten beide nicht, dass der Krieg in zwei Monaten zu Ende sein würde. Ein Offizier, gerade zum Leutnant befördert, ein junger Mann mit Bildung. Und offensichtlich jemand – aber das sollte sie nicht stören, damit käme sie zurecht –, der gesellschaftlich über ihr stand.

Meine Familie ist begütert, musst du wissen …

Der liebe Duncan. Dreißig Jahre später hatten sie einen weiteren Krieg durchlebt, und auch diesmal war er beim Nachrichtendienst in Sicherheit – und stieg zum Major auf. Und sie hatten Joyce und Margaret bekommen, zwei reizende Töchter, die den Krieg nicht nur durchlebten, sondern durchfeierten und sich königlich vergnügten. Mädchen! Man könnte sagen, auch das war Teil der verschlüsselten Nachricht. Obwohl sie es wohl kaum von Duncan hätte verlangen können. Bitte nur Mädchen. Aber vielleicht, weil sie es sich so sehr wünschte, bekam sie nur Mädchen. Duncan kam ihr entgegen. Und die Enkelkinder auch Mädchen.

Sie beschlossen, damals auf dem Bahnsteig in Reading, dass sie sich wiedersehen würden. Ihr Vorstellungsgespräch, dachte sie, war ein bisschen so wie Alberts Termin beim Medical Officer. Duncan und Lily … das hatte einen Klang, wie der Name einer gehobenen Lebensmittelhandlung. Irgendwann schafften sie es, einen ganzen Tag zusammen zu verbringen, in Maidenhead am Fluss. Sie trafen sich auf halbem Wege.

Maidenhead! Ja, da fing ihr neues Leben an, ihr zweites Leben, ihr richtiges Leben.

»Du hast eine Gier, Lily.«

Aber sie würde Duncan nie davon erzählen, und Duncan war so klug – so einfühlsam –, nicht nach Einzelheiten zu fragen. Auch nicht nach dem Datum. Oft gab es kein Datum. Oft gab es gar nichts.

Der 25. Juni – jedes Jahr müsste sie den Tag durchstehen.

Das waren die Fakten: Sie war schon einmal verheiratet gewesen, dann verwitwet. Sie war nicht die Einzige. Alles war in weniger als einem Jahr vorbei gewesen. Er hieß Albert. Und der kleine Zusatz, mit sanftem Lächeln angefügt: »Immer Albert. Er mochte es nicht, wenn man ihn Bert nannte.«

Messer

Er stand in der Küche vor der offenen Schublade. Es war ein warmer Nachmittag im April. Er war aus der Schule gekommen und hatte sich vorgenommen, das Messer vor dem nächsten Morgen an sich zu nehmen, aber es war ihm nicht in den Sinn gekommen, dass sich die beste Gelegenheit sofort bieten würde. Die Uhr auf der Mikrowelle zeigte 4.25. Seine Mutter war mit ihrem Freund im Schlafzimmer. Er konnte sie hören, sie waren ziemlich laut. Freund war eigentlich nicht das richtige Wort, aber es passte schon. Entweder hatten sie ihn nicht gehört und wussten nicht, dass er da war, oder sie hatten ihn gehört, und es war ihnen egal. Beim Spülbecken lagen die Kartons, aus denen sie gegessen hatten. Kentucky Fried Chicken mit Pommes und Ketchup hatten sie gegessen, wie Kinder, die aus der Schule gekommen waren.

Sie könnten ruhig leise sein. Aber er verstand, dass die Geräusche dazugehörten, wenn man es machte. Er kannte diese Situation, dass er in der Wohnung war und es sich anhören musste, aber nicht die Situation, dass er das Messer nehmen wollte.

Die Brüder hatten zu ihm gesagt, er solle sich ein Messer besorgen. Wenn du aufsteigen willst, wenn du bei uns mitmachen willst. Er hatte sofort an die Küchenschublade gedacht. Das war am leichtesten, am einfachsten. »Hier, das Messer.«

Er hatte nicht vor zu sagen, dass es das Messer seiner Mutter war. Das war nicht wichtig, Hauptsache ein Messer.

Aber vielleicht war es doch wichtig. Vielleicht war es ungeheuer wichtig, dass es das Messer seiner Mutter war.

Die Geräusche aus dem Zimmer machten es leichter, das Messer zu nehmen. Sie waren fast wie eine Erlaubnis. Warum zögerte er also? Warum griff er nicht einfach zu? Er verstand, dass er in diesem Moment, obwohl er erst zwölf war, so viel Macht hatte, wie er je in seinem Leben haben würde. Er verstand es, fast war es ein Schmerz. Mit zwölf konnte man nicht zur Verantwortung gezogen werden, auch wenn man verantwortlich war. Auf alles konnte er sagen: Und? Was haben Sie jetzt vor? Außerdem war man mit zwölf noch so klein, dass sie es nicht auf einen absehen würden. Die Leute würden sich das zweimal überlegen.

Das wussten die Brüder. Deswegen lohnte es sich für sie, Zwölfjährige zu rekrutieren, sie mitmachen zu lassen und zu trainieren, wie kleine Hunde. Aber dann käme ein Moment, wenn sie sagten: »Willst du wirklich bei uns mitmachen?«

Er wusste – er wusste es jetzt mit besonderer Klarheit –, dass hier nicht sein Zuhause war. Wenn er zu jemandem gehörte, dann zu den Brüdern. Nur bei ihnen würde er Respekt erfahren. Wenn man sonst nichts hatte – wenigstens Respekt musste man haben.

Möglich, dass seine Mutter zu Wes gesagt hatte: »Nein, jetzt nicht. Danny kommt jeden Moment aus der Schule.« Und dass sie dann doch nachgegeben hatte, in dem Gedanken: ach, egal.

Er wollte das Messer nehmen – es war nicht einmal ein Stehlen, wenn man es aus der eigenen Küchenschublade nahm –, aber er hatte nicht geahnt, dass er gleich beim Nachhausekommen in die Lage gebracht würde. Und er hatte nicht an all die anderen Gedanken gedacht, die ihm in den Kopf – fast konnte man meinen, in die Hand – springen würden, bevor er es nahm. Was es bedeutete, wenn man ein Messer auf bestimmte Art und Weise in der Hand hielt.

Mit seinen zwölf Jahren war ihm bewusst, dass er furchtlos war, wenigstens fast. Er wusste, er konnte jedem – oder fast jedem – in die Augen sehen, und der andere würde zuerst blinzeln. Und? Was hast du jetzt vor? Vielleicht erkannten die Brüder diese Qualität in ihm.

Also: Ein Messer in der Hand müsste einen noch furchtloser machen. Aber wenn man schon ohne Messer furchtlos war wozu dann das Messer? Darum ging es doch. Mit zwölf Jahren verstand er, dass es mit seiner Furchtlosigkeit, die er so schnell gewonnen hatte, schon bald wieder vorbei sein konnte. Er hätte nicht mehr die Unberührbarkeit eines Zwölfjährigen.

Er war schon einmal in dieser Situation gewesen – ohne die Sache mit dem Messer. Schon bald würde Wes aus dem Zimmer kommen und sich vielleicht den Hosengürtel zuschnallen. Wes hatte einen Gürtel mit einer großen, glänzenden Schnalle, die teils die Form eines Schädels hatte. Trotzdem hatte er keine Angst vor Wes. Wes war nicht sein Feind, er war auch nicht sein Freund, und er würde auch sofort abhauen wollen, aber zunächst müssten sie sich in die Augen gucken. Bisher hatte Wes jedes Mal, wenn sie das gemacht hatten, verloren. Mit seinen zwölf Jahren war er gut darin, selbst bei Leuten wie Wes, die mehr als doppelt so groß und doppelt so alt waren wie er. Sie kamen an einen Punkt, bei dem Wes' Augenlider zu flattern anfingen, als wollte er sagen: »Was starrst du so?« Einmal hatte Wes das sogar gesagt. Jetzt sagte er nichts mehr. Seine Augenlider würden flattern, dann haute er ab.

Wes hatte Angst vor ihm. Wes hatte Angst vor ihm, der doch erst zwölf war. Wes hatte eine Gürtelschnalle in der Form eines Schädels und Schultern, die sich unter seinem T-Shirt wölbten, aber Wes hatte Angst vor ihm.

Und wenn Wes jetzt herauskam, würde er einen Schritt weitergehen. Wozu war ein Messer da? Vielleicht würde er Wes nicht nur anstarren, sondern gleichzeitig das Messer in der Hand halten und auf ihn richten. Das war ihm eben erst in den Kopf gekommen. Auf dem Weg von der Schule nach Hause hatte er nicht daran gedacht. Dann würden Wes' Augenlider noch mehr flattern, und nicht nur flattern, und er würde noch schneller abhauen. Und nicht wiederkommen.

Er könnte auch noch einen Schritt weitergehen. Bei dem Gedanken wurden seine Hände feucht. Er konnte das Messer nehmen und in das Zimmer gehen und es Wes in den Rücken rammen. Höchstwahrscheinlich war Wes' Rücken nackt und ihm zugewandt. Das konnte man mit einem Messer tun. Bei dem Gedanken erstarrte er.

Wes war nicht sein Feind. In seinem tiefsten Inneren hatte er gar nichts dagegen, dass seine Mum Wes hatte. Sie brauchte jemanden wie ihn. Vielleicht bekam sie von Wes Geld. Auf jeden Fall bekam sie etwas, das sie brauchte. Eigentlich hatte er auch nichts dagegen, dass sie es da drinnen trieben wie die Tiere, und ihre Geräusche machten, während er in der Küche stand. So war es eben. Er begriff jetzt auch ganz klar, dass es auch mit seinem Vater so gewesen sein konnte, vor zwölf Jahren und mehr. Wenn er also Wes mit dem Messer erstach, wäre es, als würde er seinen Vater erstechen. Was vielleicht das Beste und das Richtigste gewesen wäre. Nur dass er damals noch nicht auf der Welt war, um das zu tun. Hätte er seinen Vater erstochen, wäre er gar nicht zur Welt gekommen. Und das ergab keinen Sinn.

Sein Vater hieß Winston. Das war alles, was er wusste. Winston. Wes. Vielleicht hatte seine Mutter den Namen Winston erfunden. Sie musste wenigstens einen Namen haben, den sie ihm sagen konnte. Sein Vater war vor zwölf Jahren abgehauen. Genau wie Wes bald. Und nicht wiedergekommen.

Auch von draußen waren Geräusche zu hören, von spielenden Kindern. Einfach Kinder, die spielten, Kinder, die jünger waren als er und die kicherten und kreischten. Die Geräusche drinnen und die draußen waren allesamt wie Tiergeräusche.

Wes würde aus dem Zimmer kommen und ihn ansehen, seine Augenlider würden flattern, dann würde er abhauen. Dann gäbe es eine lange Pause, und dann würde seine Mutter aus dem Zimmer kommen. Sie beide würden sich ebenfalls anstarren. Es wäre wie zwischen ihm und Wes, nur dass jedes Mal seine Mutter gewann. Wenn sie herauskam, würde sie sich aufreizend träge bewegen, was er nicht leiden konnte, als würde sie sich für niemanden beeilen, und einmal hatte sie, nachdem sie sich angestarrt hatten, das Kinn gereckt und gesagt: »Und, was starrst du so?« Dieselben Worte, die Wes einmal gesagt hatte, dann hatte er klein beigegeben. Aber seine Mutter gewann immer. Sie war die Einzige, die das konnte.

Und sie war die Einzige, vor der er sich wirklich fürchtete. Auf der ganzen Welt. Sogar jetzt fürchtete er sich vor ihr. Einmal hatte seine Mutter ihn auf der Polizeiwache abholen müssen. Mit zwölf oder noch jünger konnte man die Polizei auslachen. Er hatte keine Angst vor der Polizei. Aber als seine Mutter auf die Wache gekommen war, hatte sie sehr gehorsam und leise zu allen gesprochen, als wäre sie selbst ein Kind.

Auf dem Weg nach Hause war sie plötzlich ganz verändert gewesen, sie versuchte etwas zu sagen, konnte es aber nicht, weil ihr Mund anscheinend nicht wusste, wie er die Wörter formen sollte. Als sie nach Hause kamen, hatte ihr Mund es wieder versucht, und wieder hatte er nicht gewusst wie, und dann hatte sie ihn verprügelt – mit harten Schlägen, mit flacher Hand und ausgestrecktem Arm. Es war ein Angriff. Es tat weh. Aber er hatte gewusst, dass sie ihn schlug, weil sie nicht die richtigen Wörter finden konnte, sie hätte ebenso gut sich selbst schlagen können. Sie schlug ihn, weil sie selbst Angst hatte. Das verstand er. Und doch fürchtete er sich vor ihr. Vor seiner eigenen Mum.

Angst war merkwürdig. Selbst jetzt, bei den Geräuschen, die ihm gewissermaßen die Erlaubnis gaben, hatte er Angst vor der einfachsten Handlung. Davor, ein Messer aus der Schublade zu nehmen.

Seiner Mutter würde es vielleicht nicht auffallen, dass es fehlte. Wann hatte sie das letzte Mal überprüft, was in der Küchenschublade lag? Und selbst wenn seine Mutter später sagte: »Wo ist das Messer hin? Wo ist mein Messer?«, könnte er einfach sagen, er wüsste es nicht, und mit den Schultern zucken. Es war nicht sein Messer. Oder er könnte sagen, dass es versehentlich im Mülleimer gelandet war. Manches landete da, einmal waren es ihre großen, orangefarbenen Ohrringe gewesen. Oder er könnte sagen, dass Wes auch das Messer genommen hatte.

Er könnte einfach sagen: »Wes hat es genommen.«

Und wenn es wirklich dazu kam, wenn seine Mutter ihn ansah, ohne etwas zu sagen, mit diesem Blick, der sagte: »Du hast es genommen, habe ich recht, Daniel?«, dann würde er ihren Blick erwidern und mit seinem Blick sagen: »Und? Und wenn? Was hast du getan, um es zu verhindern? Was hast du getan, dass ich nicht diese Richtung einschlage? Was hast du in deinem Leben so richtig und so gut gemacht, dass du mir jetzt sagen kannst, es ist falsch, ein Messer aus der Schublade zu nehmen?«

Aber er wusste nicht, ob er das tun konnte – ob er gewinnen würde.

Dabei war es ganz leicht. Wie kam man am leichtesten an ein Messer? Aber er wusste, dass es nicht leicht war, denn er wusste, es gab die Frage: Warum musste es ihr Messer sein? Warum *wollte* er, dass es ihr Messer war? Er wusste, dass diese Frage nicht jetzt gestellt werden musste, sie kam erst später. Eine Frage, die auch seine Ausrede sein konnte. Und schon jetzt schien es ihm, als könnte er Menschen hören, Menschen in der Zukunft, die ihm diese Frage stellten.

Weil … Aber konnten sie das nicht verstehen? War es nicht offensichtlich? Weil – wenn es ihr Messer war, dann musste alles, was er damit tat – falls er etwas damit tat –, auch etwas sein, das sie tat. Und wenn die Leute (wer waren die überhaupt?) das nicht verstanden – seine Mutter würde das verstehen.

Weil … Weil sie von *ihrem* Vater sprechen konnte. Sie konnte von ihm sprechen, und sie konnte sogar von *dessen* Vater sprechen, dem Vater ihres Vaters. Und wenn man so weit zurückging, bis zum Großvater seiner Mutter – er wusste sogar, dass dessen Name Daniel war –, dann sprach sie von einem, der mit dem Schiff gekommen war. Dann sprach sie von Bridgetown, Barbados, Scheiße noch mal. Das alles hatte sie, sie gehörte mit dazu, und wenn sie nicht wusste, was sie damit anfangen sollte, dann war das ihr Problem.

Er gehörte zu den Brüdern.

Es war eine Verbindung, sie hatte diese Verbindung. Aber er hatte sie nicht, und er wollte sie auch nicht, Scheiße noch mal. Und jeder weiß, was man mit einer Verbindung machen konnte. Jeder weiß, dass da eine Schnur ist, wenn man zur Welt kommt, und dass sie nicht lange bleibt.

Wo ist das Messer, Daniel? Was hast du mit dem Messer

gemacht? (Wer sagte das zu ihm?) Was hast du mit dem Messer gemacht?

Wo ist mein Messer, Daniel?

Es war einfach ein Messer, das sie irgendwann in einem Laden gekauft hatte. In Hanif's Handy Store. Ein billiges Küchenmesser. Er konnte sich nicht erinnern, wann sie es das letzte Mal für etwas benutzt hatte, wofür es bestimmt war. Um ein Hühnchen damit zu zerteilen.

Er hörte die Kinder draußen, und ihm kam der Gedanke, dass er sich eines Tages an diesen Moment erinnern würde, dass er sich klar und deutlich daran erinnern würde, so als wäre er wieder zwölf Jahre alt. Wie er hier stand, die Hand an der Schublade, die noch nicht das Messer gegriffen hatte. Die schmutzigen Essenskartons. Die Kinder draußen. In dem weißen Hemd seiner Schuluniform mit der Krawatte, die er so lässig geknotet hatte, dass sie nur wenige Zentimeter herabhing.

Er hörte das Geräusch, das seine Mutter machte, wenn sie zum Schluss kam. Es war ein raues Keuchen, in dem sie ein einzelnes Wort wiederholte, so rau und keuchend, dass man das Wort kaum verstehen konnte. So ähnlich wie damals, als sie die Wörter nicht finden konnte, bevor sie ihn verprügelte. Aber es waren Wörter, und die Wörter waren nicht: Tu's nicht.

Er steckte seine Hand in die Schublade und nahm das Messer. Es war so leicht, so einfach, eine ganz normale Handlung – ein Messer aus einer Schublade zu nehmen.

Mrs. Kaminski

»Mrs. Kaminski?«

»Das bin ich, meine Gute.«

»Ich bin Dr. Somerfield. Ich muss Ihnen Blut abnehmen.«

»Bedienen Sie sich ruhig. Ich habe dafür keine Verwendung.«

»Wir müssen noch ein paar Tests machen. Geht es Ihnen etwas besser?«

»Sie sollten in einem englischen Krankenhaus arbeiten, meine Gute, eine Nette wie Sie. Beim National Health Service, das ist das beste Gesundheitssystem der Welt.«

»Das hier ist ein englisches Krankenhaus. St. George in Tooting.«

»Es liegt auf dem Weg nach Polen.«

»Sind Sie Polin, Mrs. Kaminski?«

»Nein, aber ich bin auf dem Weg nach Polen.«

»Ich muss Ihnen ein paar Fragen stellen. Wissen Sie, wie alt Sie sind?«

»Einundneunzig.«

»Ihr Geburtsdatum?«

»4. März 1923.«

»Und Ihr Vorname?«

»Nora.«

»Darf ich Sie Nora nennen?«

»Wenn Sie möchten. Wie alt sind Sie, meine Gute?«

»Fünfundzwanzig. Wissen Sie Ihren Geburtsort, Nora?«

»Carshalton in Surrey.«

»Wissen Sie, welcher Monat ist?«

»Warum?«

»Sie hatten einen Unfall. Einen Schwächeanfall. Sie sind gestürzt, auf der Straße. Man hat Sie zu uns gebracht. Wir wollen herausfinden, was der Grund dafür ist. Wissen Sie Ihre Adresse?«

»Romsey Court Nummer vier, Neville Gardens, Mitcham.«

»Gerade haben Sie gesagt, Sie seien auf dem Weg nach Polen.«

»Das stimmt. Sind Ihnen nicht die vielen Polen überall aufgefallen? Sie arbeiten als Klempner und Putzfrauen und Ingenieure. Sie mähen den Rasen. Das alles tun sie für uns.«

»Leben Sie allein in der Wohnung, unter der Adresse, die Sie uns gerade gegeben haben?«

»Ich wohne da ja nicht mehr, oder?«

»Sind Sie verheiratet, Nora?«

»Ja.«

»Wo ist Ihr Mann jetzt?«

»Er ist nach Polen gegangen.«

»Wann war das?«

»1944.«

»1944?«

»Am 18. Juni 1944.«

»Das ist lange her. Sie hatten gesagt, dass Sie auch dahin wollen.«

»Das stimmt. Ich werde ihn bald wiedersehen, nicht wahr? Ich muss ihn nur finden. Oder er muss mich finden. Vielleicht können Sie uns dabei helfen, meine Gute.«

»Haben Sie Kinder, Nora? Oder Geschwister?«

»Meinen Sie Verwandte?«

»Ja, Verwandte.«

»Ich habe einen Sohn. Ted.«

»Wo lebt der?«

»Er ist nach Polen gegangen. Er wird bei seinem Vater sein. Sie sind beide da.«

»Wir sollten Ihrem Sohn mitteilen, dass Sie bei uns sind.«

»Natürlich. Und seinem Vater auch. Die möchten sicherlich beide wissen, wo ich bin. Sie sollten Sie für mich finden, meine Gute.«

»Ich meine, wir sollten ihm mitteilen, dass Sie hier im Krankenhaus sind, dass Sie einen Schwächeanfall hatten. Oder haben Sie noch andere Kinder?«

»Andere Kinski. Manche Leute nennen uns einfach Kinski. Er ist auch nach Polen gegangen. 1964.«

»Sie meinen, er lebt tatsächlich in Polen?«

»Er hat eine Stelle als Heizer. In einem Krankenhaus. Er musste die Heizung in Gang halten, damit das Krankenhaus warm blieb. Sie haben ihm Arbeitskleidung gegeben.«

»Das hier ist ein Krankenhaus, Mrs. Kinski. Ich meine, Kaminski.«

»Es ist der Weg nach Polen.«

»Sie sind etwas durcheinander. Sie hatten einen schlimmen Schwächeanfall.«

»Er hat sich im Heizungsraum aufgehängt. An den Beinen seiner Arbeitshosen. Er ist nach Polen gegangen. Zu seinem Vater.«

»Jetzt komme ich durcheinander, Mrs. Kaminski.«

»Sie haben gesagt, dass ich durcheinander bin, meine Gute.«

»Was hat Ihr Mann gearbeitet?«

»Er war Pilot. Er ist nach Polen gegangen. 1944.«

»Ist er dahingeflogen?«

»Er ist in den Ärmelkanal geflogen. Haben Sie nie von den polnischen Piloten gehört? Es gab ganz viele. Sie sind nach England gekommen. Sie haben für uns die Deutschen abgeschossen.«

»Ihr Mann war also aus Polen?«

»Aus Łódź.«

»Aus Lots?«

»Die Kreidefelsen.«

»Die Kreidefelsen?«

»Die Kreidefelsen von Dover. Der Ärmelkanal. Sie haben ihn nicht gefunden. Der kleine Teddy kam danach auf die Welt. Er hat seinen Vater nie gekannt. Aber jetzt kennt er ihn, er kennt ihn schon lange. Und jetzt machen sie alles bereit für mich. Sagen Sie ihnen bitte, wo ich bin. Es ist so lange her. Ich freue mich darauf.«

»Ich nehme Ihnen jetzt Blut ab. Es tut nicht weh. Nur ein kleiner Pieks im Arm.«

»Wenn Sie damit fertig sind, können Sie es ins Becken gießen. Ins Beckinski.«

»Wie hieß Ihr Mann?«

»Ted. Er war auch ein Teddy. Ich musste den kleinen Teddy nach seinem Vater nennen. Aber sein richtiger Name war Tadeusz. Das ist ein polnischer Name.«

»Tadeusz.«

»Tadeusz. Ted ist leichter. Ted Kaminski. Meine beiden Teds, sie müssen hier irgendwo sein. Sprechen Sie Polnisch?«

»Dann haben Sie keine Verwandten, Nora? Keine lebenden Verwandten, die wir informieren sollten?«

»Wir werden alle zusammen sein. Wenn Sie bitte nach ihnen suchen würden, sobald Sie mit dem Blut da fertig sind.«

»Wir müssen ein paar Untersuchungen machen.«

»Er ist ins Wasser geflogen.«

»Mrs. Kaminski –«

»Es war eine fliegende Bombe, meine Gute. Es war nicht die Luftschlacht um England. Das hat er alles überstanden. Erinnern Sie sich an die Luftschlacht um England?«

»Ich bin fünfundzwanzig. Damals war ich noch nicht geboren.«

»Der kleine Teddy auch nicht. Sie würden ihn mögen. Ich kann mir das vorstellen – Sie und er. Aber ich hatte Glück, ich hatte seinen Vater. Allerdings nicht lange. Tadeusz Kaminski. Er ist in den Ärmelkanal geflogen. Ich habe einen Polen geheiratet. Mir hat das nichts ausgemacht. Die Deutschen sind in Polen einmarschiert. Und bald sind wir alle in Polen, alle zusammen.«

»Hier sind wir in England, Mrs. Kaminski. In Tooting.«

»Eine fliegende Bombe. Er hat sie abgeschossen. Er hat sie kaputtgeschossen, dann ist er ins Meer gestürzt. Das haben sie mir erzählt. Aber jetzt ist das nicht mehr wichtig. Bald sind wir zusammen.«

»Nora –«

»Sie sind zu Hunderten gekommen, böse, summende Bomben. Schlimmer als der Blitz. Man konnte nichts machen, außer darauf achten, dass man nicht unter einer war. Fünfzig, hundert Leute, auf einen Schlag weg. Wenn sie auf eine Schule runtergingen. Oder ein Krankenhaus.«

»Mrs. Kaminski –«

»Bedenken Sie das, meine Gute, bedenkski. Wenn jetzt eine über diesem Krankenhaus abgeworfen würde. Ich weiß, dass es ein Krankenhaus ist. Irgendwo muss es einen Heizungsraum geben. Aber ich bleibe nicht lange hier. Ich bin auf dem Weg nach Polen. Stellen Sie sich vor. Wenn eine hier abgeworfen wird, gehen wir alle hops. Sie, ich, die Ärzte, die Schwestern, alle auf einen Schlag weg.«

Hund

Sein Vater hatte einmal zu ihm gesagt: »Du kannst dir mit Geld kein Glück erkaufen, Adrian, aber es hilft dir, in Wohlstand unglücklich zu sein.«

Diese dubiose Äußerung ging ihm seitdem nicht wieder aus dem Kopf. Hatte sein Vater damit sagen wollen, dass sein eigenes Leben unglücklich gewesen war? Oder dass er von der Prämisse ausging, das Leben an sich sei unglücklich? Beide Möglichkeiten waren mit einem Mal schrecklich.

Dabei hatte er bloß – obwohl das einigen Mut verlangte – um mehr Taschengeld gebeten. Er wünschte sich, er hätte nie gefragt. Möglich, dass sein Vater, der reich war und nicht zu Äußerungen welcher Art auch immer neigte, ebenso dachte.

Inzwischen war sein Vater lange tot, und er hatte die Empfehlung – wenn es denn eine war – beherzigt. Er hatte Geld angehäuft, viel Geld. Er hatte es in einer Zeit angehäuft, als das möglich gewesen war, und er war einer der klugen oder vielleicht cleveren Menschen gewesen, die ausgestiegen waren, bevor sie ihr Geld verloren, und es an einen Ort brachten, wo es weiter für sie arbeitete.

Jetzt war er federweich gebettet in seinem Reichtum. Zum Glück, denn er hatte für eine hässliche Scheidung und eine entfremdete Familie zu bezahlen gehabt. Aber auch das lag jetzt eine Weile zurück, und alle Rechnungen waren beglichen. Waren die Worte seines Vaters also weise gewesen? Und welchen Rat – denselben? – hatte er seinen Kindern gegeben? Hugh, Simon, Rebecca. Er konnte sich nicht erinnern, ihnen überhaupt Ratschläge gegeben zu haben. Er konnte sich nicht erinnern, dass sie ihn je um Rat gebeten hatten. Inzwischen waren sie alle erwachsen.

Er schob den Buggy, in dem seine Tochter Lucy saß, deren Großvater er ohne Weiteres hätte sein können, und hörte ihr unverständliches Gebrabbel und wusste, dass er sie umfassend liebte, dass er sie gerade jetzt mehr als alles andere auf der Welt liebte. Eigentlich sollte es sie nicht geben, sie sollte gar nicht da sein. Er hatte schon eine Familie, hatte schon Kinder großgezogen. Er sollte kein hilfloses Kleinkind, das noch Jahre davon entfernt war, richtig sprechen zu können, durch den Park schieben. Aber hier war er und schob sie, und er liebte sie umfassend und liebte ihr Gebrabbel, als wäre eine Saite direkt von seinem Herzen zu ihrem gespannt. Er liebte sie so, wie er seine anderen, inzwischen erwachsenen Kinder nie geliebt hatte – zumindest konnte er sich, wenn er ehrlich war, nicht daran erinnern.

Wenn seine neue junge Frau Julia ihn bat, mit Lucy im Buggy einen Spaziergang im Park zu machen, damit sie, Julia, eine kleine Pause haben könne, schützte er Widerstreben oder gar Verärgerung vor, weil er nicht wollte, dass Julia wusste, wie gern er das tat. Noch sollte Julia wissen, wie Lucy, die zu Hause manchmal ziemlich anstrengend sein konnte, in dem Moment, da sie merkte, dass er sie schob, ein einziger Sonnenschein war.

Er war gern mit Lucy allein, vielleicht lieber noch als mit Julia, obwohl Julia nach der schwierigen Schwangerschaft, ihrer ersten, eine schöne, schlanke Frau mit hellbraunem Haar war, gut zwanzig Jahre jünger als er. Warum hätte er sich sonst in sie verliebt und sie dann geheiratet? Aber er wusste (er war nicht dumm), dass die Frage lauten sollte: Warum hatte sie ihn umgarnt und dazu gebracht, sie zu heiraten? Weil sie ein Kind wollte, natürlich. Ein Kind und Sicherheit dazu.

Und jetzt sehe man sich das an.

Wenn er Lucy in ihrem Buggy durch den Park schob, lag in dem rein physischen Vorgang ein besonderer Zauber, warum, vermochte er nicht zu sagen – seine Hände an den Griffen, durch die er die Unebenheiten und Kurven spürte, die Lucy gleichzeitig durch ihren ganzen Körper spürte. Diese Spazierfahrten brachten unfehlbar eine solche Freude in ihr hervor, dass er das lebendige Glück zu befördern schien, und manchmal fiel ihm auf, dass er unbewusst ihr Gebrabbel nachahmte, als wäre er (endlich, mit sechsundfünfzig) von ihrer unbeschwerten Lebensfreude angesteckt.

Sein Vater hatte die ernüchternden Worte damals gesprochen. Aber dieses Gebrabbel! Also erwähnte er gegenüber Julia mit keinem Wort, dass er, während sie die Füße hochlegte, nur zu gern mit Lucy in den Park ging.

Lucy konnte natürlich nichts bestimmen. Sie konnte keine Entscheidung treffen, sie hatte buchstäblich keine Kontrolle. Sie war vollständig darauf angewiesen, dass er sie schob. Dass sie das mit so überschwänglichem Vertrauen tat, machte seinen Schritt leicht, und in diesem Moment liebte er sie uneingeschränkt, denn ihr unverständliches Gebrabbel spiegelte – natürlich vollkommen gutwillig – die Tatsache wider, dass er alle Kontrolle über sein Leben verloren hatte und sie das Resultat dieses Kontrollverlusts war.

Es war ein milder Tag Ende Februar. Frühling lag in der Luft. Ein paar harmlose weiße Wolken hingen am Himmel. Am Eingang zum Park steckten die ersten Krokusse ihre Spitzen aus dem Boden.

Wann hatte er die Kontrolle verloren? Beim Geschäft des Geldanhäufens hatte er sie nicht verloren, da hatte er großes Geschick bewiesen. Auch über das Geld selbst hatte er nicht die Kontrolle verloren, obwohl er große Mengen davon weitergegeben hatte. Aber wann hatte er die Kontrolle über sich selbst, über sein Leben, über den, der er war, verloren?

Mit achtundzwanzig, so ungefähr, hatte er das Gefühl gehabt, alles ziemlich gut unter Kontrolle zu haben. Oder zumindest hatte er sich mit achtundzwanzig um einiges sicherer gefühlt als mit achtzehn oder einundzwanzig, wenn sich angeblich alle Türen öffnen. Er würde sogar so weit gehen zu sagen, dass er sich jetzt – und er war genau zweimal achtundzwanzig – innerlich wie achtundzwanzig fühlte. Er war ein achtundzwanzig Jahre alter Mann in Verkleidung.

Aber als er achtunddreißig war, mit Sicherheit, als er fünfundvierzig war, hatte ihn das Gefühl, das er als Kind gehabt hatte – und lange vor dem bedrückenden Gespräch mit seinem Vater –, dass das Leben und das Erwachsenwerden einen ständigen Zuwachs an Kontrolle bedeutete und ein nach oben strebender Weg war, dieses Gefühl hatte ihn verlassen. Es war nicht so, dass er in manchen Bereichen die Kontrolle verlor, in anderen aber neue hinzugewann, sondern er verlor ernstlich und umfassend die Kontrolle, und er wusste es. Ihm war zudem bewusst, dass dieser Kontrollverlust wahrscheinlich zunehmen und sich für den Rest seines Lebens beschleunigen würde, dass er eine schreckliche Schwelle überschritten hatte und sich eines Tages in einem Zustand des vollständigen und entsetzlichen Kontrollverlusts dem Tod nähern würde, ohne zuvor – um es milde auszudrücken – seine Angelegenheiten geordnet zu haben.

Als er das begriff, tat er das, was die meisten Menschen tun. Er ignorierte es. Er goss sich noch ein Glas ein. War es etwa der Zweck des Lebens, seine Angelegenheiten zu ordnen? Angelegenheiten! Das Wort an sich war ein Witz. Seine Angelegenheiten mit Frauen waren es schließlich, die ihm das Durcheinander beschert hatten. Damals, als er achtundzwanzig war – oder war er schon fünfunddreißig gewesen? –, hatte er geglaubt, dass Affären und das erregende Chaos, das auf sie folgte, das Eigentliche im Leben waren, vielleicht sogar der Sinn. In seinen Affären war er, das musste er zugeben, recht gut.

Ordneten andere Menschen ihre Angelegenheiten? Die Menschen sagten doch – Menschen, die nicht wie sein Vater waren –, man solle das Leben beim Schopf packen, sich hineinstürzen, solange es da war. Und das klang, als solle man es unter seine Kontrolle bringen, ein für allemal. Aber es klang auch exakt nach dem, was passierte, wenn er wieder in eine Affäre stolperte – oder sich hineinstürzte. Er übernahm die Kontrolle, aber gleichzeitig raste er mit Höchstgeschwindigkeit in genau die entgegengesetzte Richtung.

Als er die vierzig überschritten hatte, tat er etwas, das er noch nie getan hatte: Er sah sich die Menschen an. Das heißt, er studierte sie und stellte Mutmaßungen über sie an, als stünde er auf der anderen Seite einer gläsernen Wand. Sahen sie so aus, als hätten sie keine Kontrolle? Als fühlten sie sich insgeheim innerlich so wie er? Nein. Erstaunlicherweise sahen sie nicht so aus. Sie sahen aus, als hielten sie die Dinge einigermaßen zusammen, als bewegten sie sich auf Wegen, die ihrer Ansicht nach genau die richtigen für sie waren. Wie hatten sie das gemacht?

Nie zuvor hatte er das Gefühl gehabt, hinter einer gläsernen Wand zu stehen, er hatte sich nie als Beobachter gesehen, immer als Handelnder. Aber vielleicht bestand sein Handeln seit einiger Zeit darin, die Kontrolle zu verlieren.

Und jetzt war er hier und schob einen Buggy durch den Park – und handelte mit Kontrolle und steter Zielstrebigkeit, wie es besser nicht sein konnte – und in dem Buggy ein Kind, von dem er in Jahren erstaunlich weit entfernt war, dem er sich aber näher fühlte als sonst jemandem auf der Welt.

Es war Sonntagmorgen. Die Sonne hatte Wärme und verscheuchte die paar Wolken, und im Park war einiges los. Andere Leute schoben, wie er, einen Buggy, entweder zum Spielplatz hin, einem kleinen Mekka mit bunten Spielgeräten, der erst kürzlich eingerichtet worden war und sich sofort großer Beliebtheit erfreute, oder sie verließen ihn gerade. Am Sonntagmorgen war das Getümmel groß. Schwer zu sagen, ob Erwachsene oder kleine Kinder in der Überzahl waren. Man hatte Mühe, einen Platz für den Buggy zu finden. Es gab Doppel-Buggys. Man verstand umgehend eine der Hauptaktivitäten des Viertels: sich zu vermehren und es mit einem gewissen, öffentlich zur Schau gestellten Stolz zu tun.

Aber auch Jogger waren da, in Lycra, mit Kopfhörern. Menschen mit Hunden waren da. Andere Menschen – berufsmäßige Hundeausführer – mit vielen Hunden, ganzen Rudeln, deren Besitzer zu beschäftigt waren, auch am Sonntag, oder zu faul, um ihre Hunde selbst auszuführen, weshalb sie jemanden dafür bezahlten. Geld, was es einem alles ermöglichte! Auch von denjenigen, die Buggys schoben, waren einige gemietet: Kinderfrauen, die bei den Familien lebten und andere Sprachen sprachen. Kinderfrauen! Einmal hatte er sich – in einem Moment des Kontrollverlusts – mit einer, sie hieß Consuelo, eingelassen. Es hatte nicht lange gedauert, man konnte es nicht einmal eine Affäre nennen. Wenn er jetzt die Kinderfrauen musterte, spürte er keinerlei Versuchung, obwohl Julia gar nicht da war, um ihn dabei zu ertappen.

Es gab bestimmt so viele Buggys wie Hunde. Und manche der Buggy-Schieber und der Hundeausführer – die Kinderfrauen außer Acht gelassen – hatten ein ähnliches Erscheinungsbild. Es waren Männer ohne Begleitung. Sie waren nicht jung. Sie hatten oftmals recht füllige, fleischige oder auch gerötete Gesichter, und ihr Haar war schütter, falls es nicht schon ganz ausgefallen war. Von ihrem attraktiven Erscheinungsbild, falls sie früher eins gehabt hatten, war nichts geblieben. Trotz alledem schienen sie nicht außer Kontrolle. Ganz im Gegenteil. Schließlich waren sie für einen Buggy oder einen Hund verantwortlich. Manche von ihnen hatten sogar ein ziemlich herrisches Auftreten und riefen ihrem Hund laut Befehle zu.

Anders gesagt (obwohl er das auf keinen Fall zugeben wollte), sie sahen aus wie er. Und manchmal, bei den Buggy-Schiebern, verriet das Alter des Kindes oder auch der Kinder die ganze Geschichte. Und die ähnelte seiner Geschichte.

Aber er schob Lucy. Niemand sonst schob Lucy. In Kürze würde er sie aus ihrem Buggy losschnallen und mit der zärtlichen Fürsorge eines Vaters – der durch Erfahrung gewonnenen Fürsorge eines Vaters – auf eines der Spielgeräte auf dem Spielplatz setzen. Sie war nicht alt genug, um lange bei den Geräten zu verweilen, aber der Kontakt mit den bunten Dingern schien zu genügen. So hatte die Fahrt im Buggy ein Ziel, aber er glaubte, dass für sie beide der Weg an sich das Eigentliche war.

Wenn er sie aus dem Buggy genommen und auf eins der Geräte gehoben hatte, schwebten seine Hände über ihr, und sein ganzer Körper war darauf bedacht, sie zu beschützen, sowohl vor dem Übermut anderer Kinder und den Anmaßungen anderer Eltern als auch vor sonstigem Schaden. So wachte er über sie, und während er das tat – wie auch gelegentlich zu anderen Zeiten, wenn er auf sie aufpasste –, stellte er sich die Frage, was aus ihr wohl würde, wie ihr Leben verlaufen würde, wenn er nicht mehr war, und er erwog die – keinesfalls unrealistische – Möglichkeit, dass er sie nicht als erwachsene Frau erleben würde, mit der er ein Gespräch unter Erwachsenen führen konnte. Dann spürte er einen schmerzhaften Stich. Aber er hatte ihr Gebrabbel.

Sie kamen zum Spielplatz. Mit den von Bäumen gesäumten Pfaden und den Rasenflächen, mit den Blütenspitzen und den Joggern, den Hundeausführern und den Buggys war eigentlich der ganze Park ein Spielplatz, und an diesem lächelnden Sonntagmorgen bot er ein Bild gemeinschaftlichen Wohlgefühls. Der Park war die heitere, weitläufige Version des Kinderspielplatzes, ohne dessen Tendenz (er sah, dass auf dem Spielplatz drangvolle Enge herrschte), in Spannung und Stress umzuschlagen. In Wahrheit mochte er den Spielplatz nicht besonders, aber Lucy konnte nicht verständnisvoll und nachsichtig sagen: »Das macht nichts, wir müssen da auch nicht hin.«

Der Hund war plötzlich da, aus dem Nichts. Zwar hatte er diesen Hund unter anderen vage in seinem Blickfeld, aber jetzt schien er von woanders herbeigesprungen zu sein, wie durch eine unbemerkte dünne Wand, und plötzlich war er da, überraschend und laut. Hunde dieser Rasse sollten nicht von der Leine gelassen werden, sie sollten auch nicht im Privatbesitz sein, vielleicht sollten sie gar nicht existieren. Aber hier war er und sprang – vielmehr er *fiel* – ein Kind in einem anderen Buggy am Rande des Spielplatzes an. Ein kleines Mädchen, noch keine zwei Jahre alt, mit hellblonden Locken, nur wenige Meter von ihm entfernt. Mit Eltern, die in dem Moment wie erstarrt dabeistanden.

Und dann war er selbst, so wie der Hund, plötzlich zur Stelle, sodass die Umstehenden, die Zeugen der Szene wurden, möglicherweise dachten, er sei ebenfalls ohne jede Vorwarnung hinzugestürzt. Auch ihm selbst kam es so vor. Wer war dieser Mann? Er stürzte sich auf einen eben noch harmlosen, plötzlich aber gefährlichen, zähnefletschenden Hund, der, hätte er selbst nicht sofort reagiert und wären die modernen Buggys nicht so solide gebaut, in diesem Moment ein hilfloses, wehrloses Kind in seinem Maul, in seinen Klauen hätte haben können.

Das kleine Mädchen schrie, und der Hund bellte sicherlich wie verrückt. Auch die Umstehenden schrien und riefen, vermutete er, aber weder hörte er sie, noch kümmerten sie ihn, und ihn kümmerte auch nicht, wer weiß, warum nicht, ob der Hund ihn zerfleischen oder ihm die Augen ausreißen würde. Er würde *dem hier Einhalt gebieten.*

Einen kurzen Moment lang wand sich der Hund in dieser seltsamen Umarmung, und er spürte das unkontrollierbare Zucken der Muskeln des Tieres – tatsächlich, es würde ihm das Gesicht zerbeißen –, aber irgendwie zerrte er es von dem Buggy weg, dann entwand sich der Hund seinem Griff und verlor dabei das Gleichgewicht, sodass er auf das Tier eintreten konnte, mit aller Kraft treten, in die Rippen, in den Kopf, in die wegschlitternden Beine, es war ihm gleichgültig. Er hatte den Kampf gewonnen, das wusste er, es hatte nur wenige Sekunden gedauert. Jubelten die Beistehenden? Aber er trat den Hund, trat ihn immer wieder.

Er wusste, noch während er auf das Tier eintrat, dass es am Ende dieses Zwischenfalls eingeschläfert werden würde. Ein Hund, der ein Kind angriff. Das war eindeutig. So würde es kommen. Er sah den Vater des Kindes schon vor sich – plötzlich befreit aus seiner Starre –, wie er selbstgerecht in sein Mobiltelefon sprach und um sich einen Kreis von Zeugen versammelte. Genauso würde es kommen. Und er wäre der

Hauptzeuge, in den Augen mancher ein Held. Der Hund würde eingeschläfert werden, von einem Fachmann.

Aber er hörte nicht auf, das Tier zu treten, als wollte er dem Fachmann die Arbeit ersparen. Er hörte nicht auf zu treten, auch als der Hund sich nicht mehr regte. Er verschwendete keinen Gedanken an den Besitzer, der irgendwo sein musste. Der Besitzer eines solchen Hundes würde und konnte das Tier nie einem Hundeausführer anvertrauen, der Besitzer eines solchen Hundes hätte einen solchen Hund nur, um durch ihn das Gefühl von Macht zu erleben. Richtig, aus diesem Grund hatten Menschen Hunde (er hatte nie einen besessen) – sie wollten die Illusion von Macht und Herrschaft spüren.

Alles passierte in Sekunden, aber er trat den Hund immer wieder, sodass ihm der Gedanke kam, die Leute könnten später sagen, wenn sie seine wagemutige Einmischung besprachen: »Aber hast du gesehen, wie er den Hund getreten hat?« Sodass er dachte (und bei dem Gedanken ließ er von dem Hund ab): Was würde Lucy von ihrem Vater denken, der voller Wut auf einen Hund eintrat? Würde sie heranwachsen mit dieser Szene im Gedächtnis, die sich ihr unauslöschlich eingebrannt hatte? Ihre erste und dauerhaft traumatische Erinnerung an ihren Daddy.

Aber natürlich hatte er es für sie getan, weil nämlich das Kind im Buggy jederzeit auch –

Lucy, das drang ihm jetzt ins Bewusstsein, schrie aus Leibeskräften. Ein wohlmeinender Mensch versuchte sie zu beruhigen. Auch andere in ihren Buggys angeschnallte Kinder schrien angsterfüllt, oder sie waren bleich und schreckerstarrt angesichts dessen, was einem anderen Kind passierte und folglich auch ihnen – die Möglichkeit bestand offensichtlich – passieren konnte. Lucy interessierte sich nicht für die ritterlichen Taten ihres Vaters, sie war verstört wegen ihrer eigenen entsetzlichen Verletzlichkeit, und besonders war sie verstört darüber, dass ihr Vater ihren Buggy im Stich gelassen und sie solch schrecklichen Vorgängen ausgesetzt hatte.

Er ging rasch zu ihr und legte die Hände wieder um den Griff, und fast im selben Moment, als gäbe es zwischen ihnen eine elektrische Strömung, die Sicherheit und Gewähr versprach, hatte Lucy sich beruhigt und war so unbekümmert wie eh und je.

»Alles ist wieder gut, Lucy, alles ist gut. Ich bin ja da.«

Im nächsten Moment begann sie auf etwas verhaltene, etwas abwartende Art mit ihrem üblichen Gebrabbel, als würde die Begegnung mit dem Hund, die ihren Vater sichtlich aus der Fassung gebracht hatte (er bemerkte, dass er leicht zitterte), bereits aus ihrer Erinnerung weichen. Binnen weniger Sekunden schien sie die Episode vergessen zu haben – kein Gedanke, dass sie das Bild für den Rest ihres Lebens in sich tragen würde. Ihr Vater, der einen Hund niederrang! Der schnelle Wechsel war für ihn eine Erleichterung und zugleich eine Enttäuschung.

»Es ist alles wieder gut. Wirklich.«

Sie mussten noch eine Weile bleiben, bis die Sache ausgestanden war – bis die Parkhüter eintrafen (Parkhüter hatten also doch ihren Sinn) und den Fall aufnahmen und Anrufe tätigten, und während er versuchte, Bemerkungen über sich selbst nicht zu hören. »Er war großartig … Stell dir vor, was passiert wäre, wenn er nicht … Wenn du dir vorstellst, was – also, ich meine – was mit dem Kind hätte passieren können …«

Darauf hätte er gut und gern verzichtet. Er hatte sich sein Leben lang, in den ganzen sechsundfünfzig Jahren, nicht als »großartig« beschrieben gehört, aber er hätte darauf verzichten können. Während dieser ganzen Zeit hielt er die Griffe des Buggys fest umfasst und ließ nur los, um sich vorzubeugen und Lucy über den Kopf zu streichen. Er gehörte zu Lucy. Ihn interessierte nicht einmal das arme Kind, dem er zu Hilfe geeilt war – hatte man ihm den Namen des Kindes gesagt? – und dessen Leben er womöglich gerettet hatte. Das war nicht übertrieben. Es geschah nicht jeden Tag, dass man womöglich das Leben eines Kindes rettete.

Ihn interessierten auch nicht die überschwänglichen Reden der Mutter des Kindes, deren Angst sich in Erleichterung und fast hysterischer Dankbarkeit ausdrückte. »Wie können wir Ihnen danken? Wie können wir das jemals wiedergutmachen?« Und so weiter. Am liebsten hätte er gesagt: »Nehmen Sie sich bitte zusammen.« Er sagte: »Nicht der Rede wert.« Ihn interessierte seine beherzte Reaktion nicht. Er war blitzschnell hinzugesprungen. Männer, die jünger waren als er – Achtundzwanzigjährige! –, hatten wie angewurzelt auf dem Fleck gestanden. All das interessierte ihn nicht.

Und am wenigsten interessierte ihn der Hund. Mit dem war es aus, das wusste er.

Er wollte weg. Er wollte einfach Lucy im Buggy schieben. Dass er mit ihr auf den Spielplatz gehen würde, wo ohnehin alles Spielen zum Erliegen gekommen war, kam jetzt nicht mehr infrage. Er wusste, dass sie nicht enttäuscht wäre. Der Spaziergang im Buggy war das Eigentliche.

Schließlich entschuldigte er sich mit einem besorgten Blick auf seine Uhr und entfernte sich. Er musste sich um sein eigenes Kind kümmern, natürlich. Deren Mutter wäre beunruhigt. Niemand schien überrascht, dass er von seinem »Kind« sprach und nicht »Enkelkind« sagte. Es kam gar nicht so selten vor. Außerdem hatte er sich gerade mit seiner Schnelligkeit und Behändigkeit, ja, mit seiner Hitzköpfigkeit wie jemand verhalten, der halb so alt war wie er.

Er schob Lucy denselben Weg zurück, den sie gekommen waren, jetzt war er wieder allein mit ihr und ganz vernarrt in sie, und er hörte ihr Gebrabbel, das wieder ein fröhlicher, nebenherlaufender Kommentar war. Es war, als wäre nichts geschehen. Er wünschte sich, es wäre so, als wäre nichts geschehen. Er neidete seiner Tochter das Ausschalten der Erinnerung. Er wollte Julia nichts von alledem erzählen. Er warf wieder einen Blick auf die Uhr. Wenn man die Zeit dazurechnete, die sie normalerweise auf dem Spielplatz zugebracht hätten, kämen sie rechtzeitig, er musste also nichts sagen.

Aber natürlich würde Julia die Kunde von dem Zwischenfall, in dem er eine so zentrale und dramatische Rolle gespielt hatte, über kurz oder lang zu Ohren kommen. Außerdem war da die einfache, nicht zu übersehende Tatsache, dass er Spuren des Vorfalls an sich trug. Zwar schob er den Buggy mit fester Hand, aber er zitterte immer noch, er zitterte sogar recht stark. Er musste die Griffe umklammern, um das Zittern zu unterdrücken. An einem Hosenbein war ein breiter Schlammstreifen, am Knie war ein Riss im Stoff, und obwohl seine Hände und sein Gesicht unverletzt geblieben waren – an sich bemerkenswert –, hatte sein Jackett an einigen Stellen Schaden genommen, vielleicht war es sogar zerrissen. Das war nicht weiter schlimm. Kleidung konnte man ersetzen, mit Geld. Er hatte von der Mutter des Kindes kein Geld nehmen wollen, sie hatte es ihm angeboten, sie hatte ihm angeboten, seine Kleidung komplett zu ersetzen. Sie war blond und ganz zu seinen Diensten. Sie schien bereit, ihm alles Erdenkliche anzubieten.

Ein Jackett konnte man ersetzen. Aber wie er Julia die Spuren der Hundeklauen – ja, die gab es –, sein von einer Auseinandersetzung gezeichnetes Erscheinungsbild, seinen insgesamt ziemlich jämmerlichen Zustand erklären sollte, das wusste er nicht.

Fusilli

Er schob den Einkaufswagen am Ende der Reihe um die Ecke, ohne die gestapelten Kartons mit Mince Pies eines Blickes zu würdigen.

In gut zwei Wochen war Weihnachten, aber er und Jenny waren sich einig, ohne richtig darüber gesprochen zu haben, dass sie Weihnachten nicht feiern würden. Sie konnten das jetzt nicht. Der Kalender war in diesem Jahr anders gestaltet. Remembrance Day, an dem der Toten beider Weltkriege gedacht wurde, war schon vorbei, aber in diesem Jahr war Weihnachten ihr Remembrance Day. Und auch das würde schrecklich werden.

Am Remembrance Day selbst hatten sie, ebenfalls ohne darüber zu sprechen, eine Art Doppelhaltung eingenommen, indem sie ihn sowohl begingen als auch übergingen, da sie nicht genau wussten, in welche Richtung ihr Aberglaube sie führen würde. Aber jetzt erinnerte er sich an den Tag – wie konnte er es vergessen? –, als er letzten Monat hier gewesen war. Es war wenige Tage vor Remembrance Day gewesen. Die Zeit war schon umgestellt worden, draußen war es dunkel. Er wusste noch, wie er den Einkaufswagen geschoben hatte.

Wie er sich wünschte, dass jetzt damals wäre.

Am Eingang hatten kleine Kartons mit Mohnblumen aus Plastik gestanden sowie Plastikbehälter für die Spenden. Er hatte überlegt, ob er eine kaufen sollte. Noch eine. Ob er sein ganzes Kleingeld in den Behälter schütten sollte. Aber schon da galt Weihnachten als das größere Ereignis. Weihnachtsartikel, Weihnachtsangebote. Wut hatte ihn plötzlich überkommen. Weniger als zwei Wochen zuvor war Halloween gewesen. In den Geschäften wurden Kürbisse und Plastikskelette verkauft.

Niemand sah seine Wut, sie blieb in ihm. Er wusste nicht einmal, ob es wirklich Wut war. Er hatte den Wagen ganz normal durch die Gänge geschoben, die Einkaufsliste in der einen Hand, sein Mobiltelefon in der Brusttasche, falls es Fragen gab.

»Einkaufsabordnung an Basis. Es gibt keinen frischen Ingwer, Jen. Was meinst du?«

Diese Art von Fragen.

Er hatte das wöchentliche Einkaufen übernommen – seine Aufgabe oder seine regelmäßige Freiwilligenmeldung –, und seit einigen Monaten hatte er jedes Mal gedacht: Und welche kleinen Probleme hat Doug jetzt gerade? Zwischen welchen Sonderangeboten muss er wählen?

Nie würde er vergessen, wie sein Mobiltelefon hier geklingelt hatte, genau hier in dem Gang mit Reis und Nudeln, und Doug war dran gewesen. In Afghanistan, in Helmand. So was war heutzutage möglich.

Er sprach mit Doug. Doug hatte *ihn* angerufen. Er konnte also nicht sagen: »Ich reich dich mal an Mum weiter.« (Warum sagte er das überhaupt jedes Mal?) Doug hatte *seine* Nummer gewählt.

Scheiße, war es etwas Schlimmes? Sollte er es zuerst erfahren?

»Ich bin bei Waitrose, Doug. Bei den Nudeln. Doug! Doug! Wie läuft es bei dir?«

Was für eine alberne Frage: »Wie läuft es?«

Aber Doug wollte alles über die Einkaufsliste erfahren. Die Vorstellung, dass sein Vater den Einkaufswagen durch die Gänge schob, eine Liste in der Hand, und vor den Regalen verweilte, schien ihn zu amüsieren. Und da Doug derart brennend an der Lage bei Waitrose interessiert war, hatte er seinen Sohn nicht über die Lage in Afghanistan fragen wollen. Seine Wut, falls es Wut gewesen war, war verpufft.

»Halt dich an die Trockennudeln, Dad. Frische Pasta ist Betrug.« Das hatte Doug in Helmand gesagt. »Nimm doch mal Fusilli zur Abwechslung. Die wie Spiralen aussehen.«

Das war an einem Novemberabend gewesen, wenige Tage vor Remembrance Day. Aber Weihnachten kam anscheinend schon näher. Doug hatte aus Helmand angerufen.

Daran konnte er jetzt nicht denken. Aber nicht daran zu denken ging auch nicht. Er konnte kaum wieder zu Waitrose gehen. Fast war es nicht möglich – andererseits musste er es tun –, er musste zu der Stelle in dem Gang gehen, wo es passiert war. Wo er mit Doug gesprochen hatte und dabei die anderen Kunden mit ihren Einkaufswagen angesehen und gedacht hatte: Die wissen das alle nicht, die wissen nicht, dass ich mit meinem Jungen in Afghanistan spreche.

Er und Jenny würden nie wieder Fusilli essen, das stand fest, diese Dinger würden sie nie wieder essen.

Und war es Wut gewesen, gerade vor dem Anruf von Doug? Wut, so sagte man, verdränge manchmal Angst. Oder Trauer. War dieses Aufwallen von Wut, oder was immer es war, eine gewisse Vorwarnung gewesen? Wenn es das Aufwallen nicht gegeben hätte, wenn er keine Wut empfunden hätte, wäre dann nichts passiert? Aber wenn er keine Wut empfunden hätte, in dem Moment damals, hätte Doug dann angerufen?

Alles war jetzt eine Sache von höhnischem Aberglauben.

Aber Weihnachten vor Remembrance Day! Und jetzt war Weihnachten beinahe wirklich da. Die Gänge waren voll von dem Glitzerzeug, sie quollen über. Er ertrug das nicht. Das einzig Gute war, er musste aufhören zu denken. Das einzig Gute war, es nicht zu beachten, es einfach nicht zu beachten. Aber das ging nicht.

Er schob den Einkaufswagen weiter. Er ertrug auch den Gedanken an Jenny nicht. Vielleicht verbrachte sie die Zeit, wenn er zum Supermarkt fuhr, damit, einfach den Kopf in die Hände zu stützen und die Tränen durch die Finger laufen zu lassen.

Er ertrug den Gedanken nicht, sie anzurufen, wie er das früher getan hatte, und nach dem Reis zu fragen. »Welche Sorte, Jen? Langkorn? Basmati?« Solche Sachen. Es ging nicht mehr, es ging einfach nicht mehr. Ihre kleinen Feinschmeckerversuche, ihr Herumprobieren mit dem Kochen. Ihr Wunsch, es sich gut gehen zu lassen, sich was zu gönnen – Waitrose statt Tesco –, jetzt, da der Junge nicht mehr zu Hause war.

Grüne Linsen. Thai-Currysauce. Solchen Quatsch.

Er ertrug den Gedanken nicht, dass der Gedanke an Jenny, die keine halbe Meile entfernt war, derselbe war wie der an Doug, der damals dreitausend Meilen entfernt war. Doug war nicht hier, er war dort, aber man konnte trotzdem mit ihm sprechen, am Telefon. Doch jetzt verursachten die kleinen Wörter »hier« und »dort« eine einzige Verwirrung. Doug war nicht hier, aber er war auch nicht dort. Er war nicht mehr *da*.

Vielmehr – und das war das Schrecklichste von allem – war Doug *wohl* da. Doug war in einem Kühlhaus in Swindon, weil sie auf den Befund des Gerichtsmediziners warten mussten. Doug konnte noch nicht freigegeben werden. Inzwischen stand auch fest, dass Doug nicht vor Weihnachten freigegeben werden würde, vielleicht wäre es erst geraume Zeit nach

Weihnachten so weit. Sie aber wollten zu Weihnachten einfach nur Doug. Aber Doug würde über Weihnachten in einem Kühlhaus in Swindon sein. Sowieso würde es Weihnachten in diesem Jahr nicht geben.

»Bald kommt Weihnachten.« Er erinnerte sich, wie ihn als Kind diese Worte mehr erregt hatten als das Wort Weihnachten an sich – die Vorstellung, dass Weihnachten kam. In der Weihnachtszeit, solange Weihnachten kam, machte man Listen, man machte Andeutungen. Er wollte sich jetzt an jedes einzelne Geschenk erinnern, das sie Doug zu Weihnachten gekauft hatten, an jedes einzelne – und gleichzeitig wollte er sich nicht daran erinnern.

Hatten sie ihm Spielzeugpistolen geschenkt? Wenn ja, dann war das vielleicht auch eins von diesen Signalen, das sich dann bewahrheitete. Also mussten sie ihm Spielzeugpistolen geschenkt haben. Hätten sie das bloß nicht getan. Oder wenn Doug bloß ein Mädchen gewesen wäre. Dann hätte er Natalie geheißen, und auf der Geschenkeliste hätten andere Geschenke gestanden.

Er versuchte sich an alle Geschenke zu erinnern, während er gleichzeitig versuchte, sich nicht daran zu erinnern. Aber es war nicht schwierig, sich an den Mann zu erinnern, der er gewesen war, damals, wenn Weihnachten näher kam, und der nach einem Geschenk für seinen Sohn gesucht hatte.

Vor fünfzehn, zwanzig Jahren. Kriege im Fernsehen. Aber für diese Angelegenheiten gab es Soldaten, und es war ihm nie falsch oder unmännlich erschienen, mit Jenny und Doug – Dougie in seinem Buggy – durch die Baby- und Kinderabteilungen zu schlendern, während irgendwo anders Krieg geführt wurde. Aus seiner Sicht war es richtig, das zu tun. Und ihnen beiden war nie der Gedanke gekommen, dass Doug eines Tages auf die Idee käme …

»Nimm die Trockenpasta, Dad.«

Warum interessierte er sich so sehr für Pasta? Kriegten sie das etwa da zu essen? Trockenfutter? Nichts in Dosen. Pasta in allen Variationen. War das der Rat eines Soldaten gewesen?

Vor ihm war plötzlich eine von diesen konfusen jungen Müttern mit einem hoch beladenen Einkaufswagen und zwei Kindern, die an den Seiten hingen und hin und wieder absprangen, um in den Gängen ihr Unwesen zu treiben.

Nichts hatte ihn früher beim Einkaufen so sehr in Rage gebracht wie diese lautstarken Gören, diese Kinder, deren Mütter oder auch Väter nicht in der Lage waren, sie zu bändigen, denn Doug war nie ein lautes oder ungebärdiges Kind gewesen. Darauf war er stolz gewesen. Auch auf seinen Sohn als Soldat war er stolz gewesen. Doch jetzt blieb er beim Anblick dieser lauten Kinder wie angewurzelt stehen. Das hier waren Kinder. Das da war ihre Mutter. Sie waren alle miteinander sowohl da als auch hier. Die Kinder taten nur, was Kinder so tun. Er sah das angespannte Gesicht der Mutter, die gleich die Fassung verlieren würde. Er dachte: Sie weiß nicht, welches Glück sie hat. Er wollte sie fest ansehen, ihr in die Augen sehen, damit sie etwas in *seinen* Augen sah.

Aber hinter ihr war das Pasta-Regal. Da konnte er nicht hingehen. Er musste dorthin gehen. Sie hatten keine Pasta mehr, das hatte er überprüft. Sie interessierten sich nicht mehr für Essen, aber sie mussten essen. Sie hatten keine Grundnahrungsmittel mehr: Pasta, Reis. Scheiß auf die Mince Pies.

Natürlich hatte er Jenny von dem Anruf erzählt, na klar. Hätte er es für sich behalten sollen? Deswegen hatten sie an dem Abend diese Spiralnudeln gegessen – mit einer Sauce aus Tomaten und Knoblauch und Basilikum. Eine Flasche sizilianischen Rotwein dazu. Doug hatte die Nudeln »ausgewählt«. Sie würden diese Mistdinger nie wieder essen.

Er musste zu den Nudeln, konnte es aber nicht. Außerdem blockierte jetzt die Mutter, deren Nerven inzwischen zum Zerreißen gespannt waren, seinen Weg. Sie stand genau da –

Alles war jetzt so: Es gab einen Grund dafür, es gab einen Grund dagegen. Plötzlich war er wütend auf die unfähige, hilflose Mutter. War das Wut? Was genau war es? Er verstand, wie Gewalt zustande kam. Er schob seinen Einkaufswagen weiter, stur geradeaus, als wollte er in ihren Einkaufswagen hineindonnern. Hatte sie ihm in die Augen gesehen? Hatte sie darin etwas gesehen? Wahrscheinlich dachte sie: Blöder Kerl. Wenigstens schob sie den Wagen zur Seite, sie machte ihm den verdammten Weg frei, auch die ungezogenen Blagen machten Platz. Und dann war er plötzlich da, an genau der Stelle, wo er mit Doug gesprochen hatte.

Sein Mobiltelefon hatte geklingelt. Er hatte gedacht: Was jetzt? Was war Jenny noch eingefallen? Das war das letzte Mal, dass er Dougs Stimme gehört hatte. In Helmand war es mitten in der Nacht gewesen.

Er sah sie in der durchsichtigen Zellophantüte, neben der Lasagne und den Tagliatelle. Inzwischen wusste er sogar, was das Wort bedeutete. Hatte Doug das gewusst? Er nahm eine Packung in die Hand. Er wusste, dass es ihnen nicht zustand, sie zu essen. Es stand auch Jenny nicht zu, zu sehen und zu wissen, was er tat. Er musste es tun. Er hielt die knisternde Tüte in der Hand. Er würde die Packung getrennt weglegen, sie irgendwo verstecken. Er nahm eine große Packung Spaghetti und warf sie in den Einkaufswagen.

»Frische Nudeln sind Betrug, Dad. Die trockenen halten ewig.«

Er drückte die Fusilli fest an die Brust. Sie würden nie

gegessen werden. Er würde sie irgendwo verstecken, wer weiß, wo. Unter dem Sitz im Auto.

Weihnachten würde in diesem Jahr nicht stattfinden. Keine Geschenke, keine Listen. Aber dies war sein Geschenk für Doug oder Dougs Geschenk für ihn. Er wusste es nicht. Alles war sowohl dies als auch das. Die Frau war verschwunden. Irgendwie hatte er den Gang freibekommen. Er fühlte die Nudeln unter dem glänzenden Zellophan, sie fühlten sich wie die knubbeligen Dinge im Weihnachtsstrumpf vor langer Zeit an, die man erraten musste. Diese kleinen Dinger, die wie Spiralen aussehen.

Ich lebe allein

Während Dr. Grant sprach, sah er einen Moment lang nicht dessen Gesicht. Er sah stattdessen Annes Gesicht, das von Salzwasser überströmt war. Er sah ihren nassen Arm, den sie zu ihm ausstreckte, als wäre sie diejenige, die diese Nachricht übermittelte. Seltsamerweise wurde es dadurch erträglich.

Ansonsten war es nicht hilfreich zu wissen, dass man an einer seltenen Krankheit litt, die einen ausländischen Namen trug – als wäre die Seltenheit, wie Grant anzudeuten schien, eine Entschädigung. Er empfand es nicht als Privileg, mit diesem Dubrowski oder Bronowski oder wie immer er hieß auf solch intime Weise bekannt gemacht worden zu sein – als könnte der auch seine Hand über Grants Schreibtisch ausstrecken. Er sah die Hand seiner Frau. Annes Hand. Annes Gesicht.

Er sah das, nur anders und lebendiger als bisher, was er seit zehn Jahren jeden einzelnen Tag gesehen hatte.

Er hörte Grant nicht länger zu. Viel mehr konnte man nach der Mitteilung einer so tiefgreifenden Tatsache nicht aufnehmen. Die Tatsache jedoch versuchte er aufzunehmen – so wie auch den Anblick Annes. Er versuchte, die Tatsache aufzunehmen, dass sein Leben jetzt nicht mehr dieses Unbestimmte war, dessen Subjekt er war, sondern etwas Geschlossenes, etwas Begrenztes, ein Objekt.

Und dann erinnerte er sich plötzlich ganz deutlich an einen

Tag in der Grundschule, er war vielleicht zehn Jahre alt und hielt einen Cricketball. Es hatte Diskussionen gegeben – auch daran erinnerte er sich –, ob Jungen in seinem Alter einen echten, harten Cricketball benutzen durften. Aber das hier war die Schulmannschaft, es war ein ernstes Spiel für Große, sie spielten gegen die Schule St. Michael. Erstaunlich, dass er sich sogar daran erinnerte. Er sah sich selbst auf dem Spielfeld, am Rand, wo er einen Cricketball aufhob, der in seine Richtung geschlagen worden war. Unter sich sah er das trockene Sommergras, den flach getretenen Löwenzahn. Er sah den Ball und hob ihn auf, sah die zerstoßene rote Oberfläche, spürte seine Festigkeit.

Sein Leben war jetzt wie ein Cricketball.

Aber er sah sich auch, wie er mit dem Arm ausholte und denselben Ball mit plötzlich in ihm entspringender Kraft zurückwarf, nicht zum Torhüter, sondern direkt auf den Dreistab. Sah, wie der Ball die drei Stäbe traf, lange bevor der Schlagmann selbst – oder besser der Schlagjunge – mit ausgestrecktem Schläger die Linie erreichen konnte. Sah, wie der Torhüter seine Hände mit den großen Handschuhen jubilierend in die Höhe riss. Sah, wie alle Hände in die Höhe gingen.

Es war ein aufsehenerregender Wurf, über dreißig Meter vielleicht, und vielleicht der einzige Moment sportlichen Ruhms in seinem Leben. Und er hatte gewusst – das war das Seltsame –, dass er treffen würde. Seit Jahrzehnten hatte er nicht daran gedacht, aber jetzt sah er alles, hier, in Grants Praxis, so deutlich, so triumphierend wie gestern. Er sah den Ball mit seinem kompakten roten Gewicht, den er einen Moment lang in der Hand gehalten hatte.

Nachdem er das Büro verlassen hatte, war er mit dem Bus durch die Stadt gefahren, und als er die inzwischen vertraute Privatklinik betrat und sich ins Wartezimmer setzte, hatte er sich drei mögliche Ergebnisse des Arztgesprächs überlegt und jedes einzelne prozentual bewertet. Das erste war, dass Grant sagen würde, die letzten Tests hätten keine neuen Erkenntnisse gebracht, zwar sollten sie die Sache im Auge behalten und sich in ungefähr zwei Monaten wieder sehen, aber es gebe keinen Anlass zu Besorgnis. Dreißig Prozent. Zweitens – Grant könnte ihm mitteilen, dass es jetzt eine klare Diagnose gebe, und das Problem sei zwar ernst, könne aber behandelt werden. Sechzig Prozent. Drittens – Grant könnte sagen, leider zeige die Diagnose, dass er an einer seltenen und unheilbaren Krankheit litt. Zehn Prozent.

Er fand, dass er die verschiedenen Möglichkeiten fair bewertet hatte, eher zu seinen Ungunsten, und er hielt daran fest wie an einem Aberglauben. Natürlich hoffte er auf die erste Variante, wenn es schon keine »völlige Entwarnung« gäbe. Obwohl er technisch gesehen auf die dritte Variante vorbereitet war, hielt er sie für unwahrscheinlich, sie jedoch nicht aufzuführen, hätte bedeutet, das Schicksal herauszufordern.

Und doch hatte er, noch bevor Grant zu sprechen anfing, in dessen Gesichtsausdruck gelesen, dass es die dritte Variante war.

Ihm war der auf absurde Weise beruhigende Gedanke gekommen, es sollte, da Grant Arzt war und er selbst Jurist, eine gewisse professionelle Haltung gewahrt werden. Obgleich die Rollen vertauscht waren. Als Jurist musste er Klienten oft ernste und beunruhigende Mitteilungen machen und eine fast klinische Zurückhaltung bewahren, während der Klient deutliche Zeichen von Anspannung zeigte. Er konnte sich nicht beklagen, wenn es jetzt andersherum war. Er sollte sich im Griff haben. Er sollte Grant ins Gesicht sehen. Das tat er.

Aber er sah Anne, er sah ihren Arm. Und im Grunde war es Annes Anblick, der ihn rettete, nicht seine professionelle Haltung. Der bewirkte, dass er den Kopf über Wasser halten (dies waren die Worte, die ihm einfielen) und Grant ins Gesicht sehen konnte – vielleicht nahm er es gut auf, er nahm es wie ein Mann.

Er sagte sich: Ich habe das verdient, ja, ich wollte es sogar. Auch das war andersherum. Zehn Prozent.

So war es.

Dann war in ihm die Vorstellung von seinem Leben als einem eigenständigen, endlichen Objekt, wie ein Cricketball, entstanden.

Er sagte sich (er brachte es sogar zustande, aus sich herauszutreten, um es zu sagen): Es ist wohl kaum unfair. Ich bin neunundfünfzig. Viele erreichen ein viel höheres Alter. Aber viele, viele – vor allen natürlich Anne – waren viel früher gestorben.

Und bei diesem äußerst gefassten Gedanken stellte sich in seinem Kopf – nein, anscheinend in Grants Praxis – die ganze Reihe der Menschen auf, die schon gestorben waren. Sie erschienen mit erstaunlicher Deutlichkeit und, was bemerkenswert war, in rückläufiger Anordnung, und führten ihn den langen Weg zurück zu dem ersten Gestorbenen, den er gekannt hatte.

Ja, jetzt fiel es ihm ein. Die Erinnerung stieg aus der Versenkung auf, als hätte sie auf diesen Moment nur gewartet. Der Erste war der kleine Howard Clarke gewesen. Ihm fiel sogar der Name ein – und er erinnerte sich auch an das andere. Howard Clarke, seine kleinen Hände in Riesenhandschuhen, war der Torhüter gewesen, dessen Geschick gar nicht gefragt war, als ihm selbst der legendäre Wurf gelang. Der Dreistabhüter, der außer sich vor Freude die Arme in die Luft riss.

Das Bemerkenswerte war, dass Howard Clarke, zehn Jahre alt, aber schon als Torhüter beim Cricket qualifiziert, wie alle anderen auch in die Sommerferien verschwand, aber nicht zurückkam. Anfang September erfuhren sie irgendwie, dass er nicht mehr zur Schule kommen würde. Ein Gehirntumor, sagte jemand, was immer das war. Ein Gehirntumor, vielleicht so kompakt und unfehlbar wie ein Cricketball, in seinem Kopf.

Grant sprach weiter, aber er hörte nicht zu, er konnte sich nicht konzentrieren. Es reichte doch – es reichte bestimmt, denn im Grunde war das ja alles –, wenn er die Hauptsache aufnahm. Die Frage, die zu stellen ihm bisher völlig undenkbar gewesen war, die Frage, die nur Menschen im Film stellten, hatte er bereits gestellt. Und Grant hatte geantwortet, allerdings durch eine Art Nebel hindurch. Hatte er sechs Monate gesagt, oder achtzehn, oder zwischen sechs und achtzehn? Grant sprach jetzt davon, was getan werden konnte, um das *Maximum an Lebensqualität* zu gewährleisten (hatte er diesen Ausdruck gehört?). Aber er hörte nicht richtig zu. Seltsam, obwohl dies der Kernpunkt war, konnte er sich nicht konzentrieren.

Auch das kannte er von der anderen Seite. Wie oft hatte er beobachtet, nachdem er einem Klienten einige zentrale und ernüchternde Fakten mitgeteilt hatte, dass dessen Blick entrückte, während er selbst die Auswirkungen erklärte. Sie verdauten noch die Hauptauskunft. Aber was konnte man schon tun, man musste weitermachen. Das war die professionelle Pflicht.

Aber dass er sich nicht konzentrieren konnte, lag hauptsächlich daran, dass Grant in seinem kleinen Praxisraum von den vielen anderen an den Rand gedrängt wurde, den aufgereihten Toten, vielmehr von den lebendigen Erinnerungen an sie, die bis zu Howard Clarke zurückreichten. Sie waren weit wichtiger als Grant. Grant wurde von ihnen verdrängt – einen Moment lang verwandelte er sich sogar in Anne –, und seine Stimme wurde immer schwächer. Fast schien es ihm – oder war auch das bloß eine Verwechslung mit Anne? –, dass Grant hilflos ruderte und in Schwierigkeiten geraten war, und er selbst spürte eine Welle von Mitleid in sich aufsteigen, das sich mit etwas wie weiser Überlegenheit mischte und dem Mann galt, der die schreckliche Aufgabe hatte, ihm die Mitteilung zu machen, die er gerade gemacht hatte.

Grant war, so vermutete er, wenn er nicht als Arzt praktizierte, ein Mann mit Frau und Kindern, die möglicherweise schon Teenager waren. In deren Mitte würde er am Abend zurückkehren. Das bedeutete zweifellos, dass er zu den frei lebenden Menschen gehörte, zu denen, deren Leben nicht umschlossen und begrenzt war. Während er jetzt zu der anderen Sorte gehörte, zu der Minderheit. Er gehörte jetzt nicht mehr zu derselben Gruppe wie Grant, obwohl er bis vor wenigen Minuten, bevor er die Praxis betreten hatte, dazugehört hatte.

Dabei war er immer schon – oder war seit zehn Jahren, und diese zehn Jahre waren eine Art »Immer« geworden – ein Mann, der zu einer anderen Minderheit gehörte. Und als Zugehöriger dieser Minderheit sagte er manchmal als allgemeine, vorsichtige Aussage über sich selbst: »Ich lebe allein.«

Hatte er das irgendwann auch zu Grant gesagt?

Es war sein Schlüsselwort geworden. Er sagte es zu Klienten, besonders zu solchen, denen er durch den schwierigen Prozess einer Scheidung half, und er konnte es mit einem wohlüberlegten, ironischen Ton sagen, ja, sogar mit einem kleinen Lächeln. So konnten sie nicht ergründen, was er wirklich meinte. War es die Feststellung einer traurigen Tatsache? Ausdruck stolzer Entschlossenheit? Eine Erklärung, eine Empfehlung?

Grant, so fand er, sprach jetzt mit dröhnender Stimme und befremdlicher Redseligkeit von den Lebenden und zeigte eine Geschwätzigkeit, mit der man möglicherweise über die notwendigen Vorbereitungen für eine Hochzeit sprechen würde, während man die Hauptsache aus dem Auge verlor, nämlich dass zwei Menschen im Begriff waren, sich lebenslänglich zueinander zu bekennen.

Nur dass dies keine Hochzeit war.

Dennoch sah er sich selbst einen Moment lang deutlich (jetzt nicht mehr als kleinen Jungen auf dem Cricketfeld), er sah sich bei seiner eigenen Hochzeit vor fast dreißig Jahren, sah alle Gäste, von denen manche jetzt tot waren und folglich zu der Parade hier in Grants Praxisraum gehörten. Es war eine üppige, aufwendige Hochzeit gewesen, denn Anne kam aus einer großen und reichen Familie, er hingegen war ein Junge aus den Vororten, der es gut getroffen hatte. Von West Ealing nach Winchester. Der Song aus den sechziger Jahren steckte ihm noch im Kopf, *Win-chester Cathedral* … Müssten sie in der Kathedrale von Winchester heiraten, hatte er gewitzelt?

Wie seltsam, es war eine Hochzeit mit so vielen Gästen gewesen, und jetzt war er ein Mann, der sagte: »Ich lebe allein.«

Und er erinnerte sich, wie er vor der Hochzeit mit Anne zum Steg in Lymington gegangen war, zwei Flaschen Champagner dabei, die in dem Beutel leise klirrten. Sie waren zu der Stelle gerudert, wo die *Marinella* vor Anker lag. Das Boot gehörte jetzt ihnen. Es hatte seit vielen Jahren Annes Familie gehört, war aber jetzt offiziell ihres, ein Hochzeitsgeschenk, aber eins, das man weder einpacken noch verstecken konnte. Und bevor sie an Bord kletterten – wo sie die zweite Flasche Champagner trinken und sich in der Kabine einem zeremoniellen Liebesakt zu Wasser hingeben wollten –, hatte Anne die erste Flasche mit einer eleganten Ausholbewegung des Arms am Bug zerschmettert und gesagt: »Ich taufe diese Jacht *Marinella*, die Jacht unserer Ehe. Gott segne alle, die auf ihr segeln und vögeln.«

Er hatte nie geglaubt, dass er (unter Annes Anweisungen) segeln lernen würde. Dass er, zusammen mit Anne, die *Marinella* nach Jersey, Guernsey, in die Bretagne, nach Portugal steuern würde. Er war ein Anwalt aus der Provinz, ein anständiger Fisch in einem eher kleinen Teich, und seine einzige Tat von überragender Qualität war der erstaunliche Wurf in der Grundschule gewesen, worauf Howard Clarkes Hände in den Handschuhen in die Höhe flogen.

»Ich lebe allein.« Immer weniger Menschen wussten jetzt, warum er das sagte, oder erinnerten sich an den Grund dafür. Eine, die es wusste, war Janice, die in seinem Büro am Empfang arbeitete. Die duldsame Janice, seit Langem in Diensten, die in diesem Moment die Aufsicht in seinem Büro führte.

Warum war ihm plötzlich Janice, die nicht tot war, in den Sinn gekommen?

Weil sie, wie ihm bewusst wurde, mit Sicherheit die Erste wäre, Grant (der immer noch redete) nicht mitgerechnet, der er nach Empfang dieser Mitteilung gegenübertreten müsste.

Und dann … dann müsste er Mrs. Roberts gegenübertreten, die er gar nicht kannte. Mrs. Roberts, 17.15. Mrs. Roberts, die am Beginn des beschwerlichen Vorgangs oder des Abgrunds stand, der als Scheidung bekannt war.

Warum dachte er – in Grants »Büro« – an sein eigenes Büro? »Eliot und Holloway«. Einen Moment lang sah er es vor sich, wie ein fernes Licht, das in einem dunklen Wald schimmerte. Warum dachte er an Mrs. Roberts, die er nicht kannte? Das wurde ihm jetzt klar. Er wusste jetzt, warum er den Termin um 17.15 drin gelassen hatte, trotz Janices fragendem und besorgtem Blick. »Wollen Sie ihn nicht lieber verschieben?«, hätte sie beinahe gesagt. Er hatte ihre Gedanken gelesen: Wenn Ihr Termin beim Arzt um vier ist, warum nehmen Sie sich den Nachmittag nicht einfach frei? Verständliche Frage. Aber er hatte darauf bestanden. »Ich lasse den Termin drin.«

»Ich lebe allein.« Würde er das zu Mrs. Roberts sagen? Und mit demselben geheimnisvollen Lächeln wie sonst auch?

Ich lebe allein. Würde ihn diese Tatsache jetzt retten, war sie seine Rettung?

Grant redete unaufhörlich weiter, so schien es zumindest, wie jemand, der ertappt worden war. Und er hörte ihm zu, ließ ihn reden, wie ein schweigsamer, geduldiger Richter. Ihm kam der Gedanke, dass das, was Grant da redete, erfunden sein konnte, eine Finte. Er wusste, dass es nicht so war. Der kleine Howard Clarke war der Beweis dafür. Dennoch musste man an der Idee festhalten. Dann kam ihm, während dieses Zusammentreffens zweier Menschen mit Berufen, die an Regeln der Vertraulichkeit gebunden waren, der Satz in den Sinn, den er manchmal bei seiner eigenen Berufsausübung mit einiger Feierlichkeit benutzte: »Nichts davon sollte diesen Raum verlassen.«

Der Kubus, in dem er saß, wurde in seiner Wahrnehmung zu dem verschlossenen Tresorraum einer Bank. Es war ein sehr wichtiger Raum – es war der Raum, in dem er die wichtigste Tatsache über sein Leben erfahren hatte –, aber nichts sollte diesen Raum verlassen.

Außer ihm selbst. Es war, wie er erkannte, von großer Bedeutung, dass er im nächsten Moment aufstand und ging, und dass er sich, wenn er durch die Tür ging und den Warteraum durchquerte und sich im Buch austrug und durch die Glastür die Praxis verließ, überhaupt nicht von dem Mann unterschied (obwohl er sich in jeder Hinsicht von ihm unterschied), der die Praxis betreten hatte.

Er war wirklich kein anderer. Wie konnte er vor sich selbst ein anderer sein? Er war derselbe Mensch, er ging auf denselben zwei Beinen, er war derselbe bewegliche, denkende, atmende Körper, der alles enthielt, was er war.

Tatsächlich, er erhob sich. Es war nicht schwierig. Er schwankte nicht. Es war 16.25. Es war möglich, dass er Grant die Hand gab. Dass er Grant die Hand auf eine Art und Weise drückte, wie er noch nie jemandem die Hand gedrückt hatte. Dass er ihm in die Augen sah und dankbar nickte in Antwort auf Grants Auskunft über das, was »als Nächstes passieren sollte«.

Was als Nächstes passieren sollte, war nichts anderes, als dass er einen Fuß vor den anderen setzen würde. Das war das Allerwichtigste. Einen Fuß vor den anderen. Im Bewusstsein der erstaunlichen Präzision seiner Schritte ging er zum Empfangstisch im Vorraum. Die Sprechstundenhilfe lächelte ihm zu. Unmöglich, dass sie Bescheid wusste. Es war ein normales Lächeln. Aber weil sie ihm so einfach zugelächelt hatte, hieß das sicherlich, dass sein Gesicht normal aussah. Jetzt war Janice nicht ganz die Erste, und er hatte gerade bewiesen, dass es möglich war.

Die Sprechstundenhilfe hatte ein Namensschild über der

linken Brust: »Gina«. Diese Tatsache bemerkte er ebenso wie die glatte Haut ihres Halses.

Als sich die Glastür öffnete und er in die kalte und dunkler werdende Luft des Novembernachmittags hinaustrat, war es ein Schock, dass die Welt noch da war, und zugleich eine Aufhebung der Kontinuität.

Er schritt sofort aus und knöpfte sich den Mantel zu: über den Vorplatz, durch das Tor, dann links auf den Gehweg. Einen Fuß vor den anderen. Er wusste, dies war der wichtigste Gang seines Lebens. Er hätte eins der Taxis, die Patienten vor den Glastüren absetzten, nehmen oder mit dem Bus fahren können. Auf dem Weg in die Klinik hatte er den Bus genommen, und jetzt verstand er, warum. Die Nähe anderer, lebendiger Menschen. Aber jetzt, das wusste er, musste er zu Fuß gehen.

Durch die Stadt, an der Kathedrale vorbei, zu seinem Büro. Die Zeit hatte er. Er wusste, dass er den Weg zu Fuß machen musste, um sich zu beweisen, dass er gesund und lebendig war und imstande, einen Fuß vor den anderen zu setzen. Um sich selbst, während seine Füße unter ihm voranschritten, die Zeit zu geben, das große Geheimnis, das er soeben erfahren hatte, in sich zu festigen und zu versiegeln. Wenn es gelänge, das Geheimnis vor allen außer sich selbst (und Grant) zu verbergen, dann könnte es – vielleicht sogar für ihn selbst – so sein, als wäre es nicht wirklich wahr.

Win-chester Cathedral …

Er ging. Er würde eine halbe Stunde brauchen, vielleicht ein bisschen länger. Er würde Mrs. Roberts nicht enttäuschen.

Trockene Blätter stoben den Gehweg entlang wie kleine, furchtsame Tiere. Die Lichter vorbeifahrender Autos blendeten. Wegen seiner geheimnisvollen Bewusstseinsaussetzer durfte er nicht mehr Auto fahren, und er hatte natürlich angenommen, es wäre vorübergehend. Jetzt wusste er es besser. Vielleicht sollte er das Auto verkaufen. Aber war es wichtig, ob er es verkaufte oder nicht? Sechs Monate? Achtzehn Monate? Dutzende von praktischen Überlegungen und Entscheidungen standen plötzlich vor ihm, als wäre er sein eigener guter Anwalt, und zerstoben dann wie die Blätter vor ihm.

Die *Marinella* hatte er schnell verkauft. Diese Entscheidung hatte er nicht hinausgezögert. Sie war mit der Macht eines Sturms gekommen – mehr als ein Sturm, es war ein wilder, mörderischer Wirbelwind –, der an dem Nachmittag damals das Meer um sie herum aufgepeitscht hatte, zehn Meilen vor den Needles, und die *Marinella* wie ein Spielzeugboot in die Höhe geschleudert und auf die Seite geworfen hatte. Und sie beide ins Meer geschleudert hatte.

Stunden später, schon fast erfroren und einer ertrinkenden Ratte ähnlich, wurde er an einem Drahtseil herausgezogen und klammerte sich an einen Mann mit Helm, der sagte: »Halt mich fest, halt mich fest«, wie ein Liebhaber.

Auch das war etwas, das er sich im Leben nicht hatte vorstellen können – weder dass er es tat, noch dass es ihm widerfuhr.

Aber Anne wurde nicht an einem Drahtseil herausgezogen. Zuletzt hatte er Anne lebend gesehen, als eine riesige Welle sie empor- und davontrug, er hatte ihr Gesicht gesehen und den ausgestreckten Arm – wie er ihn in Grants Praxis gesehen hatte, wie er ihn unzählige Male gesehen hatte. Halt mich fest, halt mich fest. Aber sie war zu weit weg, er konnte sie nicht halten, konnte nicht einmal zu ihr gelangen. Dann war sie verschwunden.

Er verkaufte das Boot, sobald die Seenotretter es in den Hafen gebracht hatten und der Schaden repariert und bezahlt war. Er war nie wieder an Bord gegangen, wollte nie wieder segeln. Er war Segler geworden, was ihn überrascht hatte, Jurist und Wochenendsegler, Anwalt und gelegentlicher Meeresabenteurer, aber das würde er nie wieder sein, nur Anwalt, und er würde nie wieder das Glück erfahren, mit Anne verheiratet zu sein und in dem Schiff ihrer Ehe über die hohe, überwältigende See zu reiten.

»Ich lebe allein.« Manche, die ihn das sagen hörten, verstanden ihn. Schließlich hatten die Zeitungen darüber berichtet.

Und jetzt würde er auch nie wieder Auto fahren. Aber heute musste er ohnehin zu Fuß gehen. Er musste unter sich die eigene Kraft spüren, die ihn zuverlässig vorwärts brachte.

Und das tat er. Er durchquerte die Stadt, nahm hier und da eine Abkürzung, durch kleine Straßen, die er kannte, fern vom Verkehr, sodass er seinen rauen Atem und das stete Scharren seiner Schritte hörte. Selbst jetzt kam es ihm vor, als lieferte er den schlagenden Gegenbeweis: Seht doch, mir fehlt nichts.

Win-chester Cathedral …

Es schien, als würde er zurückgehen in seine früheren Körper, die alle dieser eine Körper und einst seine gewesen waren. Seine jüngeren, kräftigeren, unzerstörbaren Körper. Und so schien es ihm, dass die Beine unter ihm – er spürte sie genau – wieder die dünnen Beine waren, über die Maßen lebendig, die er gehabt hatte, als er den Cricketball geworfen und kurz darauf beschlossen hatte, dass Howard Clarke, der ebenfalls dünne, unsterbliche Beine hatte und ihm so spontan zu seinem spektakulären Wurf gratuliert hatte, vielleicht, wenn sie alle aus den Sommerferien zurückkamen, sein Freund werden könnte.

Und während er ausschritt, konnte er nicht umhin, in seinem Körper, diesem neunundfünfzig Jahre alten Motor, der er selbst war, die zentrale Pumpe zu bemerken, die den Rhythmus vorgab wie nie zuvor. Er konnte es spüren, hören. Andere konnten es bestimmt auch hören. Wie war es möglich, dass er in sich dasselbe schlagende Ding trug wie damals, als er ein kleiner Junge mit dünnen Beinen war? Wie war es möglich, dass es mit seinem beharrlichen und die meiste Zeit unbemerkten Schlagen weitermachte, als würde es nie aufhören?

Er kam bei seinem Büro an. Inzwischen war es völlig dunkel, und das Haus mit den erleuchteten Fenstern und dem schmiedeeisernen Gitter davor – ein vornehmes Haus, das wie die anderen in der Reihe in Büros umgewandelt worden war – kam ihm nicht zum ersten Mal, aber heute mehr als sonst, wie eine Bühne vor, wie ein Puppenhaus. »Eliot und Holloway«. Beinahe konnte er durch die Fenster, so schien es ihm, die Leute in Frackschößen und Reifröcken sehen, die einst hier gewohnt hatten.

Janice wusste natürlich Bescheid, Janice wusste, was gemeint war mit »Ich lebe allein«. Janice war damals dagewesen, als … Janice hatte das alles mitbekommen und wusste genau Bescheid. Und Janice war dagewesen, vor neun Monaten, als er den ersten außergewöhnlichen und außergewöhnlich peinlichen Ausfall hatte, hier in seinem Büro. Sie war neben ihm gewesen – nie hatte er ihre Knie aus so großer Nähe gesehen –, in der Hand ein Glas Wasser, und hatte zu ihm hinuntergesehen, wo er auf dem Teppich lag und langsam wieder zu sich kam. Sie hatte einen Rettungswagen gerufen. Janice war da, und er erkannte ihr Gesicht neben den anderen (Alan Holloway, das Gesicht aschfahl), die herumstanden und ihn ansahen, bevor ihm klar war, wer er selbst war.

Das ist Janice. Was macht sie da bloß? Und dann sah er, wie aus Janices Gesicht ein Ausdruck wich, rasch, aber nicht so rasch, dass er ihn nicht bemerkt hätte – der Ausdruck ihrer entsetzlichen Überzeugung, dass er tot war.

Janice sah auf und ihn an, als er ins Büro kam. Er wusste, dass die Art, wie er ihren Blick erwiderte und wie er mit ihr sprach, von größter Bedeutung war. Aber konnte sie – das fragte er sich und war überzeugt, dass es so war – durch seinen Blick und durch seine Worte hindurchsehen?

»Nichts Neues, Janice, fragen Sie erst gar nicht.«

Klang er hinreichend mürrisch?

»Dasselbe wie letztes Mal. Mehr Tests. Im Ernst, manchmal frage ich mich, ob die wissen, was sie da machen.«

Als Janice ihn unverwandt ansah, sagte er: »Ich bin zu Fuß gegangen. Den ganzen Weg gelaufen. Hat mir gutgetan, besser als der Weg dorthin.«

Er sah auf die Uhr. Zehn nach fünf. Er zog sich den Mantel aus. Alan hatte schon Schluss gemacht, wie es aussah. Gut. Alan wäre schon bald alleiniger Herrscher hier. Er warf einen Blick durch die offene Tür in sein eigenes Büro, als wäre es ein Raum, den jemand anders verlassen hatte.

»Gut, Janice, als Nächstes haben wir … äh … Mrs. Roberts.«

Als wäre Mrs. Roberts nicht plötzlich die lebensrettende Leine für ihn.

Noch während er sprach, kam jemand in schwarzem Mantel und rotem Schal durch die Tür, durch die er eben hereingekommen war, eine Frau um die vierzig, nicht unattraktiv, aber voller Nervosität, die sie offensichtlich zu verbergen suchte.

War es wirklich so schwierig, etwas zu verbergen?

»Mrs. Roberts?«, sagte er, und als sie bejahte, reichte er ihr die Hand und lächelte. »David Eliot.« Wie seltsam sein eigener Name klang. »Und das ist unsere Empfangsdame, Janice. Sie kommen gerade richtig. Ich bin soeben von einem Termin zurück.« Sie sah ihn unschlüssig an. »Also dann –«

Und jetzt streckte er den Arm in einer einladenden Geste aus, genau so, wurde ihm bewusst, wie Grant es an der Tür zu seinem Behandlungszimmer getan hatte und wie alle Menschen in diesen Berufen es gewohnheitsmäßig tun.

Er nahm eine Schnelleinschätzung vor: Sie war nicht eine von denen, die es hart getroffen hatte und die so viel wie möglich rausholen wollten. Sie war eine von denen (anscheinend sah er das deutlicher als je zuvor), die dachten, das könnte ihnen niemals passieren, nicht ihnen – die dachten, ihre Ehe, ihr Leben verlaufe in gesicherten Bahnen. Sie setzte eine Miene geschäftsmäßiger Gefasstheit auf, aber in Wirklichkeit war sie hilflos, sie drohte unterzugehen. Sie sah sich vor einem Abgrund, vor dem sie nie hätte stehen sollen, und wusste nicht, wie sie auf die andere Seite gelangen sollte.

Sie setzten sich. Er redete in den Floskeln eines Anwalts. Er sah sie an, blickte auf die Notizen vor sich. Dann lehnte er sich geduldig und aufmerksam in seinem Stuhl zurück.

»Jetzt erzählen Sie mit Ihren eigenen Worten, was ich wissen sollte. Und lassen Sie sich Zeit.«

Articles of War

Kleine Pflichtenlehre für Soldaten

Die Fahrt mit der Kutsche war betrüblicher denn je, erbarmungsloser, grauer Nieselregen, der alles verhängte, der die Straßen in Schlammwege verwandelte und ihm jegliche Abschiedsblicke auf Obstgärten voll reifer Äpfel und auf goldgelbe Heugarben versagte. Erntezeit, und die Felder morastig. Dazu das vertraute Verlassenheitsgefühl, das sich seiner bemächtigte, wie bei der schrecklichen Rückkehr zur Schule.

In Totnes wechselten sie spät die Pferde, und die Nacht war schon hereingebrochen, als sie ankamen. Sie war den ganzen Tag lang hereingebrochen. Jetzt musste er bis zum Morgengrauen warten. Der erste Blick auf die Schiffe war immer eine kleine Erleichterung. Er sah ein fernes Schimmern von Laternen, durch die Düsternis, auf dem Sound.

Jetzt musste er also warten. Und dann musste er – zweifelsohne – wieder warten. Er kannte das, man eilte auf Befehl des Herrschers zur Stelle, um dann endlos auf weitere Befehle zu warten. Seine Reisetruhe wurde ins Bell, das Wirtshaus, getragen. Er hatte vorgehabt, sich ein besseres Quartier an Land zu suchen, war dann aber doch auf das bekannte Übel zurückgekommen. Es war bequem. Es war bequem zu sagen: »Ich steige im Bell ab.« Für Luxus hatte er kein Geld.

Man zeigte ihm seine Kammer. Er kannte sie schon – oder eine ähnliche. Er hatte schon einmal hier festgesessen, wie auch Gott weiß wie viele andere seinesgleichen. Seltsam, dass er auf Anhieb diese Beklemmung spürte, wo doch die Kammer weit größer war als jede schlingernde Kajüte.

Er zog Hut und Mantel aus, und sofort war ihm kalt. Er prüfte den Kerzenvorrat. Im Kamin brannte ein dürftiges Feuer, als wäre es widerstrebend angezündet worden. Schließlich war es erst September. September 1805. Im August, erst vor drei Wochen, hatte er seinen fünfundzwanzigsten Geburtstag begangen. Er musste ihn also nicht allein für sich auf See begehen. War es überhaupt ein Anlass, der begangen werden sollte?

Er zog die Handschuhe aus. Er widerstand dem uralten Drang, an den Nägeln zu kauen. Er pisste in den Nachttopf. Es war zu früh zum Essen, außerdem – was würde er nach dem Essen tun? Er würde vor dem freudlosen Kaminfeuer sitzen, in Gesellschaft dieses freudlosen Menschen, der er selbst war. Er würde mit der trübsinnigen Aufgabe des Briefeschreibens beginnen – Briefe, als wären sie am Vorabend der Seereise geschrieben worden, obwohl der Vorabend vielleicht erst in drei Wochen war.

Wenn er sich zeigte und wenn er Glück hatte (oder Pech), würde ein anderer in Blau und Gold ihn zum Essen einladen. Das könnte seine Niedergeschlagenheit lindern – oder schlimmer machen. »Ehefrauen und Geliebte sollten sich niemals begegnen.« Aber er hatte weder die eine noch die andere. Er gehörte einzig und allein der Navy. Ihm blieb also (so sagte er sich) der oft besungene Trennungsschmerz erspart. Er kannte nur diesen anderen Schmerz, der an einem tiefen, einsamen Ort in ihm drin entstand.

Um es klar beim Namen zu nennen: Er hatte seine Mutter

und seine beiden älteren Schwestern, Emily und Jane. Seine beiden älteren Brüder, Arthur und George, bewegten sich in anderen Sphären und waren so alt, dass es ihm manchmal so schien, als könnten sie seine Väter sein. Und dann war da sein Vater …

Kurzum, er war – und er würde sich gedanklich nur in dem öden Zeitraum vor der Einschiffung damit beschäftigen – der Jüngste: der späte und unerwartete Nachzügler, der Nachgedanke (obwohl ein Denken sicherlich nicht stattgefunden hatte), ein Spielzeug für seine Schwestern, ein unbedeutender Jemand für seine Brüder und ein Rätsel für seine Eltern.

Doch den Frauen in der Familie schrieb er seine liebevollen Briefe, während er uneingeschifft an Land festgehalten wurde, er verhüllte sein wahres Unglück und schrieb, als wäre er noch der weinende Schuljunge, der sein Taschentuch einzupacken vergessen hatte. Meine teuerste Emily … meine teuerste Jane …

Was wussten sie schon davon, wie ihre lebendige Puppe Befehle brüllen konnte. Er hatte Seemannsbeine (so man ihm erlaubte, sie zu finden) und außerdem Seemannslungen. Und wovon sollte er ihnen jetzt schreiben, nachdem so viel Zeit vergangen war, seit er sie gesehen hatte? Von einer gefährlichen Expedition in der Kutsche von Bridgwater hierher?

Einmal hatte sein Vater ihn in die Bibliothek zitiert und mit ihm wie von einer großen und geduldigen Höhe aus gesprochen. Hierbei sollten ihm der bescheidene Umfang seiner Zuwendungen kundgetan, aber auch allgemeine Ratschläge erteilt werden. Er hatte vor dieser selten erblickten Gestalt gezittert, so wie er später vor den Admirälen zitterte. Er erinnerte sich dann – und erinnerte sich auch jetzt –, dass seines Vaters Miene einen Moment lang weich wurde, als würde ihm das Unbehagen seines Sohnes erkenntlich.

Sein Vater hatte gesagt: »Mein lieber Richard, du bist einer aus der Familie Longridge. Du bist weder ein König noch ein Bürgerlicher. Du wirst alles verstehen, was du bezüglich deines Auftretens in der Welt wissen musst, wenn du diese Worte verstehst: Sei dir deines Standes bewusst.« Die Miene seines Vaters hatte sich wieder verhärtet, und seine Augen schienen ihn durchbohren zu wollen, als stünde hinter den Worten, die an sich klar und unversöhnlich genug waren, eine andere Botschaft.

Die Uhr in der Bibliothek hatte schmerzhaft die Morgenstunde verkündet. Der Abstand zwischen ihm und seinem Vater war ihm so groß vorgekommen, dass sein Vater ebenso gut der König hätte sein können und er einer aus dem gemeinen Volk. Oder das außerehelich gezeugte Kind seines Vaters. Ihm war später – allmählich, aber mit bohrender Klarheit – aufgegangen, dass genau das die Wahrheit sein konnte, auch wenn sie anscheinend aus Barmherzigkeit verschwiegen wurde. Es lag nicht in seinem Interesse, Fragen zu stellen. Es lag in seinem Interesse, sich der Täuschung anzuschließen und dankbar zu sein – und an seine Mutter und seine Schwestern rührselige Briefe zu schreiben.

Vielleicht war er also, wie seine Schulkameraden zu sagen pflegten – obwohl es nicht in seinem Interesse lag, dem je nachzuspüren –, ein Bankert.

Er stocherte mit dem Schürhaken in dem wenig gefälligen Kaminfeuer. Ihm fiel der ständige Refrain seiner Mutter an die Hausmagd ein, der für ihn wie ein weiterer, wenn auch unbeabsichtigt erteilter elterlicher Ratschlag war: »Ein kümmerliches Feuer, Betty, ist schlimmer als eine kalte Feuerstelle.«

Er sah vor sich seine Schulkameraden, erinnerte sich an ihre traurigen Namen. Ashmole, Palgrave, Wilkes …

Da er trotz seiner privilegierten Schulbildung nicht imstande war, sich aus eigener Anstrengung von seiner Entbehrlichkeit zu befreien, blieb ihm nur die Armee, die Navy oder die Kirche. Ihm gefiel Blau besser als Rot, und beides zog er der schwarz-weißen Absurdität eines Pastors auf der Kanzel vor.

Über das Meer, das sogenannte, hatte er seltsamerweise nicht viel nachgedacht. Inzwischen war es ihm bekannt. Und er hatte nicht gewusst, dass zum Dienst in der königlichen Navy, auch nachdem er verpflichtet worden und seine Meerestauglichkeit erprobt war (damals mehr als jetzt), diese elend langen Zwischenphasen gehörten, und eine betrübliche Selbstentlarvung – ein Geschöpf, das weder dem Land noch der See angehörte, gefangen zwischen zweifelhaftem Heimweh und drei oder vier Tagen, je nach Route und Wetter, geplagt von Übelkeit und Erbrechen.

Es gab nichts Schlimmeres auf der Welt als Nutzlosigkeit und nichts Gutes außer ihrem Gegenteil. Das begriff er, auch wenn er die Worte seines Vaters niemals vollständig begreifen würde. Er wusste, dass seine gegenwärtige Krankheit mit einer Reihe von Mitteln geheilt werden konnte. Mit dem ersten Blick aufs Schiff würde sie ein wenig gelindert, größere Linderung träte ein, sobald er die Bordplanken betrat, aber richtig geheilt würde sie erst (wobei das mit viel Würgen und dem Wunsch zu sterben einherging), wenn das Schiff seinen Anker gelichtet hatte. Zurzeit wurde ihm auch das schwächste dieser Heilmittel versagt. Er wusste nicht, ob sein Schiff vor Anker lag.

Er hätte den Wirt gleich zu Anfang fragen können, er hätte jeden fragen können, aber er wollte sich als Angehöriger der Navy nicht die Blöße geben und nach dem Verbleib seines Schiffes fragen. Er ging zum Fenster, streckte den Kopf hinaus und sah die Lichter auf dem Wasser. Er stellte sich vor, wie er die törichte Frage stellte: »Liegt da auch die *Temeraire*?«

Beim Morgengrauen wüsste er es, seine Augen würden den Beweis liefern. Ein Kriegsschiff zweiter Klasse wäre unverkennbar. Und der Anblick, der stolze Anblick, selbst hinter dem Schleier des Nieselregens, würde sein Unwohlsein gewiss verscheuchen. Nie hatte er einer so großartigen Sache gedient. Auch seine Schwestern hatten das verstanden. Allein die Tatsache, dass ihre Herren und Gebieter ihm ein Schiff der Linie unterstellt hatten, bedeutete doch, dass er nicht unbemerkt geblieben war und man ihm etwas zutraute. Es könnte sogar die Vorstufe zu einem Kapitänspatent und einer Fregatte sein.

Aber er hatte von der *Temeraire* gehört. Schon der Name drückte Kühnheit aus. Richtig so. Ein französischer Name, wenn sie gegen die Franzosen kämpften. Napoleon selbst könnte als »téméraire« betitelt werden. Doch wichtiger war, und jeder wusste es (auch seine Schwestern, obwohl sie davon absahen, es zu erwähnen), dass es auf dem Schiff eine Meuterei gegeben hatte. Männer waren an den Quermasten gehenkt worden. Und trotz aller Kanonen und trotz seines kriegerischen Namens war die *Temeraire* nie in Kampfhandlungen verwickelt gewesen. Das Gebälk war in Stürmen beschädigt und durch Aufstand entehrt worden, aber nicht ein einziger Schuss hatte es getroffen.

Das Schiff war also wie er. Auch er hatte noch keine Kampfhandlungen gesehen. Handlung: Das war ein gutes Wort für ein bewährtes Leben. Die Beförderung, die ihm zuteilgeworden war, hatte er nicht durch Gnade oder Begünstigung erhalten (vielleicht wusste die ganze Flotte, wer oder was er in Wirklichkeit war), noch wegen seiner Taten. Seine

Herren und Gebieter hatten ihm die *Temeraire* sicherlich deshalb zugewiesen, weil er bei Schießübungen sein Geschick unter Beweis gestellt hatte. Was sonst konnte man tun bei einer Blockade? Schießübungen, und noch mehr Schießübungen.

Jetzt hatte er das Kommando über eine größere Geschützbatterie auf einem größeren Geschützdeck. Aber im Verhältnis zu den Geschützen an Bord würde er weniger befehligen als auf einem Schiff vierter Klasse. Und auf demselben Geschützdeck stand vielleicht ein anderer Leutnant, der die andere Batterie befehligte – nennen wir ihn Leutnant Lanyard –, und vielleicht war Leutnant Lanyard ein achtzehnjähriger Bengel, der Kampfhandlungen gesehen hatte.

Aber außer der Meuterei hatte die *Temeraire* keine Aktion gesehen.

Warum musste er jedes Mal diese Vorahnungen erleiden, wie Jona auf dem Weg nach Jafo – und wurde jetzt auf dem entsprechenden Schiff eingesetzt.

Er wandte sich vom Fenster ab und dem Kaminfeuer zu. Vielleicht würde er in die triefende, von Lampen dürftig erhellte Dunkelheit gehen und seine Beine nach der Fahrt in der engen Kutsche strecken, die salzgetränkte Luft atmen, seine Trübseligkeit besänftigen. Aus irgendeinem Grund wollte er jedoch nicht unter Seeleute gehen, obwohl er sich schon bald dauernd in ihrer Mitte bewegen würde – hoffentlich bald – auf einem schlingernden Deck. Bei der Einfahrt in die Stadt war ihm aufgefallen, dass viele Seeleute unterwegs waren. Er hatte Plymouth noch nie so belebt gesehen, noch hatte er jemals das Gefühl gehabt – allerdings war das sein siebter Sinn und nicht das, was er sah –, dass so viele Vorbereitungen im Schwange waren. Vielleicht würde es nicht lange dauern.

Sein Widerstreben entstammte nicht einem Gefühl überflüssiger Rücksichtnahme. Natürlich würden sie ihm Platz machen und die Finger an die Schläfen legen, und sollte er sie anschnauzen wollen (aber das wollte er nicht), dann würden sie sich eiligst entfernen. Als Seeleute an Land unterstanden sie technisch gesehen nicht den *Articles of War*, aber es war in ihrem eigenen Interesse, Gehorsam zu zeigen. Jeder achtete auf seine eigenen Interessen.

Eher war es so, dass der Kontakt, oder auch der fehlende Kontakt, ihm seine versteckte Achtung vor ihnen bewusst machen würde, und auch – aber das war aufrührerisches Denken – seine Verwandtschaft zu ihnen. An Bord war es anders. An Bord handelte man innerhalb des Spantenwerks und eiserner Gesetze. Ein Geschöpf des Meeres? Eher ein Meeresmechanismus. Denken durfte man nicht. Genau das war jetzt seine Not. Er dachte.

Aber das hatte die Navy ihn gelehrt oder ihm bestätigt. Im Grunde unterschied er sich nicht von den anderen. Aufrührerisches Denken, fürwahr. Vielleicht verdankte er dieser nicht offen einzugestehenden Tatsache seine Kompetenz auf dem Geschützdeck und seine Führungsqualitäten in diesem Bereich, seine Fähigkeit, das zu erreichen, was andere auch erreichten, jedoch ohne die Androhung von Auspeitschungen oder anderen Strafen, sondern nur unter Einsatz seiner Stimme und keiner weiteren Tyrannei als der seiner Taschenuhr. Noch einmal, Jungs, und noch einmal! Und noch einmal, bis ihr Teil der Geschütze werdet. Als würde er, während er die Befehle ausgab, ihnen zurufen: Seid euch eures Standes bewusst, seid euch eures Standes bewusst. Niemand, weder Gott noch Mensch, wird einen anderen Platz für euch finden als genau diesen. Hierfür seid ihr gemacht.

Aber er hatte keine Kampfhandlungen gesehen. Er hatte

Lärm und Qualm und zischenden Dampf erlebt, der, so wie der Qualm, alles bedeckte. Er kannte Schießpulver in Mund und Nase. Aber er wusste nichts über Splitter. Er war zuversichtlich, dass er, sollte es so weit kommen und sollten Splitter fliegen, seine Befehlsgewalt nicht verlieren würde. Dass seine Stimme nicht versagen würde. Er würde nicht zusammenzucken oder sich ducken oder sein Gesicht schützen wollen, nicht nur, weil es nicht vorbildhaft war, sondern weil er gelernt hatte zu glauben, dass nichts, was man tat, etwas änderte.

Zwar hatte er bisher keine Kampfhandlung gesehen, aber sein siebter Sinn – ein anderer siebter Sinn – sagte ihm, dass es diesmal dazu kommen würde. Er vertraute schlicht und einfach darauf, dass er seine Pflicht tun würde. So wie er seinem Vater gegenüber und seiner Mutter (falls sie das war) seine Pflicht – sorgfältig, dankbar, ohne zu meutern – getan hatte.

Meine teuerste Mama … Meine Teuerste …

Er stocherte im Kaminfeuer. Alle Kühnheit, alles Feuer war aus seinem Herzen geflohen. Er biss heftig an seinen Fingerkuppen. Er selbst war wie eine der kalten Feuerstellen, von denen seine Mutter gesprochen hatte.

Temeraire. Es war ein Spottname, es war ein unrühmliches Schiff, es segelte unter einem unseligen Stern.

Petrus

Selbst nach so vielen Jahren war es ihm peinlich zu sagen, er sei der Sohn eines Pfarrers und in einem Pfarrhaus aufgewachsen. Es war, als würde er sagen, er sei in einem malerischen Haus auf dem Lande aufgewachsen – dabei stand das Pfarrhaus in einem der weniger attraktiven Vororte von Birmingham. Es war ein gewöhnliches Haus mit einem Erker. Wenn man am Fenster stand, konnte man die Kirche ein bisschen weiter oben auf der anderen Straßenseite sehen. »Einen Steinwurf entfernt«, hatte sein Vater immer gesagt, sie waren einen Steinwurf entfernt. Es war eine gängige Redewendung, aber als er klein war, stellte er sich immer vor, dass jemand tatsächlich den Arm hob, den Rücken spannte und einen Stein warf. Er wollte wissen, ob der Wurf von der Kirche aus oder zur Kirche hin ausgeführt wurde. Ihm behagte die Vorstellung nicht, dass jemand einen Stein auf eine Kirche oder von einer Kirche aus warf.

Noch immer konnte er sich, obwohl es lange her war, das aufmerksame, aber hagere Gesicht seines Vaters vergegenwärtigen. Er war noch ein Kind, als sein Vater starb, er sah also immer das gleiche, nicht alternde Gesicht, während sich sein eigenes Gesicht in über fünfzig Jahren stark verändert hatte. Etwas von der Zeit damals, als er acht Jahre alt war und sein Vater auf den Tod zuging, obwohl das zu dem Zeitpunkt noch niemand wusste, hatte sich in sein Gedächtnis eingegraben. Das Gesicht von Peter Wilson, seinem Stiefvater, konnte er sich längst nicht so klar vor sein inneres Auge rufen, obwohl er ihn länger gekannt hatte. Er wusste auch nicht, die Frage blieb also, ob Peter Wilson damals, als sein Vater auf den Tod zuging, einfach ein Freund seiner Mutter war und ein Freund der Familie oder mehr, schon damals. Und ob sein Vater davon gewusst hatte.

Es war, als würde man einen Stein aufnehmen und sein Gewicht schätzen wollen. Und dann wüsste man nicht, auch jetzt nicht, in welche Richtung man ihn werfen sollte. Seine Mutter wusste es, aber sie hatte nie etwas gesagt. Warum auch? Und jetzt, da sie alt und gebrechlich war und ihr Gedächtnis nachließ, hatte er noch weniger Grund, sie deshalb zu bedrängen. Er konnte sich nur fragen, ob sie sich von all dem heute noch bedrängt fühlte.

Jedenfalls, an dem Nachmittag damals hatte seine Mutter nicht am Schultor auf ihn gewartet. Er war acht Jahre alt und brauchte nicht von seiner Mutter abgeholt zu werden. Zur Schule war es kaum weiter als bis zur Kirche. Aber sie war eine der Mütter, die ihr Kind abholten, vielleicht weil sie die Frau des Pfarrers war. Und er war eins der Kinder, die es lieber gehabt hätten, wenn ihre Mütter sie nicht abgeholt hätten, und trotzdem insgeheim froh waren, wenn sie kamen.

Aber diesmal holte sein Vater ihn ab. Es war ein kalter, grauer Tag im März. Ein gemeiner, zerrender Wind blies. Außerdem war es der letzte Tag vor den Osterferien, und er fragte sich, obwohl es jeder Logik entbehrte, ob das der Grund sei, dass sein Vater ihn abholte und nicht seine Mutter.

Zu dem Zeitpunkt hatte er jedenfalls nicht gewusst, dass sein Vater Weihnachten schon tot sein würde. Auch seine Mutter konnte es nicht gewusst haben, selbst sein Vater nicht. Es ging ihm nicht gut, und als er am Schultor stand, sah er müde aus, aber nicht unbedingt krank. Offensichtlich hatte er den Weg bis zur Schule geschafft, und das würde schon bald nicht mehr möglich sein. Der Arzt hatte ihm gesagt, er solle sich nicht zu viel zumuten, ausgerechnet in einer Zeit, der Osterzeit, wenn der Pfarrer besonders viele Verpflichtungen hatte, aber sein Vater hatte darüber gewitzelt. Ein Vikar war gerufen worden, der einige der Gottesdienste übernehmen würde, und da das Wort »Vikar« Stellvertreter bedeutete, gab es jetzt einen Stellvertreter für den Stellvertreter Gottes.

Er war enttäuscht zu erfahren, dass der Vikar nur ein Stellvertreter war. Das schien ein Zeichen von Bedeutungslosigkeit. Außerdem hatte ihn die Vorstellung verstört, dass ein Arzt dem Pfarrer sagen konnte, was er tun sollte.

Sie waren zusammen nach Hause gegangen. Er hatte das Gefühl, dass sein Vater zur Schule gekommen war, weil er ihm etwas sagen wollte, weil er auf dem Weg nach Hause seine vollständige Aufmerksamkeit haben wollte. Aber irgendwie – vielleicht lag es an dem schlimmen Wind, der ständig Wolken von Staub und Ruß aufwirbelte – wurde das verhindert.

Erst als sie zu Hause ankamen, bemerkte er, dass seine Mutter nicht da war. Er hatte angenommen, sie habe dem Wunsch seines Vaters, ihn abzuholen, nachgegeben, aber jetzt sagte sein Vater: »Mum konnte dich leider nicht abholen, aber sie kommt jeden Moment nach Hause.« An dem Ton seines Vaters erkannte er, dass er nicht nach dem Grund fragen sollte. Dann sagte sein Vater, fast im selben Atemzug: »Und bald kommt Ostern.« Das zu sagen, war nicht nötig, alle wussten, dass Ostern kam, aber weil sein Vater es so schnell nach dem Satz über seine Mutter gesagt hatte, klang es für ihn so, als wäre Ostern eine Person, die auch jeden Moment kommen würde – von dort, wo Ostern jetzt war.

Sein Vater stellte den Wasserkessel auf, schnitt eine dicke Scheibe Brot ab und bestrich sie dick mit Butter und dann mit Erdbeermarmelade. Das war seine übliche Belohnung, wenn er von der Schule nach Hause kam. Sein Vater machte genau das, was sonst seine Mutter tat, nur hatte er sich dazu die Hemdsärmel aufgerollt und zeigte seine sehnigen Arme, die, das dachte er in dem Moment zum ersten Mal, nicht wie die Arme eines Pfarrers aussahen, sondern wie die eines beliebigen Mannes.

Sie trugen die Teebecher und das Marmeladenbrot ins Wohnzimmer. Sie benutzten ihr Wohnzimmer oft. Viele Menschen taten das nicht, sie benutzten ihr Wohnzimmer nur zu besonderen Anlässen. Vielleicht war es bei ihnen anders, weil das Haus ein Pfarrhaus war und weil man vom Wohnzimmer aus die Kirche sehen konnte. Von dem Platz aus, auf den sein Vater sich jetzt setzte, konnte er die Kirche nicht sehen – dazu musste man näher ans Fenster gehen –, aber er saß so, dass er nach draußen blicken konnte, zum Gartentor und zu der Ligusterhecke, die vom Wind gerüttelt wurde. Es war offensichtlich, dass er etwas sagen wollte.

Die Kirche hieß Petrus-Kirche, und es war reiner Zufall, das Mr. Wilson Peter hieß. Es gab viele mit dem Namen Peter. Er selbst hieß Paul. Es gab auch eine Paulus-Kirche. Da sein Vater Pfarrer an der Petrus-Kirche war, hatte er schon als kleiner Junge ein paar Fakten über den heiligen Petrus gelernt. Dass die gekreuzten Schlüssel sein Symbol waren. Dass sie die Schlüssel zum Himmel darstellten, da der heilige Petrus die Himmelspforte bewachte. Dass Jesus einmal zu Petrus gesagt hatte, er sei der Fels, auf dem Jesus seine Kirche errichten würde, denn der Name Petrus war auch ein gewöhnliches Wort und bedeutete »Fels«. Er hatte den Eindruck, mit allen seinen Attributen müsste Petrus der beste und der wichtigste aller Heiligen sein. Deshalb war er stolz und froh, dass sein Vater an der Petrus-Kirche Pfarrer war.

Aber gerade sagte sein Vater, dessen Müdigkeit im Licht vom Fenster deutlich zu sehen war, dass der heilige Petrus davor überhaupt kein Heiliger gewesen war. Es war wie seine Bemerkung über Ostern. Sie kam aus dem Nichts und schien nirgendwohin zu führen, aber er machte sie mit einigem Nachdruck. Er sagte, es sei wichtig, das zu verstehen. Der heilige Petrus war einst gar kein Heiliger gewesen. Dann sagte er – und das war eine bestürzende Bemerkung –, dass es früher gar kein Ostern gegeben habe, und auch das sei wichtig zu verstehen.

Er hatte Mühe, sein Marmeladenbrot zu essen. Es kam ihm verkehrt vor, solange sein Vater solche Feststellungen machte. Vielleicht war es falsch gewesen, dass sein Vater ihm das Brot geschmiert hatte. Dabei hatte sein Vater nur das getan, was üblich war und was seine Mutter getan hätte, und er hatte es gut gemacht. Und bis vor wenigen Minuten war er ein Junge gewesen, der hungrig aus der Schule gekommen war.

Dieses bestrichene Brot würde er nie vergessen – die Scheibe war etwas dicker, als seine Mutter sie geschnitten hätte –, und auch, dass er es nicht aufessen konnte, obwohl er sich bemühte, würde er nicht vergessen. Sein Vater hatte sicherlich sein Bemühen gesehen, doch da er in seinen eigenen Überlegungen gefangen war, hatte er sich nicht dazu geäußert. Er sprach vom heiligen Petrus.

Immer würde er sich an dieses schwierige Marmeladenbrot erinnern und an das blau-orangefarbene Glühen des Gasofens, den sein Vater angestellt hatte, und an das Klappern des Gartentors im Wind, draußen vor dem Fenster.

»Kannst du dir das vorstellen?«, hatte sein Vater gesagt. »Kannst du dir vorstellen, dass es früher kein Ostern gab?«

Nein. Ostern war so wie Geburtstage und Ferien, wie Weihnachten, es kam jedes Jahr wieder. Und dann erzählte sein Vater ihm die Geschichte, die er, obwohl er erst acht war, größtenteils schon kannte und von seinem Vater gehört hatte. Aber sein Vater hatte sie nie so erzählt, nie wie eine Geschichte, die noch nie erzählt worden war.

Es war wichtig daran zu denken, dass es früher einmal kein Ostern gegeben hatte. Es war wichtig daran zu denken, dass es, als Jesus am Abend vor Karfreitag mit Petrus sprach, gar nicht der Abend vor Karfreitag war, weil es damals Karfreitag noch nicht gab. Das alles gab es damals nicht. Und Petrus war kein Heiliger. Er war einfach Petrus oder Peter. Dennoch war das der Abend, wirklich und tatsächlich der Abend vor dem Tag, an dem Jesus ans Kreuz genagelt wurde, auch wenn niemand außer Jesus das verstand. Petrus verstand es nicht, und er glaubte Jesus nicht, als dieser sagte, bevor der Hahn am Morgen krähe, werde er, Petrus, Jesus dreimal verleugnet haben. Petrus verstand nicht, was da passierte. Er war einfach nur Petrus.

Jesus war in den Garten gegangen, um zu beten, und obwohl er wusste, was kommen würde, hatte er Gott gebeten, ihn zu verschonen. Er hatte gesagt: »Lass diesen Kelch an mir vorübergehen.« Die ganze Nacht hindurch war Jesus wach geblieben und hatte gebetet, aber die drei Jünger, die bei ihm waren, hatten sich in seiner Nähe zusammengerollt und geschlafen. Trotz allem, was ihrem Herrn und Meister bevorstand, hatten sie einfach geschlafen. Einer von ihnen war Petrus.

Mehrmals hatte Jesus sie geweckt, aber sie schliefen einfach wieder ein, selbst in dieser Nacht. Ihre Augen waren müde und fielen ihnen zu, sagte sein Vater, schließlich waren sie Menschen. Sie verstanden gar nicht richtig, was passierte. Jesus hatte an dem Abend schon den Jünger genannt, Judas, der ihn verraten würde, und zu Petrus hatte er das mit dem Krähen des Hahns gesagt. Und obwohl Petrus das wusste, hatte er geschlafen.

Sein Vater hatte alle diese Dinge nicht wie ein Pfarrer gesagt, der in der Kirche spricht, sondern so, als würden sie zum ersten Mal gesagt. Einige der Wörter, die sein Vater verwendete, waren Wörter aus der Bibel, und selbst mit acht wusste er das, aber er empfand sie als wahrhaftig, er sah sie als wahrhaftig. Er spürte, wie den Jüngern die Augen schwer wurden. Er sah den Kelch, obwohl Jesus nicht von einem wirklichen Kelch gesprochen hatte. Er spürte das Vergehen der langen Nacht, die strenge Genauigkeit des dreimaligen Leugnens.

Er konnte sein Marmeladenbrot nicht aufessen. Und als seine Mutter nach Hause kam, war das Erste, was sie sagte: »Du hast dein Marmeladenbrot nicht aufgegessen.« Sie hatte den Rest der Scheibe mit den kleinen halbmondförmigen Bissen sofort bemerkt. Aber sie musste auch die Atmosphäre im Haus bemerkt haben. Die Stimmung. Die musste sie deutlicher bemerkt haben als die Scheibe Brot.

Lass dieses Marmeladenbrot an mir vorübergehen.

Es war nur eine Geschichte. Aber in der Nacht lag er wach, er hörte den Wind und hatte irgendwie die Vorstellung, dass er die Nacht über wach bleiben sollte, er sollte das tun, seinem Vater zuliebe. Aber auch er schlief ein, trotz der Geschichte. Er war einfach eingeschlafen. Er war acht Jahre alt, und er schlief tief und ruhig, und als er aufwachte, war es heller Tag, und er wusste, dass er nicht zur Schule gehen musste. Er konnte die Augen zumachen und weiterschlafen, wenn er wollte. Es war ein köstliches Gefühl. Im ersten Moment erinnerte er sich nicht daran, dass sein Vater mit ihm gesprochen hatte oder was sonst am Vortag passiert war. Dann zog eine Art Schatten durch seinen Kopf. Dann fiel es ihm wieder ein.

Der Himmel draußen war klar. Der Wind hatte aufgehört. Sie waren in Birmingham, und es krähte kein Hahn. Bald würde seine Mutter ins Zimmer kommen, um zu sehen, ob er wach war. Sie würde sich über ihn beugen und ihm einen Kuss geben. Manchmal, das machte den Kuss umso köstlicher, tat er so, als schliefe er noch und als hätte ihr Kuss ihn geweckt. Er fragte sich, ob sie das wusste. Es war so ähnlich, wie sich zu wünschen, sie würde nicht am Schultor stehen, und sich dann insgeheim zu freuen, wenn sie doch da war.

Er hätte sich bestimmt daran erinnert, wenn seine Mutter ihn an dem Morgen geküsst hätte.

Peter Wilson war Lehrer an der Grundschule. Peter Wilson hatte ihn unterrichtet. Er war ein Freund der Familie geworden, wie das mit Lehrern manchmal war, vielleicht ein besonderer Freund seiner Mutter. Er war Mr. Wilson gewesen, dann war er Peter. Dann wurde er sein Stiefvater.

Wenn sein Vater gewusst hatte, dass Peter Wilson mehr als nur ein Freund seiner Mutter war, dann hatte er auch gewusst, als er ernstlich krank wurde, dass sie mit seinem Tod ihre Freiheit bekam, und wenn er in diesem Wissen – vielleicht sogar mit diesem Wunsch – gestorben war, dann wäre das doch gewiss nicht unheilig gewesen. Auf jeden Fall hätte sein Vater, als Christ und Pfarrer, gewusst, dass er ohne Groll und ohne Bitterkeit sterben und dass er es als Gottes Willen hinnehmen musste.

Als sein Vater starb – inzwischen war es Anfang Dezember, und bald kam Weihnachten –, hatte seine Mutter nicht geweint, wenigstens nicht vor ihm. Aber natürlich musste sie, die Frau von Gottes Stellvertreter, die Fassung bewahren. Doch als Peter Wilson sie viele Jahre später verließ, von einem Augenblick auf den anderen verließ, weinte sie viel und auch vor ihm. Möglicherweise ist es für eine Mutter unbehaglicher, vor ihrem zwanzig Jahre alten Sohn zu weinen als vor ihrem achtjährigen Sohn – ungeachtet der Frage, was für den Sohn unbehaglicher ist. Aber sie weinte und war fassungslos, als weinte sie bei dieser einen Gelegenheit gleich für zwei. Er hatte sie widerstrebend umarmt.

Was ist schon in einem Wort? Wörter sind keine Dinge. Kelch, Stein, Fels. Schon damals, mit acht Jahren, hatte er nicht wirklich geglaubt – obwohl sein Vater es geglaubt haben musste –, dass der heilige Petrus Schlüssel hatte, die den Himmel öffneten. Wie konnte der Himmel ein Tor haben? Wie konnte der Himmel genauso eingerichtet sein wie seine Schule oder auch der Vorgarten? Die Menschen sagen oft von sich, es gilt als die üblichste Ausrede, und er selbst hatte es bestimmt mehr als einmal von sich gesagt: »Ich bin kein Heiliger.«

Er ist kein Heiliger. Oder: Sie ist kein Engel.

Hätte er das von seiner eigenen Mutter glauben können, als sie sich an dem Morgen damals über ihn beugte und ihm einen Kuss gab? Sie ist kein Engel.

Sein Vater hatte gesagt, alles sei so geschehen, wie Jesus es gesagt hatte. Diejenigen, die Jesus beschuldigten und verhafteten, beschuldigten auch Petrus – er sei einer von den Jüngern Jesu gewesen. Dreimal war Petrus beschuldigt worden, und dreimal sagte er, er habe nichts zu schaffen mit Jesus. Und obwohl Jesus ihm gesagt hatte, dass er genau das tun werde – was eigentlich der strengste und unverbrüchlichste Befehl war, es nicht zu tun –, hatte Petrus Jesus ohne Weiteres dreimal verleugnet.

Da hatte sein Vater nicht gesagt, Petrus sei schließlich ein Mensch und habe sich gefürchtet. Er sagte nur, so sei es geschehen. Petrus habe geschlafen, weil ihm die Augen zugefallen seien. Dann habe er geleugnet, dreimal. Unmittelbar nach dem dritten Mal habe der Hahn gekräht. Dann habe Petrus geweint.

Der Erste am Schauplatz

Fast jede Woche – öfter, wenn die Zeit es erlaubte und das Wetter gut war – fuhr Terry mit dem Zug aus der Stadt und machte Spaziergänge in der Gegend, in der er und seine verstorbene Frau Lynne vor nicht allzu langer Zeit zusammen gegangen waren. Sie hatten diese Landschaft und die entsprechenden Zugverbindungen für sich entdeckt, als er wegen seiner Parkinson-Erkrankung das Autofahren aufgeben musste – Lynne hatte nie den Führerschein gemacht. Nach einer Stunde Fahrt stiegen sie in der stillen Ländlichkeit aus, wo es gute Spazierwege, ausgezeichnete Ausblicke und manchmal ein günstig gelegenes Pub gab. Eigentlich war es so viel besser, auch angenehmer und leichter, als das Auto zu nehmen. Mit dem Auto hätten sie die Gegend nie entdeckt. Und er war weniger verstimmt darüber, dass er nicht mehr fahren durfte, selbst über seinen veränderten Gesundheitszustand war er so weniger bekümmert.

Lange hatte er gedacht, dass er wegen seiner Krankheit als Erster sterben würde, aber es war Lynne.

Jetzt fuhr Terry allein und um die gleiche Zeit wie früher mit dem Zug raus und machte dieselben Spaziergänge, denn so fühlte er sich Lynne am nächsten und war froh darüber. Zu Hause, in dem Haus, in dem sie viele Jahre lang zusammen gelebt hatten, traf theoretisch dasselbe zu, aber da war es keine Freude, eher das Gegenteil. Er brauchte die offene Landschaft, die Bäume, die frische Luft, die vertrauten Wege.

Auf diesen Wegen sagte er sich manchmal: Besser wird es nie sein. Früher, als er ein junger Mann war, wäre es ihm nie in den Sinn gekommen, so etwas zu sagen, es wäre ihm töricht vorgekommen, aber ab einem gewissen Punkt in seinem Leben sagte er es ziemlich oft, wie zur Erinnerung. Er hatte es still zu sich bei fast jedem Spaziergang mit Lynne gesagt. Aber auch jetzt sagte er es. Es war wichtig. Jetzt traf es nicht mehr zu, denn als er es während dieser Ausflüge mit Lynne zu sich gesagt hatte, war alles so viel besser gewesen. Gleichzeitig traf es jetzt doch zu. Es traf zu und es traf nicht zu.

Wenn Terry mit dem Zug aufs Land hinausfuhr, betrachtete er die anderen Passagiere, als stünde er völlig außerhalb, als wäre er unsichtbar. Er hörte sich ihr Geplauder an. Es war keineswegs ein unbehagliches Gefühl, im Gegenteil, manchmal spürte er einen seltsamen Anflug von Wärme, eine besänftigende Faszination für diese Geschöpfe, zu denen er nicht mehr gehörte. Solche Gefühle hätte er bei einer Autofahrt nicht haben können.

Er hätte sich auf den Wegen sehr einsam fühlen können, aber das Gegenteil war der Fall. Nur wenn er so durch die Landschaft ging, fühlte er sich völlig frei, der Vorstellung nachzuhängen, dass seine Frau neben ihm ging und er ungehemmt mit ihr sprechen konnte, laut sprechen, nicht nur in seinem Kopf. Zu Hause konnte er das nicht tun, es würde ihm wie das erste Anzeichen von Verrücktheit vorkommen, aber auf diesen Wegen begann und führte er ganze Gespräche mit seiner Frau, und, ja, wenn er sprach, oder auch, wenn er einfach ging, drehte er manchmal schnell den Kopf nach hinten, um zu sehen, ob sie da war.

Er hätte außerdem, vertieft, wie er war, der Landschaft um

sich herum, den malerischen Ausblicken, den Schönheiten der Natur weniger Beachtung schenken können. Aber nein, es war umso wichtiger, die Dinge wahrzunehmen und sie seiner Frau zu zeigen, den Schmetterling, oder den Specht, wie ein Farbklecks am Baumstamm, oder den Turmfalken, der zitternd in der Luft schwebte. All dies war lebendig.

Er war also umso aufmerksamer. Manchmal wurde sein Blick mit erstaunlich empfindsamer Konzentration auf ein Büschel Schlüsselblumen oder ein Moospolster gelenkt. Auch Dinge in der Ferne fielen ihm auf.

Und so bemerkte er rasch, durch den Farn hindurch, den Fleck Farbe – ein leuchtendes Rot – vor sich.

Es gab eine Stelle, wo man vom Weg abzweigen und sich durch das Gebüsch schlagen konnte und so zu einer Hügelkuppe kam. Man kam an Brombeergestrüpp und dichtem Farn vorbei, gelangte zu einer kleinen Lichtung mit Gras, umstanden von weiteren Farnstauden. Danach umschloss der Wald einen wieder. Es war eine halb versteckte Stelle, und mit der Grasfläche und dem Ausblick und dem umschließenden Gebüsch ein idealer Platz, um bei gutem Wetter zu verweilen, bevor man entweder weiterging oder umkehrte. Oder um sich (mit Lynne) zu einem kleinen Picknick niederzulassen – wozu sie die Thermoskanne und die Plastikdose aus dem Rucksack holten, den er getragen hatte. Viele Male hatte er hier mit Lynne gesessen, und erstaunlicherweise hatten sie nie andere Menschen angetroffen.

Doch diesmal sah es so aus, als würde er dort jemandem begegnen, und er überlegte, ob er umdrehen, auf den Weg zurückkehren und einen Bogen um die Stelle machen sollte. Schade, dass jemand dort saß. Aber der rote Fleck rührte sich nicht, obwohl er wie ein Stück Bekleidung aussah, außerdem war nichts zu hören. Deshalb dachte er, jemand habe etwas dort liegen gelassen, und das ärgerte ihn im ersten Moment. Wie konnte man etwas so Auffallendes dort liegen lassen?

Nach wenigen Schritten mehr, ohne dass er schon den engen Weg zwischen den Farnen durchquert hätte, sah er, dass der rote Fleck in der Tat ein Kleidungsstück war. Es war ein rotes T-Shirt, das eine Frau trug, die vielleicht Mitte zwanzig war und die allein war und sehr still und tot.

Er wusste das sofort und mit Gewissheit, ohne näher an sie heranzutreten: Die Frau war tot. Sie lag auf der Seite, die Beine angezogen, was man die Fötuslage nennt, aber sie schlief nicht, sie regte sich nicht. Sie war tot. Sollte man ihn fragen – und ihm war gleich klar, dass dies passieren würde –, wie er habe feststellen können, dass die Frau tot war, wäre es nicht leicht zu erklären. Er hatte noch nie eine Tote in einer Lichtung entdeckt, aber eine Fähigkeit, die vielleicht allen Menschen zu eigen ist und die es ihnen ermöglicht zu erkennen, ob ein Mensch tot ist, manifestierte sich hier. Vielleicht war diese Fähigkeit jetzt, nach Lynnes Tod, in ihm besonders ausgeprägt.

Auf dem Flecken Gras war weiter nichts, und die Frau schien unversehrt, aber sie war tot. Der Anblick vermittelte unvermeidbar den Eindruck, dass sie schon geraume Zeit dort lag. Um sie war eine profunde Bewegungslosigkeit und das Gefühl, dass das Vergehen der Zeit, das Wetter und andere mysteriöse Vorgänge auf sie eingewirkt und sie zu einem unbelebten Teil ihrer Umgebung gemacht hatten.

Zu dem T-Shirt trug sie Bluejeans und leichte, elegante Sneaker – was man an einem Sommertag eben anzog, aber nicht, um in einer Sommernacht draußen zu schlafen. Dieser Gedanke war rein technischer Natur. Die Überlegung, dass ihr kalt sein könnte, war ganz und gar irrelevant. Die Bekleidung schien ihr auf eine sonst nicht übliche Art und Weise anzuhaften. Ihr Haar lag seltsam wirr um das Gesicht, als gehörte beides nicht zueinander. Halme und Stängel, was so von den Bäumen fallen oder durch die Luft wehen konnte, lagen überall auf ihr. Ein kleines Blatt war auf ihr gut sichtbares hervorstehendes Ohr gefallen.

Er war kein Experte, aber er brauchte nicht näher an sie heranzugehen, um sicher zu sein, dass sie nicht lebte und in dieser Position, ohne sich zu regen, seit mindestens dem gestrigen Abend dort lag. Das wusste er mit einer Gewissheit wie sonst nichts.

Jetzt war es nach zehn an einem warmen Sonntagmorgen. Er hatte einen frühen Zug genommen.

Er blieb still stehen. Er wollte sich nicht aus dem Schutz des Farns begeben. Er sah sich aufmerksam um. Um ihn war nichts als der unschuldige, sonnige Anblick, den dieser Platz hätte, wenn er allein hier stünde – was in gewisser Weise ja zutraf. Oder wenn niemand da wäre. Ihm kam der absurde Ausdruck »der Erste am Schauplatz« in den Sinn.

In seinem ganzen Leben – er war neunundsechzig – war er nie der Erste an einem Schauplatz gewesen. War das bemerkenswert, eine gewisse Leistung, oder einfach normal? Auch in seinem Leben mit Lynne, bei allen ihren Wegen in dieser Landschaft, waren sie nie die Ersten an einem Schauplatz gewesen. Ihnen war nie der Gedanke gekommen, dass so etwas geschehen könnte. Aber jetzt war er, zum ersten Mal in seinem Leben, der Erste am Schauplatz. »Bei einem Sonntagsausflug«... auch dieser Ausdruck kam ihm in den Kopf.

Er stand da und betrachtete das Bild vor sich. Dabei zitterte er. Aber das war die Parkinson-Erkrankung, ein gelegentliches und eigentlich nicht sehr heftiges Zittern. Auch das war ein Vorteil seiner einsamen Wanderungen – dass dieses manchmal peinliche Symptom unbedeutend geworden war. Außerdem war es eine seiner geringsten Sorgen. Seine

Verfassung war zurzeit so, dass er gelegentlich Symptome zeigte, die man sonst mit starken Gefühlsregungen verband – und jetzt stand er unter dem Einfluss einer starken Gefühlsregung, die sein Körper nicht anders ausdrücken konnte. Er war sich allerdings nicht sicher, was diese Gefühlsregung war. War es Angst? Oder eher Wut?

Was immer das Bild vor ihm bedeutete, es hatte auf brutale Weise sein ihm so wichtiges Gespräch mit seiner Frau, sein Zusammensein mit ihr, obwohl sie nicht da war, unterbrochen – hatte es ausgelöscht, zerstört. Es besudelte die Erinnerung an sie beide hier, früher, auf dieser mit Gras bewachsenen Lichtung. Es machte die Möglichkeit zunichte, jemals wieder hier mit ihr (doch ohne sie) zu gehen.

Das war kaum eine angemessene Reaktion: Wut. Und doch, er verspürte Wut. Davon würde er niemandem etwas sagen, obwohl er wusste, dass er über andere Dinge sprechen musste. Das war die unausweichliche Folge davon, dass er jetzt an dieser Stelle stand – er würde sich erklären und Fragen gewissenhaft beantworten müssen. Er müsste seine Handlung rechtfertigen.

Was wollten Sie allein im Wald? Warum waren Sie hier?

Sie war Mitte zwanzig. Hätte sie gelebt (und da er neunundsechzig war), hätte er sie ein junges Mädchen genannt. Die Sneaker waren blau und weiß und hatten rote Schnürsenkel, passend zu dem T-Shirt. Die kleine Erhebung ihres Fußknöchels hatte etwas Bestürzendes.

»Darauf gestoßen«, das war auch so ein Ausdruck. In seinem ganzen Leben war er noch nie auf etwas gestoßen. Er begriff, dass seine Rolle in dieser Angelegenheit – keine Rolle, die er zugewiesen bekommen hatte – unwesentlich war, rein zufällig, das Ergebnis einer winzigen Koinzidenz, gleichzeitig war sie von kritischer Bedeutung, sie verstrickte ihn in die

Sache. Er hätte einen anderen Weg einschlagen, einen späteren Zug nehmen können, er hätte gar keinen Ausflug machen können. Die Begegnung hätte einem ganz anderen widerfahren können, aber sie war ihm widerfahren.

Wenn er die Frage, warum er durch den Wald spaziert war, aufrichtig beantwortete, würde man ihn auf Anhieb für ein bisschen komisch halten. Warum zittern Sie so? Ich habe Parkinson. Außerdem, warum sollte ich nicht zittern? Wer würde bei einer solchen Entdeckung nicht zittern?

Als Erster am Schauplatz könnte er automatisch – dieser Gedanke kam ihm ganz plötzlich – selbst verdächtig wirken. Automatisch und vorübergehend, aber auf jeden Fall. Eine Frau, ein junges Mädchen. Ein pensionierter Mann, Witwer, der ein Zittern hat und allein im Wald geht …

Was würde Lynne zu den Umständen sagen, in die er unversehens geraten war? Angenommen, es wäre passiert, während sie zusammen gegangen waren. Aber er konnte sich jetzt nicht zu seiner Frau umwenden und sie fragen: »Was soll ich jetzt tun, Lynne? Was sollen wir tun?« Lynne, die noch wenige Minuten zuvor anscheinend so vertraut an seiner Seite gewesen war, war jetzt völlig verschwunden.

Und das war das Allerschlimmste.

Eine große Versuchung überkam ihn: Er konnte die Hypothese oder die Alternative, die nicht eingetreten war, wahrmachen. Er konnte umkehren, zurück in den Wald, und wieder auf den Hauptweg gehen. Schließlich hätte er den Abzweig nicht zu nehmen brauchen, der zu dieser Stelle führte, die nur er und Lynne und vielleicht wenige andere Wanderer kannten. Er konnte seinen Weg einfach fortsetzen. Er konnte sich an der Natur erfreuen. In den Nachrichten würde darüber berichtet, aber er brauchte das nicht einmal zu hören, es hätte nichts mit ihm zu tun.

Doch er wusste, dass er dazu nicht imstande war. Es stimmte zwar, er war nicht an die Leiche herangegangen, geschweige denn, dass er sie berührt hätte – er hatte nur dagestanden und geguckt. Aber er war überzeugt, dass seine Anwesenheit, der Weg, den er gewählt hatte, die Zweige und Halme, die er beiseitegeschoben hatte, seine Schritte auf dem Boden, das alles dem Ort unauslöschlich aufgeprägt war, wie eine Fährte, die jedes Tier aufnehmen konnte. Seine Anwesenheit hier hatte etwas Unwiderrufliches. So stark war das, dass die Gefühle, die ihn bedrängten, nun weniger Wut oder Angst waren, als vielmehr eine Art kontaminierendes, ihn ganz erfassendes, unbegründetes Schuldgefühl. Und er wollte Lynne herbeirufen, Lynne, die nicht da war, damit sie seine Zeugin sei, sein Alibi.

Die Frau war Lynne nicht im Mindesten ähnlich. Sie ähnelte auch der jüngeren Lynne nicht, die sie beispielsweise mit vierundzwanzig gewesen war. Außer natürlich, dass sie Lynne in einem grundlegenden Punkt glich.

Die Bäume, die Gräser um ihn herum, sie alle zitterten und bebten auf ihre Art. Es war bloß die Sommerbrise. Und dass er selbst zitterte, hatte unabhängige Gründe, lag an einem unglücklichen Gen. Dennoch bemühte er sich entschlossen und vergeblich – als käme es darauf an und stünde außerdem in seiner Macht –, damit aufzuhören.

Dann wurde er der gesamten Wahrheit dessen gewahr, was nun kommen würde, was er und niemand anders unausweichlich in die Wege leiten musste, der Wahrheit dessen, was vor ihm lag – ungeachtet des ungeheuren Rätsels, warum die Tote überhaupt da lag. Hier lag jemandes Tochter, jemandes …

Er nahm sein Mobiltelefon heraus. Das war nicht leicht. Mobiltelefone sind nicht für Menschen mit Parkinson gemacht, dennoch hatte er eins dabei, auch auf seinen einsamen Wegen, für den Fall, hätte er erklärt, dass ihm etwas zustieß, dass er in eine Notlage kam. Das hier war zweifellos eine Notlage. Auch bevor seine Symptome aufgetreten waren, hatte er sein Mobiltelefon nur selten benutzt und es sein »Walkie-Talkie« genannt, weil er damit hauptsächlich seine Frau anrief. Walkie-Talkie: Er hätte es nie so spöttisch benennen sollen. Als Lynne starb, wünschte er sich, er hätte nicht kurz zuvor alle ihre belanglosen Mitteilungen gelöscht. Aber wie hätte er es wissen sollen?

Es dauerte eine Weile und war ein kleiner Kampf, so sehr zitterte seine Hand. Aber anderen in seiner Lage und ohne seine Beeinträchtigung wäre es vielleicht ebenso ergangen. Ihm blieb nichts anderes übrig, als hierzubleiben, an Ort und Stelle. Er beschloss sogar, zwischen den Farnen stehen zu bleiben, sich so still wie möglich zu verhalten (von dem Zittern abgesehen), so still wie die Frau, die dort lag. Sieh, die Farne, die grünen Farne. Sieh, der Schmetterling, der Specht. Sieh –

Er betrachtete die Frau in dem roten T-Shirt und sah, fast mit einer Art Sehnsucht, die vollkommene Abwesenheit, die von den Toten ausgeht, auch wenn sie da sind.

Eine Stimme war knisternd in seinem Ohr zu hören. Er hatte keine Ahnung, wie er anfangen sollte. Er hatte keine Ahnung, wie er seine Lage beschreiben, die genaue Stelle benennen sollte. Wie schrecklich es sein kann, einfach auf der Welt zu sein.

England

Er kam über die vertraute Kuppe und sah sofort die roten Lichter eines einzelnen Fahrzeugs, vielleicht eine halbe Meile entfernt, auf dem ansonsten leeren Straßenabschnitt. Das Auto fuhr nicht, es stand am Rand. Beim Näherkommen fiel ihm der schräge Winkel auf. Die linken Räder waren von der Fahrbahn abgekommen und auf den unbefestigten Seitenstreifen gerutscht.

Es war noch vor fünf. Seine Schicht begann um 5.30. Vor wenigen Minuten, Ruth hatte noch geschlafen, hatte er das Auto im schwachen Licht aus der Garage geholt. Normalerweise gehörte zu dieser Morgenstunde dieser gerade Abschnitt der Straße, das einzige gerade Stück, allein ihm. Nur selten fuhr er schnell. Es war ein Abschnitt von karger Schönheit: das Moor zu seiner Linken und vor sich, in den Mulden zwischen den Hügeln, der erste Schimmer des Meeres. Immer wieder mahnte er sich, es nicht als selbstverständlich zu betrachten.

Der Morgen graute, aber der Himmel war trüb, er bemerkte einen feinen Dunst – ein grauer Hauch lag über allem. Ein Grau, das sich im Laufe des Vormittags auflösen und dem sonnigen Himmel weichen würde. Das Wetter lag ihm von Berufs wegen im Blut. Gutes Wetter, ruhiges Meer, Ende Juli. Aber es war die Saison, in der viel los war.

Er warf einen Blick auf das Armaturenbrett. Zehn Minuten

konnte er erübrigen. Er fuhr langsamer und rollte an den Rand – nicht zu weit, das Auto vor ihm war eine Warnung. Im Auto konnte er die Gestalt des Fahrers ausmachen, der längst bemerkt haben musste, dass Hilfe nahte. Es war ein blauer BMW, ein älteres Modell, nicht das Auto eines Reichen. Neuerdings war Exmoor voller Autos von Reichen. Alle Arten von teuren Allrad-Fahrzeugen. Die Gegend gehörte den Allrad-Fahrzeugen. Es wurde gewitzelt, wenn die Leute in Chelsea mit ihren Geländewagen herumfuhren, konnten sie doch hier ihre kleinen Stadtautos benutzen. Er verstand den Witz nicht ganz, aber er war auch nie in Chelsea gewesen.

Er hielt an. Theoretisch hätte er weiterfahren können. Nichts zwang ihn anzuhalten. Aber wie konnte er nicht anhalten? Schließlich lag ihm auch der Rettungsinstinkt von Berufs wegen im Blut. Er begriff sofort, wie er auf jemanden wirken konnte – mit der dunklen Uniform, die er trug. Das war sicherlich der Grund, warum der Fahrer nicht die Tür aufmachte und stattdessen mit dem ihm zugewandten Rücken so aussah, als kauerte er hinter dem Steuerrad.

Er ging zu dem Auto und sog die frische Luft ein. Eine dünne Spur von Schlaf hing ihm noch an. Vom Straßenrand kam ein leises Glucksen. Ein Rinnsal, das den Hügel hinab durchs Gras lief, hatte den unbefestigten Seitenstreifen unterspült. Eine heikle Stelle.

Auf der Fahrerseite war das Fenster offen. Ihm kam ein Schwall Fremdheit entgegen.

»Verdammter Mist. Verdammter Mist!«

Das Gesicht des Fahrers war schwarz. Kein anderes Wort fiel ihm ein, als er still diese Beobachtung machte. Man konnte sagen, im Vergleich mit anderen schwarzen Gesichtern war es nicht tiefschwarz, aber es war schwarz. Das hier war kein Ort, keine Gegend für schwarze Gesichter. Deswegen war es bemerkenswert. Und auf dem Kopf saß eine komische Haube von krausem Haar. In seiner Krausheit wirkte es wie aus einem Cartoon.

»Verdammter Mist.«

»Beruhigen Sie sich«, sagte er schnell und beschwichtigend. »Ich bin nicht von der Polizei. Ich bin von der Küstenwache. In einem Graben stecken zu bleiben ist kein Verbrechen. Kann ich Ihnen helfen?«

»Von der Kosta-wache?«

Die Stimme des Mannes nahm sofort eine andere Qualität an. Die erste Stimme (die normale?) hatte einen starken Akzent, den er nicht zuordnen konnte, weil ihm die Akzente aus dem Norden fremd waren. Die zweite Stimme war fremd in dem Sinne, dass der Akzent kein englischer war. Auch den konnte er nicht zuordnen, aber grob – sehr grob – gesprochen klang er karibisch. Nur dass der Mann ihn angenommen hatte, als wäre das nicht seine natürliche Stimme. Es war eine aufgesetzte und übertriebene Stimme, eine Witzstimme.

Andererseits, da ihm beide Stimmen fremd waren, kamen ihm beide wie Witzstimmen vor. Das war zwar kein sehr gerechter Gedanke, aber er wusste, dass Menschen, die nicht aus dem Südwesten Englands stammten, sich unentwegt über den Akzent der Menschen hier lustig machten. Es war ein gutes Witzethema.

»Wo de Kosta, Mann? Wo de Kosta? De Kosta suche ich. Sie bewachen de Kosta, sagen Sie mir, wo.«

Er wollte den Wunsch sofort erfüllen.

»Da drüben.« Er hob auch noch den Arm. »Sie haben sie vor sich.«

Der Mann legte das Gesicht in Falten, als könnte er nichts sehen.

»Ilfracombe suche ich, Mann.« Dann sprach er den Ortsnamen deutlich und mit deklamatorischer Langsamkeit, als wäre es ein Ort in Afrika.

»Il-frah-kuhm!«

Er brach in kreischendes, zischendes Lachen aus. Es war schwer zu sagen, ob es ein nervöses, ein panisches oder ein bewusst eingesetztes Lachen war. Oder einfach ein Lachen. Es klang wie von einem Papagei. Dieser Gedanke kam ihm unwillkürlich in den Sinn. Es war das Lachen eines Papageis.

»Ilfracombe ist da drüben.« Wieder hatte er das lächerliche Bedürfnis, den Arm zu heben. »Sie fahren in die richtige Richtung. Sie müssen zur A39, dann zur A399. Dauert um diese Tageszeit eine Stunde.«

Der Mann blickte in die Richtung und hielt die Hand an die Stirn wie einen Schirm. »Seh ich nicht, Mann. Seh keine drei-neun-neun. Ilfracombe, Deh-won. Hier Deh-won, Mann?«

»Das hier ist Somerset.« (Beinahe hätte er gesagt: »Hier Somerset.«) Es musste nicht gesagt werden, er sagte dennoch: »Und das ist Exmoor.«

»Exmoor! Verdammter Mist. *Ilkley Moor*, das bin ich. *Ilkley Moor Bar Tat*, nach dem Volkslied. Der Mohr ohne verdammten Hut.«

Wieder hatte sich die Stimme völlig verändert. Was sollte das? Von Berufs wegen war er mit den Auswirkungen von Schock und Kälte vertraut. Er war mit dem Phänomen der Orientierungslosigkeit vertraut. Mit sinnlosem Gerede, Hysterie, in manchen Fällen auch mit der Wirkung von Drogen.

Beruhigen Sie sich doch, wollte er sagen. Er wollte mit beschwichtigender Autorität auftreten. Aber es schien ihm, als hätte dieser Mann, der festsaß – am Ende der Welt, wie er wohl glaubte – und zusammenhangloses Zeug redete, die Autorität. Er warf einen Blick ins Wageninnere. Auf der geräumigen Rückbank sah er eine schmuddelige Wolldecke und ein Kissen. Es war fünf Uhr früh. Er war sich ziemlich sicher, dass dieser Mann, der zu welchem Zweck und mit welchem Ziel auch immer unterwegs war, seinen Wagen, zumindest in Notfällen, zum Übernachten benutzte. Nachdem er gerade bekundet hatte, dass er kein Polizist sei, fühlte er sich jetzt wie einer. Er fühlte sich nicht richtig zuständig, obwohl dies sein Zuständigkeitsbereich war. Er kannte diese Straße wie seine Westentasche. Aber er war bei der Küstenwache, nicht bei der Polizei.

Die Stimme veränderte sich abermals. »Kann sein, die Richtung ist richtig, Mann. Aber ich stecke fest.«

»Das sehe ich. Was ist passiert?«

»Verdammtes Reh.« Jetzt war es wieder der andere Mann – der andere Andere-Mann.

»Wie bitte?«

»Verdammtes Reh. Mitten auf der Straße. Stand einfach da.«

»Sie haben ein Reh gesehen?«

»Mitten auf der Straße. Vor fünf Minuten, verdammt.«

Er warf einen Blick in die Landschaft, über das Autodach hinweg. Dies hier war Exmoor. Da gab es Rehe. Manchmal sah man von der Straße aus welche, besonders am frühen Morgen. Aber gerade hier gab es keine Deckung für Rehe, und ihm war in mehr als zwanzig Jahren noch nie ein Reh mitten auf der Straße begegnet. Falls ein Reh auf die Straße geriet, würde es doch weglaufen, sobald sich ein Auto näherte. Dieser Mann war – woher auch immer – gekommen und hatte etwas gesehen, das er selbst in Jahrzehnten nicht gesehen hatte.

Er vermutete, dass auch das Reh ein Zeichen von Orientierungslosigkeit war. Ein Hirngespinst, eine Erfindung. Doch der Mann (jetzt wieder der andere) sprach davon mit überzeugender Präzision.

»Ein ke-leines Rehlein, Mann. Ich kam nicht vorbei. Ich konnte es doch nicht umfahren. Ein ke-leines Bambi-Reh.«

Er blickte wieder über das Autodach hinweg. Nichts regte sich in dem grün-grauen Dunst. Möglich war es: Ein junges Kitz, das sich verlaufen hatte, allein und unerfahren, in der Mulde, im dichten Dunst, in der Nähe von fließendem Wasser. Möglich war es. Er war von der Küstenwache, kein Tierwärter. Er fragte sich: Wäre er ähnlich skeptisch, wenn der Mann ein Bauer wäre, der dieses Pech gehabt hatte?

»Ich seh die ke-leinen Äuglein im Scheinwerfer. Ich kann es doch nicht umfahren.«

Der Mann, das stimmte wohl, verhielt sich, als würden seine Worte angezweifelt, als stünde er unter Verdacht, als wäre dies eine ihm vertraute Situation.

Vor seinem geistigen Auge sah er das Reh gebannt im Scheinwerferlicht, er sah die weißen Flecken auf der Flanke. Ein kleines zitterndes Reh. Es war ein überraschendes und zugleich magisches Bild. Wäre ihm das auf seiner üblichen Fahrt zur Arbeit zugestoßen, hätte er etwas Besonderes zu erzählen gehabt.

Er versuchte ein freundliches, teilnahmsvolles Lächeln aufzusetzen. »Natürlich konnten Sie es nicht überfahren. Sind Sie denn mit ihm zusammengestoßen?«

»Nein. Ein Satz, weg war's. Und ich, ich stecke in der Scheiße, Mann.«

Ein Fast-Zusammenstoß mit einem Reh, das würde jeden aus dem Konzept bringen.

Der Mann veränderte wieder seine Stimme. »Verdammtes Reh.« Dann sagte er mit der anderen Stimme: »Bin ganz schön weit von Leeds.«

Also Yorkshire. Er war aus Leeds, aber um fünf Uhr morgens war er am Rand von Exmoor. Und das war vielleicht noch verwirrender als ein Reh im Scheinwerferlicht. Einen Moment lang hatte er den Wunsch zu beschützen. Er wusste nicht, ob den verirrten Mann oder eher das verirrte Reh, das Bambi. Im Laufe der Jahre hatte er schon manches verirrte Kind seinen verzweifelten Eltern zurückgebracht. Es war eine seiner eher beglückenden Pflichten. Gerade jetzt war die Hauptsaison dafür.

»Also. Wollen wir mal sehen, ob wir Sie da rauskriegen. Haben Sie es im Rückwärtsgang versucht.«

»Ich habe es im Rückwärtsgang versucht.« Es war die Stimme aus dem Norden, ohne manische Übertreibung.

Er ging zum Heck des Wagens. Entweder war der Mann beim Zurückstoßen ungeschickt gewesen, und deswegen war das Hinterrad von der Fahrbahn gerutscht, oder er war gleich, als er für das Phantomreh gebremst hatte, in den Graben geglitten. Jedenfalls steckte er fest. Und wie groß war die Wahrscheinlichkeit – nicht sehr groß, eher gering und außerdem unglaublich –, dass unter solchen Umständen innerhalb weniger Minuten Hilfe zur Stelle war, Hilfe in Uniform?

Der Mann stieg aus, um sich die Lage zu besehen. Er sah nicht aus wie jemand, der für solche Vorkommnisse eine Versicherung hatte. Er war kleiner und zierlicher, als er im Sitzen gewirkt hatte. Das Haar, die fünf Zentimeter hohe Hecke, machte ihn größer. Aber sein Gang hatte etwas Lässiges. War es der Gang eines angeberischen Mannes aus Yorkshire, der sich gern mit anderen anlegte? Nein, eigentlich nicht.

In der feuchten Morgenluft, im Licht der Scheinwerfer seines eigenen Autos, nahmen sie die Situation in Augenschein. Kein Schaden, nur die abgerutschten Räder.

»Wenn wir zusammen anfassen«, sagte er, »können wir sie

heben und das Hinterrad wieder auf die Straße setzen. Dann stoßen Sie zurück. Und falls die Räder durchdrehen, schiebe ich vorne. Das müsste klappen.«

»Was immer Sie sagen, Skipper.«

Das galt wahrscheinlich den Streifen an seinem Ärmel. Es gehörte zu den kleinen Annehmlichkeiten seiner Position, dass man ihn gelegentlich für einen Schiffskapitän hielt. Aber er hatte eben den nautischen Ausdruck »sie heben« benutzt – und war sich dessen im selben Augenblick bewusst geworden.

»Wir heben ihren Arsch, Skipper, immer schön sachte.« Der Mann saß schon in der Hocke, wie ein kleiner Sumo-Ringer, und wollte an der Stoßstange anfassen.

»Warten Sie.«

Er ging zu der offen stehenden Fahrertür, prüfte den Gang, zog dann sein Jackett aus, faltete es zusammen und legte es auf den Beifahrersitz. Ohne Jackett war ihm kühl, aber er wollte bei Dienstantritt nicht so aussehen, als hätte er selbst einen Unfall gehabt.

Der Mann sah ihm zu und sagte: »Richtig, Mann, nicht dass Ihre fesche Jacke schmutzig wird.«

Die Sachen, die der Mann trug, waren vielleicht auch einmal fesch gewesen, vor langer Zeit, auf ihre Art. Er trug einen verschossenen Pullover mit lila und schwarzen Querstreifen und darüber eine vielleicht ehemals schicke lange Lederjacke. Sie hing wie eine zweite lose schwarze Haut an ihm – kein sehr glückliches Bild. Die Sachen sahen alt und viel getragen aus.

Er rollte sich die Ärmel an seinem frischen weißen Hemd auf. Er schritt um den Wasserlauf herum und fand zum Glück ein paar kleine, im Wasser des Rinnsals gespülte Steine, die er unter den feststeckenden Vorderreifen klemmte. Dabei prüfte er verstohlen, als hätte er das gelernt, die Kühlerhaube – auf Dellen, auf Hinweise von einem Reh, vielleicht. Nichts. Oder vielmehr, es gab viele Beulen, aber sie waren alt.

Er kam wieder nach hinten. Jetzt sah er sich selbst, wenn auch nur vorübergehend, in der Führungsrolle, und den Mann als seinen ihm zur Seite gestellten Gehilfen.

»Okay.« Sie hockten sich hin. »Sind Sie so weit? Dann bei ›drei‹.«

»Sie geben das Zeichen, Skipper.«

Der Mann wirkte ruhiger, weniger desorientiert – wenn das die richtige Diagnose war – und sogar dankbar und willig. Die Tatsache, dass sie zu zweit das taten, was einer allein nicht hätte tun können, ließ das Ganze, und sei es nur für einen Moment, als vollständiges und gestaltetes Bild erscheinen. Um sie herum war Exmoor, das im Morgengrauen langsam sichtbar wurde. Von ein paar wenigen Lichtern in der Ferne abgesehen, die auf der Hauptstraße vorbeizogen, waren sie die einzigen Menschen weit und breit. In noch größerer Ferne war ein winziges, anscheinend stillstehendes Licht zu sehen. Es war das Licht eines Schiffes auf dem Bristol Channel. In der Station wäre es im Logbuch vermerkt.

»Eins – zwei – *drei*!«

Es ging ganz leicht. Ein Ruck, eine instinktive Bewegung nach rechts. Das Hinterrad stand wieder fest auf dem Asphalt. Im Kofferraum waren offenbar keine schweren Gegenstände. Kein totes Reh, zum Beispiel.

»Echt ein Held, verdammt!«

Was hatte es mit den Stimmen nur auf sich, mit beiden? Aber der Mann schien wirklich beglückt, als wäre gerade ein Zauberkunststück vollführt worden.

»Sie müssen sie jetzt rückwärts raussetzen.«

Er hatte wieder »sie« gesagt. Sie gingen um den Wagen herum. Während er zum linken Kotflügel vorging, setzte sich der Mann hinters Lenkrad und betätigte den Anlasser. In einer anderen Situation hätte er vielleicht gesagt: »Rückwärts, ganz sachte.« Zum Glück stand sein eigener Wagen – mit abgeschaltetem Motor und brennenden Scheinwerfern – in sicherer Entfernung.

Es war nicht schwierig. Es gab ein kleines Rutschen, aber die Rinne war nicht tief, und die Hinterräder holten den Wagen wieder komplett auf die Fahrbahn. Dass er vorne schob, war fast überflüssig. Er warf einen Blick auf die Uhr. Fünf Minuten waren vergangen. Der Mann schaltete den Motor ab und zog die Handbremse an, und in der plötzlich wiederkehrenden Stille wirkte das kurze Knirschen des Rückwärtsgangs fast wie eine Kränkung.

Der Mann stieg aus.

»Echt ein Held, verdammt!«

Der Mann kam mit ausgestreckter Hand auf ihn zu. Wie alles an ihm wirkte die ausgestreckte Hand geschauspielert, sie wirkte wie etwas, das nicht ganz so war, wie es hätte sein sollen. Aber er nahm die Hand und schüttelte sie.

»Ich habe eine Thermoskanne im Auto, Mann. Schwarzer Kaffee? Wollen Sie welchen?« Jetzt war die Stimme normal, normal mit der nordenglischen Intonation.

Er hatte vor wenigen Minuten Kaffee getrunken, und in der Station bekäme er neuen. Aber es schien unangemessen, auf die Geste der Dankbarkeit des Mannes nicht einzugehen. Eine Geste war nötig, ein kleines Ritual. Außerdem war er neugierig.

»Okay.« Er sah auf die Uhr.

»Ich weiß. Sie müssen – sich melden.«

»Meine Wache fängt an«, sagte er, ein bisschen steif.

»Aye, aye.«

Er vermutete, dass man in Yorkshire »aye« für »ja« sagte, aber trotzdem.

»Ein Becher Kaffee«, sagte der Mann. »Passiert ja nicht jeden Tag, was?«

Er musste zustimmen und schmunzelte sogar dabei. »Nein, nicht jeden Tag«, sagte er, ohne recht zu wissen, was der Mann damit meinte. Aber, ja, so etwas passierte nicht jeden Tag.

Der Mann beugte sich in sein Auto, holte zuerst mit anmutiger Bewegung das gefaltete Jackett vom Fahrersitz und nahm dann die Thermoskanne heraus. Er schüttelte die Kanne am Ohr, um zu testen, wie voll sie war. Er schraubte zwei ineinandersteckende Becher ab.

»Schwarzer Kaffee. Hält mich beim Fahren wach. Geht Ihnen sicherlich auch so – während der Wache.«

Wie alle Menschen auf der Welt stellte sich der Mann den Mann von der Küstenwache als einsame Gestalt vor, der, den Blick an den Horizont geheftet, neben sich das Teleskop, stumm Wache hielt. So war es nicht. Es war eine große Station. Eine Ansammlung weißer Gebäude mit Masten und Schüsseln unter einem Leuchtturm, der keine Funktion mehr hatte. Es gab Schichtdienst rund um die Uhr. Zu jeder Zeit waren mindestens zwei Mitarbeiter im Dienst. Es gab eine Reihe von Überwachungs- und Kommunikationsinstrumenten.

Das tat nichts zur Sache. Es war die Station der Küstenwache. Der Küstenabschnitt war von herausragender, dramatischer Schönheit. Die Menschen kamen, um die Wochenenden und Ferien hier zu verbringen. Er war jeden Tag hier. Er hatte außergewöhnliches Glück – mit seiner Arbeit, mit seinem Leben. Mit Ruth, seinem Beruf, den beiden Kindern, die ihn zweimal zum Großvater gemacht hatten – auch wenn sie in seinen Gedanken immer noch Kinder waren. Die einzige Wolke war der bevorstehende Ruhestand. Eines Tages würde er mit dem allen aufhören müssen. Er war dreiundfünfzig. Und der Mann – wie alt war der? Manchmal schien er jung, dann wieder nicht.

»Ja«, sagte er. »Kaffee hilft.«

»Schwarzer Kaffee«, sagte der Mann. »Ich weiß nie – soll ich darüber einen Witz machen? Und dann – soll ich den Witz über das Schwarz oder den Kaffee machen. Sehen Sie sich mein Gesicht an, Mann. Schwarz oder Kaffee?«

Er versuchte, eine verständnislose, passive Miene aufzusetzen. Aber irgendetwas verstand er wirklich nicht.

Es entstand eine Pause, in der das Moor sich wieder in Erinnerung brachte. Dann kicherte der Mann. Es war das Kichern, bei dem seine Schultern bebten, ein seltsam ansteckendes Papageienlachen.

»Ich bin ein Witzemacher, Mann. Mein Geschäft. Ich bin Komiker.«

Das an sich konnte ein Witz sein, womöglich ein Trick. Heute bin ich einem komischen Mann begegnet, einem Komiker.

»Ein Ko-mi-ka.«

Und jetzt war der Mann – oder eine seiner Verkörperungen – in aller Lebendigkeit wieder da, auch als er den nicht sehr warm scheinenden Kaffee eingoss. Weder er noch Exmoor hatten eine andere Wahl, als ihm zuzuhören.

»Ich bin den ganzen Weg aus Yorkshire gekommen, aus dem verdammten West Riding, und dann werde ich hier von der Küstenwache gerettet, der verdammten Küstenwache, im Exmoor. Mal im Ernst. *Exmoor.* Was macht einer von der *Küsten*wache auf dem *Moor*? Ilkley Mohr, das bin ich. Wusste gar nicht, dass es hier im Süden auch Mohren gibt. Moore.

Ilkley Moor Bar Tat, wie im Volkslied. Ilkley Mohr Bar-Mitzwa! Ah, aber Ilfracombe, das gefällt mir. Il-frah-kuhm. Hab ich schon gesagt? Ich kuhm aus Yorkshire. Tatsache. Aber ich sage Ihnen, was es im Exmoor noch gibt. Außer der Küstenwache. Verdammte Rehe. Wussten Sie das? Rudel von Rehen und Rudel von Männern von der verdammten Küstenwache. Habe ich Ihnen meinen Reh-Witz schon erzählt? Wenn ich den erzähle, sagen die Leute ›Wieder einen Bock geschossen‹.«

Es war erstaunlich. Er gab eine Vorstellung, eine übermütige Vorstellung – mitten in der freien Natur. Es war sehr verstörend, aber wenigstens hatte er jetzt begriffen. Außerdem lachte er, er konnte nicht anders. Ein Komiker.

Der Mann sah, dass er verstanden wurde. Er wurde ruhiger, wurde fast wieder normal, er grinste. Er streckte wieder seine Hand aus, als wollte er sich ein zweites Mal vorstellen.

»Johnny Dewhurst«, sagte er. Dann nahm er den Kaffee in die eine Hand und holte mit der anderen eine Visitenkarte aus der Tasche. Darauf stand: »Johnny Dewhurst. Komiker und Reisender.« Darunter stand in kleinerer Schrift: »Buchungen werden dankbar entgegengenommen.« Und seitlich war das Bild eines Clowns, eines regulären Zirkusclowns mit großen Füßen, großer Nase und geschminktem Gesicht. Das Bild hatte keinerlei Ähnlichkeit mit Johnny Dewhurst (wenn das sein richtiger Name war). Andererseits war offensichtlich, dass er mit seinem buschigen Haar und dem beweglichen Gesicht, von der Stimme ganz zu schweigen, den Clown spielen konnte, wenn es gefragt war – falls er es nicht sowieso tat. Und wer weiß, welches Komikerzubehör er im Kofferraum seines Wagens hatte.

Jetzt lachte er wieder sein Papageienlachen. Es wirkte wie ein verschwörerisches Lachen, ein komplizenhaftes Lachen, denn sein Zuhörer hatte auch gelacht.

»Il-frah-kuhm!« Er schlüpfte wieder in eine andere Rolle. »Heute Abend trete ich in Ilfracombe auf. Dann Barnstaple. Bahn-Stapel! Fahr ich mit der Bahn, sitze ich da auf einem Stapel? Barnstaple, nicht weit von hier, glaube ich. Dann trete ich in Plymouth auf. Das ist weit für Johnny. Das ist schon fast Land's End. Wer weiß, vielleicht trete ich in Verona auf. Nein, das ist ein anderes Stück. Das ist *Kiss Me Quick* oder so. Von Cole Porter. Muss ein Schwarzer sein, mit dem Namen. Vorgestern bin ich in Yeovil aufgetreten. Yo-Ville! Ich sage: ›Jo, Bruder, das ist die Stadt für mich, das ist die Stadt für Johnny.‹ Aber sie verstehen mich nicht, sie klatschen nicht viel. Dann haben sie mich nach Taunton geschickt, Taunton, oder war es Braunton? Reimt sich! Ich sage: ›Soll das ein Witz sein? Ist das *Rassendiskriminierung*?‹«

Er musste wieder lachen, ob das bezweckt war oder nicht. Aber gleichzeitig fand er es nicht wichtig, ob er lachte oder nicht, denn er verstand jetzt – ein bisschen war es wie die abgetragene, verknautschte Lederjacke –, dass der Mann den Reaktionen seiner Zuhörer gegenüber unempfindlich geworden war, seien sie freundlich, feindselig, ablehnend oder gleichgültig. Oder sogar abwesend.

Aber der Mann lachte auch.

»Wie wollen Sie mein Stichwortlieferer sein, Mann, wenn Sie dauernd lachen? Haben Sie einen Namen? Sie retten mir das Leben, und Sie haben mir nicht mal Ihren Namen gesagt.«

»Ken«, sagte er. Jetzt streckte auch er seine Hand zum zweiten Mal aus, hielt sich aber gleichzeitig etwas zurück. Auf keinen Fall wollte er seinen Nachnamen nennen. Er hieß Black. Kenneth Black, das war sein Name. Viele Menschen heißen Black, aber bei dem Gedanken an das, was ein Komiker daraus machen konnte, schauderte es ihn.

»Johnny Dewhurst und Kenny von der Küstenwache. Verstehe, Mann. Verstehe!«

Er verbarg seine Erleichterung. »Ist das Ihr echter Name? Johnny Dewhurst?«

»He, Sie glauben, ich lüge? Glauben Sie, ich sage Ihnen einen Witznamen? Dass ich Visitenkarten mit einem Witznamen machen lasse?«

Seine Schultern bebten, er kicherte und lachte. Es sprudelte einfach so aus ihm heraus. Man konnte nicht gut sehen, wo das eine aufhörte und das andere anfing. Er hatte angenommen, dass Komiker (gab es in der Menschheit wirklich eine Gruppe, die sich Komiker nannte?) hartgesottene, listige Menschen waren. Dass es eine Kluft zwischen dem Auftritt und dem Menschen gab. Aber bei diesem Mann war das schwer festzustellen. Man konnte sogar denken, die Vermischung sei gewollt.

»Johnny Dewhurst, das ist kein Witzname, das ist der Name einer Schlachterei. Ich sage: ›Erst erzählt Johnny einen Witz, dann wird er dafür geschlachtet!‹«

Er griff in die Innentasche seines Jacketts und holte einen gefalteten Bogen Papier heraus. Es war das Faltblatt für eine Tournee. »Die Johnny-Dewhurst-Tournee«. Es enthielt eine erstaunlich lange Liste von Orten und Daten. Der Verlauf beschrieb eine Zickzacktour durch England. Die Tournee hatte in Scarborough angefangen und zu verschiedenen Orten im Norden geführt, von dort hatte sie sich auf Umwegen nach Süden bewegt. In den Midlands hatte sie zwischen den Städten ein weitmaschiges Netz geknüpft und war dann in südwestlicher Richtung vorgedrungen. Sie war nach Lincoln, Nottingham, Derby, Shrewsbury, Rugby gekommen … aber auch in Städte, von denen er nicht genau wusste, wo sie lagen. Der erste Auftritt war Ende Juni gewesen, jetzt sollte die Tournee noch über einen Monat weitergehen. Sie sollte an der ganzen Südküste entlangtingeln und zu Orten wie Lowestoft und Skegness führen. Auftrittsstätten waren Theater, Markthallen, Vergnügungshallen und Strandpavillons sowie nicht genauer benannte Hallen. Es schien eine sehr ambitionierte Liste, denn er hatte nie von Johnny Dewhurst gehört, auch wenn er ihm jetzt begegnet war, und an vielen dieser Orte, von denen manchen ein schwacher Ruhm anhing, war Johnny Dewhurst – obwohl er »auf Tournee« war – sicherlich nicht der Star des Abends, sondern eine kleine Nummer am Ende des Programms.

Und jetzt war er im Exmoor gestrandet oder, inzwischen, gerettet.

»Johnny Dewhurst möchte gern nach Leeds zurück, Mann. Johnny Dewhurst möchte gern wieder in Dewesbury sein.«

Er schien aus tiefster Seele zu sprechen, aber sicher sein konnte man sich nicht.

Jetzt war ein bestimmter Punkt erreicht. Beide drehten ihre Thermosbecher um, beide machten die gleiche, wechselseitig verständliche Grimasse. Sie schüttelten die letzten Tropfen in den Straßengraben. Es war perfektes Theater, und niemand war da, es zu sehen.

»Kommen Sie zu meiner Show in Ilfracombe, wenn Sie wollen. Il-frah-kuhm. Bringen Sie Ihre Missis Küstenwache mit. Ich kann Ihnen keinen Berg von Geld geben, ich habe keine Freikarten zu verschenken. Aber kommen Sie, wenn Sie möchten. Johnny Dewhurst bietet Ihnen gute Unterhaltung.«

Eine Herausforderung? Eine aufrichtige Einladung? Eine verlorene Hoffnung?

»Dann habe ich zumindest ein Publikum.« Er kreischte vor Lachen und zischte, und seine Schultern rotierten.

Dann ging jeder in stummem, ergebenem Einvernehmen zu seinem Auto.

»Fahren Sie mal als Erster, Mr. Küstenwachemann. Johnny Dewhurst muss erst noch das Exmoor bewässern. Drei-neun-neun. Ich hab's im Kopf. Ich sehe es, Mann! Ich sehe die beleuchtete Nummer.«

Ihm fiel nichts Witziges oder Denkwürdiges ein, aber anscheinend war er nur der Stichwortlieferer. Er sagte: »Passen Sie gut auf.« Das sagte man bei der Küstenwache, wenn man einem leichtsinnigen Menschen aus einer Notlage geholfen hatte. Passen Sie gut auf.

Er schaltete den Motor an, fuhr mit einem letzten Winken an dem Wagen des anderen vorbei und folgte der geraden, leicht ansteigenden Straße. Er beschleunigte nicht. Er käme schon pünktlich. Außerdem musste er nachdenken. Jetzt, im Auto mit den hellen Scheinwerfern, kam es ihm vor, als wäre das Morgengrauen vorbei, und die Dunkelheit käme zurück. Er blickte in den Rückspiegel. Das andere Auto stand noch.

Wie kam jemand auf die Idee, Komiker zu werden? Er hatte schon als Junge zur Küstenwache gehen wollen. Vielleicht war es nichts anderes als die kindliche Sehnsucht nach der Küste, nach allem, was mit dem Meer zu tun hatte, obwohl er offensichtlich nicht nach den Gefahren des offenen Meeres gesucht hatte. Er hatte sich, mag sein, einen Hauch von Abenteuer gewünscht und dazu eine gehörige Portion von dessen Gegenteil. Er wollte nie Matrose oder Soldat werden – auch nicht Polizist. Er hatte sich selbst, das stimmte, mit wachsamem Blick in die Ferne und einem Becher Kakao in der Hand gesehen. Es war eine löbliche, wenn auch nicht unbedingt eine mutige Aufgabe, die Küste der Nation zu bewachen. Er hatte, wenn er ehrlich war, ein Bewahrer von Sicherheit sein wollen, während er gleichzeitig – und vielleicht bedingten sich diese beiden Dinge gegenseitig – einen Gutteil Sicherheit für sich selbst wollte.

Verlangte es Mut, bei der Küstenwache zu arbeiten? Nein. Zu fünfundneunzig Prozent verlangte es keinen Mut. Es gab Vorfälle, auch unangenehme, es gab Rettungsaktionen. Bei der Küstenwache ging es schließlich um Rettung. Waren Rettungsaktionen mutig?

Aber das zu tun, was Johnny Dewhurst tat, war ohne jeden Zweifel mutig, ungeheuer mutig. Wäre er imstande, er, ein Mann aus Somerset, nach Leeds zu gehen (er war nie in Leeds und auch nur zweimal in London gewesen) und sich mit seiner lachhaften Stimme und seinem Südwestengland-Tonfall vor ein Publikum dort zu stellen? Und es zum *Lachen* zu bringen? Allein bei dem Gedanken schlotterten ihm die Knie.

Er blickte in den Rückspiegel. Das Auto stand immer noch da. Jetzt war es nur noch ein fernes Blinken. Der arme Mann hatte noch Hunderte von Meilen vor sich. Schlief er wirklich im Auto? Was würde er morgens um sechs in Ilfracombe machen? Und was machte er um fünf Uhr auf der Straße?

Er hatte nicht genug getan, nein, längst nicht genug, indem er geholfen hatte, das Auto wieder auf die Fahrbahn zu setzen.

Aber als er zur nächsten Hügelkuppe kam und das Auto hinter ihm endgültig verschwand, schien ihm dessen Existenz, zusammen mit allem, was passiert war, angefangen mit dem geisterhaften Reh, dunkel und zweifelhaft. War das wirklich alles geschehen?

Er sollte sich jetzt die Geschichte überlegen, die er seinen Kollegen bei der Küstenwache erzählte, und später Ruth. Stellt euch vor, stellt euch bloß vor. Auf der Straße von Culworthy, um fünf Uhr morgens. Da bin ich einem Komiker begegnet.

Doch je mehr er darüber nachdachte, desto unwahrscheinlicher schien es ihm. Wie sollte er anfangen, wie sollte man ihm glauben? Wie sollte er jedes wichtige Detail vermitteln? Es war eine Geschichte, die zu erzählen er nicht imstande war. Dann war es besser, sie nicht zu erzählen. Es war eine von den Geschichten, die man nicht erzählte. Schon jetzt fragte er sich, ob er sie selbst glaubte.

Er kam zur Hauptstraße, von der er nach einem kleinen Stück wieder abbiegen würde. Dort standen unübersehbar die Schilder: »Barnstaple, Ilfracombe«. Der Mann konnte sich nicht verfahren. Rechts von ihm waren jetzt breitere, größere Ausschnitte vom Meer zu sehen, auf denen, anders als an Land, von Osten kommendes rosagoldenes Licht lag. Das war der Bristol Channel. Es war auch der Atlantik. Von dieser Stelle aus erschien die Wasserfläche beträchtlich. Swansea lag hinter dem Horizont, in größerer Entfernung von hier als Calais von Dover. Wie er wusste, waren einst Schiffe, beladen mit Zucker, in den Bristol Channel gesegelt. Von hier aus fuhren Schiffe nach Afrika. Schiffe fuhren nach Westen.

Er bog wie immer nach rechts ab, in die schmale, kurvige Straße. In Kürze würde er die weißen Häuser und den Leuchtturm sehen. Noch immer stockte ihm an manchen Tagen bei dem Anblick der Atem. Und wenn man bei Sonnenuntergang hier ankam …

Die Arbeit erlaubte es nicht, dass man den Kopf in den Sand steckte – falls das kein unerlaubter Witz war. Es gab schlimme Dinge. Es gab Selbstmorde, angeschwemmte Leichen. Aber er würde nie nach Leeds kommen. Und es war, laut Definition, eine Arbeit, bei der man am Rand saß und aufs Meer blickte. Eine Arbeit, die zudem, ebenfalls laut Definition, hauptsächlich stationär war. Die Küstenwache war eine Station. Er dachte an Johnny Dewhurst und seinen erstaunlichen Reiseplan.

War es eine wahre Geschichte? War es eine Geschichte, die man erzählen konnte? Unvermittelt betastete er seine Brusttasche, in der das Faltblatt und die Visitenkarte steckten, als könnten ihm diese Beweisstücke plötzlich abhandengekommen sein.

Sollte er mit Ruth nach Ilfracombe fahren? Heute Abend. Sollte er ihr den Grund erklären und mit ihr hinfahren, auch gegen ihren Willen? Ich finde, wir sollten hingehen. Aber würde er damit nicht riskieren, dass ihm seine Begegnung am Straßenrand ins Gesicht geschleudert wurde – und Ruth auch? Haben Sie schon von dem Mann von der Küstenwache gehört, der sich verirrt hat? Und im Exmoor gelandet ist? Sie haben richtig gehört, Missis, einer von der Küstenwache im Exmoor. Würde er möglicherweise entdecken, dass er dem Komiker Material geliefert hatte – für den Auftritt in Ilfracombe und auf allen weiteren Stationen bis Skegness?

Er dachte an den Doppelakt, den es nicht geben würde. Kenny von der Küstenwache – oder doch eher Kenny Black?

Nein, er würde niemandem davon erzählen. Auch Ruth nicht. Mit der Zeit würde er möglicherweise auch Johnny Dewhurst so wie das fragliche Reh für eine Halluzination halten.

Der vertraute Leuchtturm kam jetzt in den Blick, sein oberster, funktionslos gewordener Teil war von rosa glitzerndem Licht umspielt. Bei der Küstenwache saß er am Rand von England und sollte es angeblich bewachen, mit Blick übers Meer. Er wusste ein paar Dinge über den Bristol Channel, über seine Geschichte und über die Schifffahrt heute. Er wusste ein paar Dinge über Exmoor. Aber Exmoor war nicht England – auch wenn man sich das manchmal wünschte.

Nagelneue, glänzende SUVs kreuzten hier herum, wie Raumschiffe auf Forschungsfahrt. Er wusste ein paar Dinge über das Land, dem er meistens den Rücken zukehrte, über die fremde Ausdehnung jenseits vom Exmoor, aber doch nur sehr wenig. Eigentlich, dachte er, als er anhielt, eigentlich wusste er gar nichts darüber.